U0104016

漢學研究叢書・文史新視界叢刊

駱鴻凱《文選學》初探

A Study Of Luo Hong Kai's
Wen Xuan Xue

廖蘭欣　著

By Liao Lan Hsin

如蝶振翼
——《文史新視界叢刊》總序一

　　近年赴中國大陸學術界闖蕩的臺灣文科博士日益增多，這當中主要包括兩類人才。一類是在臺灣學界本就聲名卓著、學術影響鉅大的資深學者，他們被大陸名校高薪禮聘去任教，繼續傳揚他們的學術。另一類則是剛拿到博士文憑，企盼進入學術職場，大展長才，無奈生不逢時，在高校發展面臨瓶頸，人力資源飽和的情況下，雖學得一身的文武藝，卻不知貨與何家、貨向何處！他們多數只能當個流浪教授，奔波各校兼課，猶如衝州撞府的江湖詩人；有的則委身屈就研究助理，以此謀食糊口，跡近沈淪下僚的風塵俗吏。然而年復一年，何時了得？於心志之消磨，術業之荒廢，莫此為甚！劉芝慶與邱偉雲不甘於此，於是毅然遠走大陸，分別在湖北經濟學院和山東大學闖出他們的藍海坦途。如劉、邱二君者，尚所在多有，似有逐漸蔚為風潮的趨勢，日益引發文教界的關注。

　　然而無論資深或新進學者西進大陸任教，他們的選擇與際遇，整體說來雖是臺灣學術界的損失，但這種學術人才的流動，卻很難用一般經濟或商業的法則來衡量得失。因為其所牽動的不僅是人才的輸入輸出、知識產值的出超入超、學術板塊的挪移轉動，更重要的意義是藉由人才的移動，所帶來學術思想的刺激與影響。晚清名儒王闓運應邀至四川尊經書院講學，帶動蜀學興起，因而有所謂「湘學入蜀」的佳話。至於一九四九年後大陸遷臺學者，對戰後臺灣學術的形塑，其影響之深遠鉅大，今日仍在持續作用。當然用此二例比方現今學人赴

大陸學界發展，或有誇大之嫌。然而學術的刺激與影響固然肇因於知識觀念的傳播，但這一切不就常發生於因人才的移動而展開的學者間之互動的基礎上？由此產生的學術創新和知識研發，以及伴隨而來在文化社會等現實層面上的實質效益，更是難以預期和估算的。

劉芝慶和邱偉雲去大陸任教後，接觸了許多同輩的年輕世代學者，這些學人大體上就屬於剛取得博士資格，擔任博士後或講師；或者早幾年畢業，已升上副教授的這個群體。以實際的年齡來說，大約是在三十五歲至四十五歲之間的青壯世代學人。此輩學人皆是在這十來年間成長茁壯起來的，這正是中國大陸經濟起飛，國力日益壯大，因而有能力投入大量科研經費的黃金年代。他們有幸在這相對優越的環境下深造，自然對他們學問的養成，帶來許多正面助益。因而無論是視野的開闊、資料的使用、方法的講求、論題的選取，甚至整體的研究水平，都到了令人不敢不正視的地步。但受限於資歷與其他種種現實因素，他們的學術成果的能見度，畢竟還是不如資深有名望的學者，這使得學界，特別是臺灣學界，對他們的論著相對陌生。於其而言，固然是遺憾；而就整體人文學界來說，無法全面去正視和有效地利用這些新世代的研究成果，這對學術的持續前進發展，更是造成不利的影響。

因而當劉芝慶和邱偉雲跟我提及，是否有可能在臺灣系統地出版這輩學人的著作，我深感這是刻不容緩且意義重大之舉。於是便將此構想和萬卷樓圖書公司的梁錦興總經理與張晏瑞副總編輯商議，獲得他們的大力支持，更決定將範圍擴大至臺灣、香港與澳門，計畫編輯一套包含兩岸四地人文領域青壯輩學者的系列叢書，幾經研議，最後正式定名為《文史新視界叢刊》。關於叢刊的名稱、收書範圍、標準等問題，劉、邱二人所撰的〈總序二〉已有交代，讀者可以參看，茲不重覆。但關於叢刊得名之由，此處可再稍做補充。

　　其實在劉、邱二君的原始構想中，是取用「新世界」之名的，我
將其改為同音的「新視界」。二者雖不具備聲義同源的語言學關聯，
但還是可以尋覓出某種意義上的關聯。蓋因視界就是看待世界的方
式，用某種視界來觀看，就會看到與此視界相應或符合此視界的景
物。採用不同以往的觀看方式，往往就能看到前人看不到的嶄新世
界。從這個意義來說，所謂新視界即新世界也，有新視界才能看到新
世界，而新世界之發現亦常賴新視界之觀看。王國維曾說：「凡一代
有一代之文學。」若將其所說的時代改為世代，將文學擴大為學術，
則亦可說凡一世代皆有一世代之學術。雖不必然是後起的新世代之學
術優或劣於之前的世代，但其不同則是極為明顯的。其中的關鍵，就
在於彼此觀看視域的差異。因而青壯輩人文學者用新的方法和視域來
研究，必然也能得到新的成果和觀點，由此而開拓新的學術世界，這
是可以期待的。

　　綜上所述，本叢刊策畫編輯的主要目的有二：第一，是展現青壯
世代人文學術研究的新風貌和新動能；第二，則是匯集兩岸四地青壯
學者的最新研究成果，從中達到相互觀摩、借鑑的效果。最終的目
標，還是希冀能對學術的發展與走向，提供正向積極的助力。本叢刊
之出版，在當代學術演進的洪流中，或許只不過如蝴蝶之翼般輕薄，
微不足道。但哪怕是一隻輕盈小巧的蝴蝶，在偶然一瞬間搧動其薄翅
輕翼，都有可能捲動起意想不到的風潮。期待本叢刊能扮演蝴蝶之翼
的功能，藉由拍翅振翼之舉，或能鼓動思潮的生發與知識的創新，從
而發揮學術上的蝴蝶效益。

西元二〇一七年九月十二日
車行健謹識於國立政治大學

總序二

　　《文史新視界叢刊》，正式全名為《文史新視界：兩岸四地青壯學者叢刊》。本叢刊全名中的「文史」為領域之殊，「兩岸四地」為地域之分，「青壯學者」為年齡之別，叢書名中之所以出現這些分類名目，並非要進行「區辨」，而是立意於「跨越」。本叢刊希望能集合青壯輩學友們的研究，不執於領域、地域、年齡之疆界，採取多元容受的視野，進而能聚合開啟出文史哲研究的新視界。

　　為求能兼容不同的聲音，本叢刊在編委群部分特別酌量邀請了不同領域、地區的學者擔任，主要以兩岸四地青壯年學者來主其事、行其議。以符合學術規範與品質為最高原則，徵求兩岸四地稿件，並委由萬卷樓圖書公司出版。系列叢書不採傳統分類，形式上可為專著，亦可為論文集；內容上，或人物評傳，或史事分析，或義理探究，可文、可史、可哲、可跨學科。當然，世界極大，然一切僅與自己有關，文史哲領域門類甚多，流派亦各有不同。故研究者關注於此而非彼，自然是伴隨著才性、環境、師承等等因素。叢刊精擇秀異之作，綜攝萬法之流，即冀盼能令四海學友皆能於叢刊之中尋獲同道知音，或是觸發新思，或是進行對話，若能達此效用，則不負本叢刊成立之宗旨與關懷。

　　至於出版原則，基本上是以「青壯學者」為主，大約是在三十五歲至四十五歲之間。此間學者，正值盛年，走過三十而立，來到四十不惑，人人各具獨特學術觀點與師承學脈，也是最具創發力之時刻。

若能為青壯學者們提供一個自由與公正的場域，著書立說，抒發學術胸臆，作為他們「立」與「不惑」之礎石，成為諸位學友之舞台，當是本叢刊最殷切之期盼。而叢書出版要求無他，僅以學術品質為斷，杜絕一切門戶與階級之見，摒棄人情與功利之考量，學術水準與規範，乃重中之重的唯一標準。

而本叢刊取名為「新視界」，自有展望未來、開啟視野之義，然吾輩亦深知，學術日新月異，「異」遠比「新」多。其實，在前人研究之上，或重開論述，或另闢新說，就這層意義來講，「異」與「新」的差別著實不大。類似的題目，不同的說法，這種「異」，無疑需要吸收前人研究成果。然領域的開創，典範的轉移，這種「新」，又何嘗不需眾多的學術積累呢？以故《文史新視界叢刊》的目標，便是希望著重發掘及積累這些「異」與「新」的觀點，藉由更多元豐厚的新視界，朝向更為開闊無垠的新世界前進。最末，在數位時代下，吾輩皆已身處速度社會中，過去百年方有一變者，如今卻是瞬息萬變。在此之際，今日之新極可能即為明日之舊，以故唯有不斷追新，效法「天行健，君子以自強不息」之精神，方不為速度社會所淘汰。當然，除了追新之外，亦要維護優良傳統，如此方能溫故知新、繼往開來。而本叢刊正自我期許能成為我們這一時代文史哲學界經典傳承之轉軸，將這一代青壯學者的創新之說承上啟下的傳衍流布，冀能令現在與未來的同道學友知我此代之思潮，即為「新視界叢刊」成立之終極關懷所在。

劉芝慶、邱偉雲序

王序

　　被譽為「總集之弁冕」、「文章之淵藪」，由梁太子蕭統主持編纂的《文選》一書，是我國最早一部文學總集。唐以後的著名詩人、作家，如李白、杜甫、湯顯祖、曹雪芹等，幾乎無一人不受到這部文學總集的深刻影響。

　　誕生於隋、唐之際的文選學，也已有一千多年歷史，經過宋、元、明，發展到清代，達於鼎盛時期，研習者眾，著作如林。遺憾的是，百年前的五四運動時，由於錯誤的「桐城謬種、選學妖孽」口號的影響，約有半個多世紀，選學發展進入了低谷。此時，治選者已是鳳毛麟角，寥寥無幾。然而，即使在此選學衰落時期，在上世紀三〇年代中期，仍出現了兩部由傳統選學向現代選學轉型的專著，其中一部，即一九三七年由中華書局出版的駱鴻凱《文選學》，此書為現代文選學的研治開啟了序幕，被學界譽為「開山之作」。另一部則為至今尚未正式出版的周貞亮《文選學講義》。時至今日，駱書已問世八十餘年，其間此書已重印多版，霑漑學林數十年。但由於前面說到的原因，上世紀中葉後，開設《文選》一課的高校少之又少，僅有北師大、中國大學、武漢大學、湖南大學數所院校而已。《文選》一書遭遇冷落，又加之戰亂頻仍，造成對駱氏《文選學》一書關注者稀。此書出版後，幾乎無人提及。直到上世紀八〇年代末，選學開始出現復興之氣象。九〇年代初，方出現了對此書的評介文字，即穆克宏教授〈研習選學之津梁──駱鴻凱《文選學》評介〉一文，這似乎是文選

學問世以來較全面評介此書的唯一論文。此文只是評介而已，對駱書內容並未深入探討。本世紀初，王立群《現代文選學史》一書出版，於是有了對駱氏《文選學》的全面、系統、深入的論述之作，這已是該書出版一個甲子以後的事了。

考駱書之深為學界推崇，蓋亦有由矣。周勛初先生在〈有關選學珍貴文獻的發掘與利用〉一文中，一語破的：「駱鴻凱在民國初期於北大讀書時，黃侃正在該校講授《文選》，《文選學》一書，即是在聽課筆記上擴展而成，故多引用其師說。」周先生對黃、駱二人的師生關係和學術傳承並未詳加闡述，據現存史料獲知，在季剛先生眼中，駱君自是學生中的佼佼者：「講堂肆版三十人，我於眾中識吾子」、「訝君磊落出儕輩，宛如白璧映泥滓」（見黃侃〈送紹賓〉）。駱君肄業後任教於北方諸大學，黃侃五四後亦返武昌高師（武大前身）執教。師生二人常有來往，此在《黃侃日記》中記載甚多，其交往親密可見一斑。這裡，陸宗達先生在〈紀念我的摯友黃焯〉文中有一段回憶仍值得一提：季剛先生返漢後，母親去世，學生吳某千里迢迢往武昌弔唁，季剛先生即將《文選》一完整批本贈送吳君，並令其侄黃焯先生過錄一本留存。後此本又由季剛先生送駱君閱讀（當亦過錄）。這一完整批本就是後來黃焯先生據以整理並出版的《文選平點》的底本。周先生所說，駱書除參閱北大講堂上黃先生講義外，其「多引用其師說」之故亦即在此。

二〇一四年秋，筆者因撰寫有關《文選學》論文，參加在鄭州大學召開的第十一屆《文選》國際研討會，與廖蘭欣女士相識，後又因共同尋訪駱君《文選學》講義資料並參加有關會議，與廖君多次晤面。近日獲知廖君前年通過之碩士論文：《駱鴻凱《文選學》析論──以〈讀選導言〉為核心》（今改名《駱鴻凱《文選學》初

探》），已補充修訂完畢，擬付梓面世。廖索序於余，故欣然應允。

近年，學者對駱氏《文選學》不同於傳統文選學的整體、綜合研究方面已作了較多的闡釋。如《文選》編纂以及成書研究、文選學背景研究、文選學史研究，《文選》與《文心雕龍》關係研究等，均有不少論文和專著論及。而在對《文選》所收作品本身研究方面則相對顯薄弱。廖君有鑑於此，對駱書〈讀選導言〉論及作品和駱書〈附編〉關於《文選》分體研究、專家研究給予了較多關注，這也是該書重心所在。書中不僅對文體論和作家論作了分節闡述，而且對文體論的文章選材、文章作法、寫作要領；作家論的作家風格、作家才性，及知人論世、時代風貌諸多方面作了細緻入微的探討。這些也是王立群《現代文選學史》因篇幅所限較少涉及的內容。還有，值得注意的是，一九八九年，經馬積高先生補充後的駱氏《文選學》修訂本，其〈附編〉文選分體研究，仍僅有論、書箋、史論、對問、設論等數種。在《文選》中所占比例最重之賦，依舊闕如。此次，廖君於上海圖書館發現之駱氏在中國大學的賦體講義，當可補入將來再版的修訂本中，以彌補選類的不足。為此，廖君在《〈文選學〉初探》書中，又增入〈從《中國大學講義》再探駱鴻凱之作家論與文學體裁論〉一章，即第五章。雖然所涉及僅〈別賦〉、〈月賦〉，且均為抒情小賦，未有大賦，但經廖君條分縷析的論述，對後來者習治賦體，作為入門引領，仍具有相當價值和意義。總之，筆者以為廖君之書，雖名「初探」，但不論是對駱著奧義的發掘，還是對後來者的修治《文選》指示門徑，都做了十分有意義的工作。

傅斯年先生嘗云：「後人想在前人工作上增高：第一要能得到並且利用人不曾見或不曾用的材料；第二，要比前人有更細密、更確切的分辨力。」（《中國古代文學史講座》，上海書店2000年版），我讀廖

君書，認為上述兩條，蘭欣先生都是做到了的。

　　是為序。

　　　　　　　　　　　　　　　　　　王慶元
　　　　　　　　　　　　　　　　　己亥初夏
　　　　　　　　　　　　　　　於武昌珞珈山麓

溫序

　　以《昭明文選》為研究對象開展而出的「文選學」，從隋代蕭該作《文選音義》、唐代李善為《昭明文選》作注以降，歷經各代發展茁壯，已形成陣容龐大、聲勢壯盛的研究史。近現代的文選學則有別於傳統文獻的徵實研究，漸朝向文學的研究，學者開始運用新的視角、方法與材料，為文選學注入新的生機。駱鴻凱先生所著《文選學》集往代選學之大成，成為近代選學的開山之作，又是選學之鑰，凡欲進窺選學堂奧，未有捨此而別求他途者。只是此書雖深受學界推崇，全面深入研析之成果卻仍顯得薄弱，故從此著眼，為選學補苴罅隙，既可掘發巨著幽光，又可親炙民國前輩學人治學風采，學術傳承之意義，自在其中矣。

　　學棣廖蘭欣，臺灣南投人，二〇一〇年九月進入國立東華大學中國語文學系碩士班就讀。蘭欣對六朝文學素有偏愛，猶記得當時修習敝人「引導研究」課程，在一對一方式啟引治學方法的同時，即嘗試以六朝文學為範疇預擬幾則論題逐一評估，往復討論，歷時一年有餘，方選定以駱鴻凱先生《文選學》一書為碩士論文的研究主題。當時衡量與此書直接相關之研究成果仍不多見，可資依憑開展的論著恐怕頗少，故特向蘭欣預告這論題應該是所有預擬論題中難度最高的一個題目，然或許是「初生之犢」的勇氣，蘭欣並未受此言所懼，仍勇於嘗試，全力以赴，從未萌生後悔或換題之念；至二〇一二年九月，蘭欣提出碩士論文研究計畫，在修習中等教育學程課業及實習工作的

忙碌與夾縫中，仍勤寫不輟，即使身體偶有病況，亦從不喊苦，終能克服研究路途上的種種困礙，歷經三載，在二〇一五年七月完成論文，並順利通過碩士論文口試。其後，蘭欣仍勤事墾拓，不僅在中學教學工作之餘，隻身前往廈門大學參加文選學研討會，也為追索文選學家足跡，多次親赴武漢大學、湖南師範大學等地，尋訪駱鴻凱先生的後人及門生，尋墜緒之茫茫，過程中亦廣結頗多奇緣。因此這本論文今日終能付梓面世，除了是蘭欣初試啼聲，展現九年之間致力學思的初步研究成果，也為跨越海峽兩岸的種種巧合與學術因緣留下了紀錄。

駱鴻凱《文選學》全書體系宏闊，然內涵相當浩繁，牽涉甚廣，加上遣辭極為古雅，奧義深湛，研治亦頗為不易，而以碩士論文的論述篇幅而言，若要進行全書析論，亦恐難避免大題小作、掛一漏萬之失，因此特囑蘭欣選擇以書中〈讀選導言〉為立論核心進行探究，由小觀大，當是權變之下的一項考量。本論文除梳理駱鴻凱先生之學術事蹟與著作成果，主要從體裁論及作家論著眼，以突顯其書所開啟新時代文選學研究視角的意義。唯蘭欣這本論文只是碩士階段學業成果的展現，尚屬學術初階之作，其中闡述未盡妥愜之處勢必多有，雖不敢說對駱鴻凱先生《文選》學術有發揚張皇之功，但對於未來《文選學》一書全面性的深化研究與推展，當可發揮奠基之益。

在個人教學及研究歷程中，除了《文心雕龍》為主要核心之外，《文選》之學也一直是繫念關注的範疇，只是學思心力有限，一直未有機會細繹深究，頗以為念，而面對《文選學》這樣體大論宏的著作，多年來似乎也僅能停留在「心嚮往之」的階段，學海無涯之嘆，無時或已。敝人忝為蘭欣指導教授，在論文撰寫過程中，或偶有提點修潤之勞，然對整體觀點或研究方法的輔正，其實著力有限，是故這本論文倘有可觀可取，當歸功於蘭欣鑽研不輟的用心。值此論文付梓

之際，謹聊綴數語以為祝賀勉勵，並見證蘭欣撰寫論文的心路歷程，
與學界分享。是為序。

溫光華謹誌

己亥年孟夏

於國立東華大學中文系

目次

第一章
緒論

第一節　研究動機與目的

　　《文選》是中國現存最早的一部詩文總集，是研究秦漢魏晉六朝文學的重要參考文獻，有極高的文學價值和文獻價值。所謂「文選學」，就是以《文選》為主要研究對象的學術。駱鴻凱師事黃季剛，以紀黃氏文選學為名，總成《文選學》一書，為近代新觀念的文選學代表作。[1] 清末張之洞《輶軒語》:「選學有徵實、課虛兩義。考典實，求訓詁，校古書，此為學計;摹高格，獵奇采，此為文計。」[2] 駱鴻凱在《文選學‧敘》中提到，治《選》學之途徑有二:其一為考據家文選學，即張之洞所言「徵實」;其二為詞章家文選學，即張之洞所言之「課虛」。對《文選》的研究不僅應該重視傳統的文獻，也應該注意《文選》中作家作品的文學研究，二者並重，才能充分掌握其內涵。駱鴻凱《文選學》一書，將此法落實運用，作為初次研習《文選》學生的入門教材:

　　　　戊辰、己巳之間，教授武漢大學，主者以《文選》設科。凱承
　　　　其乏，乃為諸生講述文選纂集、義例，及前代研治選學者之成

1　游志誠、徐正英:《昭明文選斠讀》(臺北:駱駝出版社，1995年7月)，頁7。
2　〔清〕張之洞著、司馬朝軍詳註:《輶軒語詳註》(上海:華東師範大學出版社，2010年9月)，頁130。

績。殿以《文選》讀法十六事，其有未備，別詳附篇。全稿都三百餘紙。今裁出讀法一篇，意在學子精熟《選》理、識茲途徑，定名為〈讀選導言〉，聊實本刊云爾。[3]

民國十七、十八年（1928-1929），駱鴻凱執教於武漢大學，開設《文選》課程，歸納了《文選》讀法十六條，定名為〈讀選導言〉，並將重要選學書目，放入〈附編〉之中。從此段文字亦可得知，《文選學》一書中的〈纂集第一〉、〈義例第二〉已經撰寫完成，而〈源流第三〉的初稿也已草就。

駱鴻凱〈讀選導言〉（附〈選學書目〉）是《文選學》一書最早發表於世的篇章，刊登於民國二十四年（1935）《學術世界》。其後，〈選學書目〉作為附編二收入《文選學》，更名為〈選學書著錄〉。[4]〈讀選導言〉是《文選學》一書的觀點核心，也是基礎，《文選》讀法十六條，可說涵蓋了全書內容之精要。這十六則導言，主要可分為方法論、文體論、作家論等三類。筆者將依類論述，並將各條之內容撮要如下。

一、方法論：包括〈導言一〉、〈導言二〉，主要是談論研讀《文選》的方法：

〈導言一〉：讀《文選》前，首先必須具備以下十種能力與知識：訓詁第一、聲韻第二、名物第三、句讀第四、文律第五、

3　駱鴻凱：〈讀選導言〉，《學術世界》1935年12月，第1卷第7期，頁32。

4　按：《文選學》其餘篇章則陸續發表於《制言半月刊》之中，〈選學源流〉一章篇幅較長，分為三次刊登於一九三六年的《制言半月刊》，此文收入《文選學》的〈源流第三〉。〈文選指瑕〉一文發表於《制言半月刊》第十一期，此文發表後，便收錄《文選學》一書餘論第十的第二部分。〈廣選〉一文發表於《制言半月刊》第二十期，此文發表後，便收錄於《文選學》一書餘論第十的第三部分。

史實第六、地理第七、文體第八、文史第九、玄學與內典第十。
〈導言二〉：研讀《文選》時，需以「總攬法」與「析觀法」
來解讀《文選》中的作家與作品。

二、文體論：包括〈導言三〉、〈導言六〉、〈導言九〉、〈導言
十〉、〈導言十一〉、〈導言十二〉等六則：

（〈導言三〉：駱鴻凱將《文選》中的文體與《文心雕龍》中的
文體之目，分文筆而通校之。（〈封禪〉一類，根據劉師培之
說，[5] 應當劃分在無韻筆之屬，而駱鴻凱在此處卻將〈封禪〉
一類劃入文之屬。其師黃侃認為「文可兼筆，筆亦可兼文」，[6]
此說可能影響了駱鴻凱文體分類的看法，從表中的〈封禪〉一
類，可看出端倪。）

5　劉師培：《中國中古文學史・漢魏六朝專家文研究》（北京：商務印書館，2010年12
　月），頁108。就《文心雕龍》篇次言之，由第六迄於第十五，以〈明詩〉、〈樂
　府〉、〈詮賦〉、〈頌贊〉、〈祝盟〉、〈銘箴〉、〈誄碑〉、〈哀弔〉、〈雜文〉、〈諧隱〉諸篇
　相次，是均有韻之文也；由第十六迄於第二十五，以〈史傳〉、〈諸子〉、〈論說〉、
　〈詔策〉、〈檄移〉、〈封禪〉、篇中所舉揚雄〈劇秦美新〉，為無韻之文；相如〈封禪
　文〉惟頌有韻；班氏〈典引〉，亦不盡協韻；又東漢〈封禪儀記〉，則記事之體也。
　〈章表〉、〈奏啟〉、〈議對〉、〈書記〉諸篇相次，是均無韻之筆也。
6　黃侃：《文心雕龍札記・總術第四十四》（臺北：五南圖書出版公司，2013年12
　月），頁253。

表一:《文選》與《文心雕龍》文筆分類對照表

	《文選》	《文心雕龍》
文 **類**	騷	辨騷
	詩樂府	明詩、樂府
	賦	詮賦
	頌贊、史述贊	頌贊
	哀策、祭文	祝盟
	銘箴	銘箴
	誄、碑文、墓誌	誄碑
	哀、弔文	哀弔
	七、對問、設論、連珠	雜文
	符命	封禪
	無	諧隱
筆 **類**	無	史傳
	無	諸子
	論、史論、說	論說
	詔、冊、令、教、策文	詔策
	表	章表
	上書、啟、彈事	奏啟
	牋、奏記、書	書記
	移、檄、序(互見文心論說)、行狀(互見文心書記)	檄移
	無	議對

〈導言六〉：談駢文的發展。駱鴻凱認為駢文應有設喻、隸事之特性，並以《文選》的八篇文章，說明演進之序。

〈導言九〉：駱鴻凱以題目、文體、句式、擬意四方面，觀《文選》所錄之篇章，遞相祖襲的歷程。

〈導言十〉：談《文選》篇章中，各時代所形成的獨特文體。駱鴻凱認為《文心雕龍·明詩》、《詩品》、章太炎《國故論衡·辨詩》已可洞見五言古詩之流變，此處擇選精要論述之。

〈導言十一〉：駱鴻凱認為《文選》三十八文體，隨著時代變遷，文體意識跟著改變，為了充分了解文體研究，於附編中詳細說明分體研究綱領。

〈導言十二〉：駱鴻凱認為《文選》中，兩體易涉朦涵，宜取互參互讀，以明其異同。

〈導言四〉、〈導言五〉主要談論作家、作品風格：

〈導言四〉：駱鴻凱以《文心雕龍》八體之說，解讀《文選》中作品的體性與作家的風格。

〈導言五〉：談文章風格。文章受時代風氣所影響，「文體」與「思想」常因時代變遷而有所不同，《文選》之文囊括七代，駱鴻凱此處以魏文為例，進行析論。

　　三、作家論：包括〈導言七〉、〈導言八〉、〈導言十三〉、〈導言十四〉、〈導言十五〉、〈導言十六〉等六則：

　　〈導言七〉：駱鴻凱將劉勰《文心雕龍·才略》對六代文人的品藻之語，繫於《文選》作家五十七人之下，目的在於明《文選》諸作家的優絀。

　　〈導言八〉：駱鴻凱以《文心雕龍·程器》、《顏氏家訓·文章第九》兩篇，談論文人之文德與節操。

　　〈導言十三〉：談《文選》作家研究。駱鴻凱將《文選》專家研究綱領列舉之，於附編詳細說明內容。

　　〈導言十四〉：談論《文選》作家齊名並稱的問題。駱鴻凱認為可從五方面觀之：淵源、材性、天才與學力、文體、流派。
　　〈導言十五〉：談論《文選》作家的資質。駱鴻凱認為作家應該要明白自身擅長何種文體，才能收到事半功倍的成效。

　　〈導言十六〉：談論文體的因體與變體。駱鴻凱認為作家經由摹擬前人作品，加入作家自身之神明，才得以創新變通。

筆者根據〈讀選導言〉十六條區分了方法論、文體論、作家論，此三類的共通之處，在於論述主體皆是《文選》的作品，駱鴻凱的《選》學五種學門分類，談論的對象亦是《文選》中的作品。駱鴻凱的辭章、評論類與〈讀選導言〉分類中的文體論、作家論相合；駱鴻凱注釋類與〈讀選導言〉分類中的方法論範圍相互涵蓋。

　　駱鴻凱《文選學·源流第三》中，列述《選》學的五種學門分類：注釋、辭章、廣續、讎校、評論，總結了自唐至清「舊文選學」的範疇。現當代的文選學研究在駱鴻凱的「舊文選學」基礎上，發展出了「新文選學」[7] 的範疇。駱鴻凱《文選學》一書，從初版至今日超過七十年，得到學界的普遍肯定的評價。只要是研究《文選》的學者們，幾乎都會提及此書並加以引用，其重要性可見一斑。在《文選》學史上，駱鴻凱《文選學》有著不可忽視的地位。然而，學界對此書的系統性研究卻仍少見。《文選學》在成書以前，駱鴻凱曾在《學術世界》中發表了〈讀選導言〉，一文，不僅提供初學者研習《文選》之門徑，亦可看出駱鴻凱對《文選》研究的獨到見解。[8]〈讀選導言〉乃《文選學》一書之重要的理論基礎，《文選學》其他的章節亦多以〈讀選導言〉為基礎開展而成。〈讀選導言〉是析論駱鴻凱《文選學》一書的重要關鍵，可作為探究駱氏選學之初階。

　　前人研究駱鴻凱之文獻，多數僅及駱鴻凱《文選學》一書的總體評價，然對於《文選學》一書的《選》學意識研究、文體研究、選家研究、《文心雕龍》與《文選》相互關係研究等四方面討論的文章，則較為零散，學界尚未出現統合之作，筆者將立於前人所作研究之基礎再求延伸，對駱鴻凱《文選學》進行檢視並展開分析。本書將以此為目標，以期能清楚呈現駱鴻凱文選學的內涵及成就。

　　拙著擬以駱鴻凱《文選學》一書為考察對象，主要以〈讀選導

7　按：許逸民提出「新文選學」項目，分別是：1.文選版本研究，2.文選學史，3.選學史料學，4.文選集注研究，5.選學大辭典。而第五項下分：版本、著述、作家、作品、體類、典故、勝蹟、選學術語等八項細目。游志誠認為許逸民的分類，看似具體精細，卻出現分類重複的情況。故游志誠在《昭明文選學術論考》一書重新對「新文選學」的範疇作了界定：文選版本學、文選校勘學、文選注疏學、文選評點學、文選學史（學）、文選綜合學等六種學門。

8　按：《文選學》一書完稿後，〈讀選導言〉編入書中第九，頁292-333。

言〉為核心,觀其梗概,評其得失,以求拋磚引玉,期待學界賢達填補《文選》學史、及現代《文選》學術研究的重要缺環。

第二節　研究成果檢討

本書以《駱鴻凱《文選學》初探》為題,故本節擬先梳理前人對駱鴻凱及其《文選學》相關研究之內涵,以利於本書的開展。

目前筆者所知的《文選學》版本有七種:《文選學》手抄油印本、武漢大學鉛印本《文選學》上篇、中國大學鉛印本《漢魏六朝文文選學》、北平師大鉛印本《文選學》(殘)、湖南大學鉛印本《文選學講義》、上海中華書局版《文選學》、北京中華書局版《文選學》(馬積高增補),此七書在第二章梳理駱氏著述考時,會進行詳細討論。駱鴻凱對《文選學》一書持續修訂,上海本可以說是駱氏最後定本,故本書以上海本為依據;至於北京本的附編,係經駱氏門人馬積高整理,故同為本書的重要參考材料。

下文首先探討以《文選學》一書為核心的相關研究,其次探討以駱鴻凱著作為核心的相關研究,此為本節之一、二部分。

一　以駱鴻凱《文選學》一書為核心的相關研究

學界目前以駱鴻凱《文選學》一書為核心的相關研究,主要可分為二類:關於駱鴻凱《文選學》整體評介、關於駱鴻凱《文選學》內容研究。

(一)關於駱鴻凱《文選學》整體評介

依筆者所見,學界最早並具系統性的介紹、評論《文選學》一書

的學者為穆克宏，穆氏在《昭明文選研究》一書附錄中，專設章節探討駱鴻凱《文選學》一書，定名為「選學之津梁」。五四後，選學衰弱之際，駱鴻凱的《文選學》旁徵博引、立論審慎，可謂《文選》研究總結性著作，並評析駱鴻凱《文選學》一書的十項優點：論述全面、糾正謬誤、彙輯體例、追溯源流、詮釋文體、考證切實、資料豐富、指導閱讀、指導研究、提供書目。[9] 此文對駱鴻凱《文選學》一書進行全面評論，一方面肯定此書的參考價值，一方面也指出此書出版多年，已不能完全適應現今的研究需要，最末更指出新版《文選學》對舊版《文選學》中的兩處闕漏並未補正的瑕疵。

眾多學者認為駱鴻凱《文選學》一書為總結傳統《選》學的著作，多在單篇論文中進行討論，此類研究共五篇：

1. 宋緒連認為駱鴻凱《文選學》是屬於總體式的著作，並在文中全面評介了《文選學》一書的內容，指出《文選學》一書對研究《文選》中作家作品具有示範啟發的作用。[10]

2. 許逸民認為駱鴻凱《文選學》一書，標誌著《文選》研究的新開端，學術界對此書的評價是第一次從整體上對《文選》加以系統、全面的評介，作者不僅對《文選》自身的纂集、義例、源流、體式有獨到的見解，還對如何研讀《文選》指出了門徑。因此認為它是新選學的開山之作。[11]

3. 胡大雷認為選學肇始，主要為音釋訓詁之學，其後《文選》研

---

9 穆克宏：〈研習文選之津梁〉，《昭明文選研究》（北京：人民文學出版社，1998年12月），頁207-214。

10 宋緒連：〈從李善的《文選》注到駱鴻凱《文選學》（續）——《昭明文選》研究管窺〉，遼寧大學學報（哲學社會科學版），1989年，第1期，頁73-74。

11 許逸民：〈再談《選學》研究的新課題〉，趙福海主編：《文選學論集》（長春：時代文藝出版社，1992年6月），頁11-18。

究又有詞章、廣續、讎校、評論。近代黃季剛（侃）倡平點
學，即文選黃氏學，其弟子駱鴻凱總結千餘年之選學，撰作
《文選學》。[12]

4. 石樹芳認為駱鴻凱《文選學》是《選學》研究的里程碑，以時
代為序，追述文選學發展的歷程，對歷代選學家的生平、著作
詳加論述，並將傳統選學概括為注釋、辭章、廣續、讎校、評
論五家。第一次對《文選》進行全面系統的總結，為中國「新
文選學」的開山之作。[13]

5. 傅剛認為駱鴻凱的《文選學》為一部「新選學」的開山之作，
卻由舊學方法作支撐，顯示學術傳統的正常嬗遞過程。[14]

以上諸篇，均強調駱鴻凱《文選學》一書為傳統《選》學集大成的總
結性著作。

（二）關於駱鴻凱《文選學》內容研究

目前學界對駱鴻凱《文選學》內容的相關研究，尚未見專著探
討，多為單篇論文，而論述的議題，相當零散，今將駱鴻凱《文選
學》內容研究，分為專文探討、細部探討論述之：

1 專文探討

對駱鴻凱《文選學》書籍內容討論最多，創見頗豐者為王立群。
王立群在《現代《文選》學史》一書，歸結了現代《文選》學史的流

---

12 胡大雷：〈關於文選分體學、文選類型學的思考〉，《鄭州大學學報（哲學社會科學
版）》，2010年，第3期，頁105。

13 石樹芳：〈《文選》研究百年述評〉，《文學評論》，2012年，第2期，頁166-175。

14 傅剛：〈二十世紀《文選》學研究〉，「《文選》與中國文學傳統：文選學第九屆國際
學術研討會」，南京大學文學院主辦，2012年，頁211。

派，將近代《選》學家周貞亮與駱鴻凱兩人為傳統《選》學進入現代
《選》學的關鍵人物，並專文論述，具體比較了周貞亮與駱鴻凱《文
選學》著作的異同及其關係。[15] 王立群認為駱鴻凱《文選學》一書，
繼承了傳統《選》學以文獻研究的模式，更是以文學研究為模式的
《選》學佼佼者，其開創性對後世《文選》學研究影響甚鉅，並總結
駱氏對現代《選》學的五種貢獻：《文選》背景探索研究、《文選》編
纂者研究、〈文選序〉研究、《文選》學史研究、《文選》與《文心雕
龍》相互關係研究。[16] 此文對駱鴻凱《文選學》一書的內容進行探討
並深入分析，推論有據、考證詳實，給予本書寫作許多重要啟發。然
而，王立群對於駱鴻凱《文選學》的討論，多用以烘托周貞亮的《文
選》學研究，限於篇幅與體例，對於駱鴻凱《文選》學體系的檢視尚
待進一步開展。

2　細部探討

　　目前學界對駱鴻凱《文選學》一書的細部探討，可分為《文選
學》成書考證研究與《文選學》內容研究。

　　駱鴻凱《文選學》一書的完成時間，馬積高與王立群二人都曾論
及。馬積高在《賦史》的後記中提到，自己會對賦發生興趣，是受到
駱鴻凱的啟發，並說明《文選學》一書為駱鴻凱早年之作。[17] 馬積高

15　王立群：〈周貞亮《文選學》與駱鴻凱《文選學》〉，《文學遺產》，2001年，第3期，
　　頁119-144。

16　王立群：〈駱鴻凱《文選學》與20世紀現代《選》學〉，《河南大學學報（社會科學
　　版）》，1999年11月，第39卷第6期，頁24-30。

17　按：馬積高憶及駱鴻凱在抗戰初期，湖南大學任教之時，曾編過《賦史》的講義，
　　但只編到漢代就停止。駱鴻凱早年著有《文選學》一書，對辭賦、駢文很有研究，
　　但晚年的精力萃於古文字、音韻、訓詁之學，對《賦史》一書的編纂便長期擱置。
　　見馬積高《賦史》（上海：上海古籍出版社，1987年7月），頁641。

並沒有說明《文選學》確切的完成時間，僅提及此書為駱師的早年著作。王立群將湖南大學出版的駱鴻凱《文選學講義》與1937年中華書局出版的駱鴻凱《文選學》作比較，對駱鴻凱《文選學》撰寫時間作了初步的考證。[18] 此文針對〈文選學・敘〉、〈讀選導言〉、〈選學書著錄〉、〈選學源流〉、〈文選指瑕〉的發表時間，推測駱鴻凱《文選學》一書應成於1936年上半年。王立群對《文選學》的完成時間，推理有據，考證的時間比馬積高更為清楚。

　　《文選學》一書的內容包含：《選》學意識研究、文體研究、《選》家研究、《文心雕龍》與《文選》相互關係研究等四方面。

　　一、在《選》學意識研究方面，曹道衡認為駱鴻凱所言「若吳均、柳惲之流，概從刊落」一語作為此文立論核心，進而論證蕭統對「典」、「麗」兩途所採取折衷態度，確實顯現了《文選》的選錄標準。[19] 此篇文章主要是以《文選》一書來看齊梁思潮的轉變，引用駱鴻凱之語論證蕭統對選錄標準，僅為一種示例，不過，從此處可以了解駱鴻凱的選學意識與蕭統相合之應證。徐英、許世瑛、周貞亮、駱鴻凱等人，皆祖襲阮氏（元）之說，認定「沉思」、「翰藻」即《文選》選篇的去取標準。[20] 王立群認為駱鴻凱等人的選學意識（沉思、翰藻）皆承繼阮元而來。阮元通過〈文選序〉確定「文」的概念，認為《文選》必沉思、翰藻。以貶低桐城古文地位，為駢文張目；又通過諸本之校勘認為尤刻本「非他本之所可及」。[21] 穆克宏認為阮元直接影響了劉師培的文學思想和《文選》學的研究。

18　王立群：《現代文選學史》（北京：中國社會科學出版社，2003年10月），頁79-83。

19　曹道衡：〈從《文選》看齊梁文學思潮和演變〉，《文選與文選學：第五屆文選學國際學術研討會論文集》（北京：學苑出版社，2003年5月），頁1-20。

20　詳參王立群：《現代文選學史》，頁144。

21　穆克宏：〈阮元與《文選》學研究〉，《六朝文學論集》（北京：中華書局，2010年6月），頁64-72。

　　二、在文體研究方面，趙俊玲認為現今《文選》體類研究著述的主體內容，皆不出駱鴻凱《文選學》中列舉的五種《文選》體類研究方式。[22] 此文僅將駱鴻凱五種《文選》體類研究方式作了簡單的介紹，尚未進一步展開具體論述。江渝、張瑞利〈《文選》文體分類的美學研究〉一文，[23] 徵引駱鴻凱《文選學・敘》中的治《選》學途徑，以考據與詞章兩種方式，作為文體分類與美學研究的立論基礎。陳延嘉在《錢鍾書文選學述評》一書中，歸納了錢鍾書的文選學體系的五項特點，認為駱鴻凱《文選學・體式第四》專論文體，僅對《文選》文體一一臚列，不似錢鍾書文選學具有實踐性和針對性。[24] 陳延嘉將錢鍾書文選學體系中論述文體的部分與駱鴻凱作比較，認為駱鴻凱《文選學・體式第四》實踐性與針對性並不強。

　　三、在《選》家研究方面，屈守元〈清儒《文選》學著述舉要〉一文，[25] 認為駱鴻凱在《文選學》源流篇所列舉的〈清代文選學家述略〉三十條目，選擇標準太過寬鬆，對此展開批評與討論，經過重新篩選辨析，認為只有十二條目得以入選。王立群指出駱鴻凱《文選學》一書對清代《選》學源流之貢獻：駱鴻凱對清代《選》學家作總結歸納，詳列清代《選》學家及其著述、並對清代《選》學家成就作扼要評述及清代《選》學昌盛原因的探討。[26] 羅志仲認為清代學人重視《文選》，雖號稱「選學中興」，其實不過是新經學運動中文獻學此

---

22 趙俊玲：〈《文選》體類研究述評〉，《宜賓學院學報》，2010年2月，第10卷第2期，頁22。

23 江渝、張瑞利：〈《文選》文體分類的美學研究〉，《台州學院學報》，2011年10月，第33卷第5期，頁31。

24 陳延嘉：《錢鍾書文選學述評》（長春：吉林出版社，2011年8月），頁189。

25 屈守元：〈清儒《文選》學著述舉要〉，《鄭州大學學報（哲學社會科學版）》，1993年，第5期。

26 王立群：〈20世紀現代《選》學對清代傳統《選》學的繼承與發展——以20世紀前期為中心〉，《阜陽師範學院學報（社會科學版）》，2002年，第1期，頁1-5。

一大宗下的附庸，根本不是為了文學目的、以文學方式從事文學研究。清人力圖恢復《文選》與李善注原貌，就只是援引材料證實善注，或補充李善未注未詳部分。羅志仲認為駱鴻凱曾直指清代《選》學後一方面工作的弊病，雖未必公允，但未升入文學殿堂，則屬事實。[27] 趙俊玲將駱鴻凱《文選學·源流第三》的明代《選》學著作進行分析後，認為明代《選》學成績的主要表現即在評點；將清代《選》學著作進行分析後，認為清代《選》學的特點在校勘、音韻、訓詁之處。[28] 以上這些篇章，多著重在明、清兩代《選》家的探討，已經涉及駱鴻凱《選》家研究的內涵，多限於文章篇幅，並未能作更深入探討。

　　四、在《文心雕龍》與《文選》相互關係研究方面，駱鴻凱云：「《雕龍》論文之言，又若為《文選》印證，笙磬同音。是豈不謀而合，抑嘗共討論，故宗旨如一耶！」[29]《文心雕龍》是文學理論批評著作，把《文心雕龍》研究與《文選》的研究結合起來，可以看出《文選》選錄詩文作品的精審，並起相輔相成的作用。《文選》與《文心雕龍》相互關係的討論，並非駱鴻凱之首發，其師黃侃曾言：「讀《文選》者，必須於《文心雕龍》所說能信受奉行，持觀此書，乃有真解。」[30] 柯淑齡《黃季剛先生之生平及其學術》，下編第一章第六節〈黃氏文選學〉中，以《文選黃氏學》一書的評點內容為探討底本，運用駱鴻凱《文選學》中的分類與內容作為佐證資料，歸納黃侃治《選》學主張及方法，並在〈黃氏文選學〉一節中，多次觸及駱

---

27 羅志仲：《《文選》詩收錄尺度探微》，國立清華大學中國文學系博士論文，2008年9月，頁3。

28 趙俊玲：〈《文選》評點、明清文學批評與「文選學」〉，《鄭州大學學報（哲學社會科學版）》，2010年，第3期，頁111。

29 駱鴻凱：《文選學·纂集第一》，頁10。

30 黃侃著，黃延祖重輯：《文選平點·敘》（北京：中華書局，2006年5月），頁4。

鴻凱與黃侃研治《選》學主張的承繼關係，然而柯氏的論述主體不在駱鴻凱身上，故並未深入探討駱鴻凱的《選》學主張。黃侃學習與研究文選多年，有多次《文選》批註本，[31] 未有《文選》研究專著問世。《文選黃氏學》一書，為黃侃平日誦讀、點勘《文選》之作，黃侃嘗謂年五十而後當著述，惜中年逝世，未能成書，此書經長女黃念容整理與潘重規重詳校定，得以刊印發行。黃侃精研《文選》的成就，主要在校勘、訓詁、評論等方面。[32] 駱鴻凱在其師黃侃選學的基礎上加以發揮，總結歷代傳統選學，形成駱鴻凱之《文選》學。近代學者趙俊玲在〈《文選》體類研究述評〉一文中，認為細緻的文本解讀、考察體類流變、總結體類特徵是文體研究的主流。[33] 文中指出《文選》與《文心雕龍》二書關係緊密一說自黃侃開始，而後《文選》與《文心雕龍》體類比較研究，便陸續展開，如：駱鴻凱、郭紹虞、馬積高、莫礪鋒、傅剛等皆襲其說。此文注意到駱鴻凱文體研究的要點，肯定駱氏細緻文本分析之法對文選學發展的重要意義，卻並未更深入探討駱氏文體研究的內涵。莫礪鋒〈從《文心雕龍》與《文選》之比較看蕭統的文學思想〉一文，[34] 引用了駱鴻凱《文心雕龍》與《文選》文體對照表，但並未對駱鴻凱文體概念進行探討，僅用來說明蕭統《文選》的編纂受劉勰《文心雕龍》影響。

---

31 按：黃侃長女黃念容整理的《文選黃氏學》，其侄黃焯整理的《文選平點》，其子黃延祖整理的《文選平點》（重輯本）。

32 穆克宏：〈黃侃與《文選》學研究〉，《六朝文學論集》，頁161。

33 趙俊玲：〈《文選》體類研究述評〉，《宜賓學院學報》，2010年2月，第10卷第2期，頁22。

34 莫礪鋒：〈從《文心雕龍》與《文選》之比較看蕭統的文學思想〉，俞紹初，許逸民主編《中外學者文選論文集》（北京：中華書局，1998年8月），頁246-247。

二　以駱鴻凱著作為核心的相關研究

　　目前兩岸學界以駱鴻凱著作為核心的相關研究，大致可見五篇，即宋緒連〈從李善的《文選》注到駱鴻凱《文選學》（續）──《昭明文選》研究管窺〉；郭晉稀〈讀駱鴻凱先生《語原》所想起的〉與〈關於《語原》的幾條疏證〉；堯育飛〈藏書家駱鴻凱〉；翟新明〈駱鴻凱輓詞兩首箋釋〉；彭丹華〈駱鴻凱楚辭研究述評〉；鄧盼〈駱鴻凱楚辭學平議〉、〈駱鴻凱《楚辭》學中的音韻研究探賾〉及碩士論文《駱鴻凱音韻學研究探賾》；以及孫夢菲碩士論文《駱鴻凱與《楚辭》研究》。

　　宋緒連與郭晉稀的文章內容以探討駱鴻凱的文字、聲韻、訓詁之學為主。宋緒連認為駱鴻凱概括總結六朝時期的三種修辭方式，並將發生原因與呈現的狀態，進行規律性的彙整。[35] 宋緒連是首次注意到駱鴻凱《文選學》一書中具有語言學內涵的學者。駱鴻凱不僅在治《選》學上表現亮眼，在文字訓詁方面也相當的傑出，《語原》一書便是此方面的主要著作。郭晉稀〈讀駱鴻凱先生《語原》所想起的〉一文中提到，駱鴻凱《語原》一書，繼承章太炎先生《文始》探索文字孳乳變異規律，對《說文》以來的傳統舊說多有突破，對《文始》亦有補充駁正。限於著書體例，詮釋不多，因而勝義隱晦，若不細心籀繹，難於通曉。[36]《語原》凡十二卷，惜乎僅印出一卷。繼章太炎的《文始》後，駱鴻凱《語原·卷一》的印本，駁正許慎，多有改易

---

35 宋緒連：〈從李善的《文選》注到駱鴻凱《文選學》（續）──《昭明文選》研究管窺〉，《遼寧大學學報（哲學社會科學版）》，1989年，第1期，頁73-74。

36 郭晉稀：〈讀駱鴻凱先生《語原》所想起的〉，《甘肅社會科學》，2008年，第5期，頁183-185。

舊說，鑿破混沌，發為新義，度越前賢。[37] 駱鴻凱的門人郭晉稀，在此兩篇文章中回憶向駱鴻凱問學的情形，夾敘夾議，感情真摯，並將駱鴻凱《語原・卷一》之誤，進行疏證。駱鴻凱《文選學》一書付梓甚早，在學界的影響力大，而後因為戰亂，駱鴻凱的楚辭學、聲韻、訓詁學類著作無緣問世。

堯育飛〈藏書家駱鴻凱〉指出，關於駱鴻凱的藏書，此前少有人關注。堯氏在湖南省檔案館發現一份《造送駱鴻凱先生家藏書清冊備查》的清冊，撰寫於1954年9月14日，共計14頁。造送這份清冊的機關為湖南省文物管理委員會。這份清冊記載了駱鴻凱先生藏書共計5639冊，大致按照四部排列順序，從「書名、版本、紙張、本數、備註」五個方面著錄。駱氏這五千多冊書，共計約一千種。駱氏看重藏書的完整性，而不注重書的版本。因此在這五千冊書中，版本最早的乃是乾隆年間刊刻的《五禮通考》，絕大部分都是同治、咸豐、光緒、宣統時期所刊刻的書籍，有的還是石印本和鉛印本。可見駱氏並不以藏書家自恃，其所藏乃是地道的學者藏書，一切都以自己的學術需求為導向。駱氏早年即開始藏書，然因戰亂導致大量散失。這五千多冊藏書的絕大部分都是抗戰勝利之後在長沙市面上所購，因此書籍版本不佳。1950年代，湖南省文物管理委員會。考慮到駱先生年事已高，為防止其圖書流散而先行登記造冊。幾個月之後，駱氏不幸病逝，文管會應當根據這函清冊，對駱氏藏書予以接收。[38]

翟新明〈駱鴻凱輓詞兩首箋釋〉依據湖南大學中國文學會於民國二十六年（1937）1月1日編纂發行的《員輻》第二集所刊登駱氏的輓詞兩首，所輓人物分別是黃侃與章太炎。今抄錄於下，並略作箋釋。

---

37 郭晉稀：〈關於《語原》的幾條疏證〉，《唐都學刊》，2003年，第19卷第2期，頁111-113。

38 堯育飛：〈藏書家駱鴻凱〉，《檔案時空》2016年第11期，頁13-14。

因章、黃皆為駱氏之師，此文的箋釋可使我們進一步了解駱氏師承交遊的情況。[39]

　　彭丹華與鄧盼，皆以駱鴻凱的《楚辭》學著作為研究主體，進行探討。彭丹華認為從駱鴻凱的《楚辭》學著作可以得知，駱鴻凱服膺王逸《楚辭章句》，並相當注重《楚辭》的訓詁與聲韻。[40] 彭丹華查核駱鴻凱的《楚辭》學著作，得知駱氏《楚辭》學專著四種、單篇論文七篇，扣除從專著分出發表的三篇不論，論述專著四種為《楚辭論文》、《離騷論文》、《楚辭文句集釋》、《楚辭義類疏證》；論文四篇為〈楚辭章句徵引楚語考〉、〈楚辭連語釋例〉、〈楚辭舊注考〉、〈楚辭小學〉。彭丹華對駱鴻凱的《楚辭》學著作，已做了初步簡校的功夫，囿於篇幅，未能對駱鴻凱的《楚辭》學著作的內容進一步考索，但對駱氏《楚辭》學著作的重要性，已有關注。另一位學者鄧盼，同樣注意到駱氏《楚辭》學研究的重要性，鄧盼的〈駱鴻凱楚辭學平議〉發表晚於彭丹華，在論述上，多有參酌彭丹華的研究成果。鄧盼以音韻、訓詁、章句三方面入手，探求駱鴻凱楚辭學研究。鄧盼認為駱鴻凱的《楚辭》研究博涉音韻、訓詁、章句諸門，析疑匡謬，融匯貫通，做到了繼承與創新並舉。[41] 鄧氏〈駱鴻凱《楚辭》學中的音韻研究探賾〉則指出駱鴻凱以小學讀《楚辭》，其論《楚辭》音韻的著作主要有《楚辭音》，此書大概與《楚辭義類》作於同時，現在不見蹤跡，只能根據陳奐的《毛詩音》來推斷其大致體例和內容。〈《楚辭章句》徵引楚語考〉和〈楚辭連語釋例〉二篇分別研究《楚辭》中的楚語詞和連語，前者從字形、字音著手，以聲音為樞紐通轉注之例，凡〈楚辭小學〉中論及楚語詞者，皆沿襲此文之說，略有引申；後者以

39 瞿新明：〈駱鴻凱輓詞兩首箋釋〉，《書屋雜誌》2018年11期，頁77-79。
40 詳見彭丹華：〈駱鴻凱楚辭研究述評〉，《職大學報》2013年第二期，頁8。
41 鄧盼：〈駱鴻凱楚辭學平議〉，《雲夢學刊》2013年11月第36卷第6期，頁39。

附錄〈楚辭雙聲疊韻疊字譜〉最為重要，不僅窮盡搜羅《楚辭》連語，按王國維《聯綿字譜》的體例編排，更體現出駱鴻凱的上古音思想。此外，《離騷論文》中尚有「離騷本音」一篇指明韻腳字本來的讀音，以明押韻；〈楚辭小學〉則多處以聲音穿貫訓詁，就聲音而求訓詁。這些著作從一定程度上反映出駱鴻凱的音韻學研究情況。[42] 與此同時，鄧盼又撰成〈駱鴻凱《聲韻學》講義及其音韻學研究〉一文。[43] 在此基礎上，鄧氏完成碩士論文《駱鴻凱音韻學研究探賾》。

此外，陳煒舜教授已與筆者合作完成駱鴻凱〈楚辭舊注考〉、〈楚辭義類疏證〉、[44]〈楚辭文句集釋〉、[45]〈楚辭小學〉[46] 諸篇之述要，納入黃靈庚主編之《楚辭文獻叢刊》研究計畫，已於2014年出版。[47] 駱鴻凱《楚辭》學的研究方法和研究成果，值得後學者借鑒。

孫夢菲《駱鴻凱與《楚辭》研究》為浙江師範大學碩士論文。此文以黃靈庚《楚辭文獻叢刊》為基礎，主要考察了駱氏〈楚辭義類疏證〉、〈楚辭章句徵引楚語考〉、〈楚辭舊注考〉、〈楚辭小學〉、《楚辭論

42 鄧盼：〈駱鴻凱《楚辭》學中的音韻研究探賾〉，《雲夢學刊》2016年3月第37卷第2期，頁28-32。

43 鄧盼：〈駱鴻凱《聲韻學》講義及其音韻學研究〉，《湘學研究》（2016年第1輯（總第7輯）（北京：中國社會科學出版社，2018年8月），頁134-143。

44 陳煒舜、廖蘭欣：〈駱鴻凱〈楚辭義類疏證〉述要〉，發表於「『楚辭與東亞文化』國際學術研討會」，中國屈原學會、南通大學楚辭研究中心、南通大學東亞文化研究中心聯合主辦，2014年12月14至15日。

45 陳煒舜、廖蘭欣：〈駱鴻凱〈楚辭文句集釋〉述要〉，發表於「《文選》學與漢唐文化國際學術研討會：《文選》學第十一屆國際學術研討會」，鄭州大學、中國《文選》學研究會聯合主辦，2014年8月15日至18日。

46 陳煒舜、廖蘭欣：〈駱鴻凱〈楚辭小學〉述要〉，發表於「2015年中國淮陰屈原與楚辭學國際學術討論會暨中國屈原學會第十六屆年會」，中國屈原學會、淮陰師範學院主辦，2015年7月25日至28日。

47 黃靈庚主編：《楚辭文獻叢刊》（全八十冊）（北京：國家圖書館出版社，2014年7月）。又黃氏主編：《楚辭文獻叢考》（全三冊）（北京：國家圖書館出版社，2017年12月）。

文》、〈楚辭文句集釋〉、〈楚辭連語釋例附楚辭雙聲疊韻字譜〉諸著
作,並對其內容從釋詞、詞例、連語三個角度進行了研究。全文共分
四部分,而主體在第三部分。該部分包括鴻凱《楚辭》釋詞研究、駱
鴻凱《楚辭》詞例研究以及駱鴻凱《楚辭》連語研究。這是探析駱鴻
凱《楚辭》研究的最新成果,但對《楚辭通論》、《離騷論文》兩部篇
幅較大的著作,觀照似仍有不足。

第三節　研究方法與步驟

一　研究方法

　　駱鴻凱《文選學》一書是拙著的研究對象,筆者首先廣泛搜羅駱
鴻凱的著作,以及研究駱鴻凱的相關著作與單篇文章,藉此了解目前
學界研究現況與研究成果。其次蒐集駱鴻凱所處的時代背景、家世、
生平、交遊情形,逐一考察,以便知人論世,以了解其文選學觀點的
形成。最後針對《文選學》中,駱鴻凱所論及的作家與所選的作品進
行分析,就其內容,探原究委,突顯駱鴻凱獨特的選本批評觀點,以
掘發駱鴻凱之文選學體系之特色。本書將運用歷史研究法、文本研究
法、選本批評法,對論題作共時性之剖析及歷時性之研討,以詮釋文
本、解讀文獻。

(一) 歷史研究法

　　本書以清末民初的政治與學術及背景敘述為基礎,希望藉由知人
論世的歷史研究法,呈現駱鴻凱的學術特色。

（二）文本研究法

在文本研究方面，考察重心有二，其一為《文選》中的作品，其二為駱鴻凱《文選學》中所選錄的作品。《文選》中的作品是基礎文本，歷代的選家皆在此基礎上進行研究，駱鴻凱《文選學》所選錄的，不僅包含《文選》中的作品，也包含了歷代選家如何研究《文選》作品之作。

（三）選本批評法

本書透過駱鴻凱所選擇之作家、作品與評論歷代的《選》家之語，觀察駱鴻凱《文選學》中所展現的選本批評觀念。

筆者將立於前人所作研究之基礎再求延伸，對駱鴻凱《文選學》進行檢視並展開分析。本書將以此為目標，以期能清楚呈現駱鴻凱《文選學》的內容及成就。

二　研究步驟

本書研究步驟可分為三個階段：

（一）總覽《選》學，形成研究問題

於思考研究主題之初，發現眾多研究學者指出駱鴻凱《文選學》一書為總結傳統《選》學之首功著作，並肯定此書的研究價值，經由初步的資料蒐集發現，駱鴻凱《文選學》內容相關研究甚少，而駱鴻凱的《文選》學體系，所涉及的《選》學知識相當龐大，並非筆者目前的學力可以完成，故以〈讀選導言〉內容為核心，對《文選學》一書進行初步考察，以期探索駱鴻凱《文選學》的基本面貌及理論要義。

（二）爬梳文獻，確立研究主題

　　當確定了本書的研究主題，筆者便開始蒐集、研讀駱鴻凱著作中有關《文選》的論述與研究者的相關研究資料。駱鴻凱的《文選》專著，僅《文選學》一書，而駱鴻凱最早完成的《文選學講義》是《文選學》一書的前身，此書藏於湖南大學，並未發行出版，筆者尚未得見，其內容經王立群證實與《文選學》相差無幾，尚待查證。[48] 學界對駱鴻凱的研究，議題討論較為片段、零散，欠缺統合之作。經由資料的蒐集，得以確立研究方向。

（三）編排章節，建立研究架構

　　筆者進行文本與相關資料閱讀後，建立研究架構。觀察駱鴻凱《文選學》一書的內容大要，理解論旨與用心。建立研究架構有三：一為駱鴻凱之時代與學術，二為駱鴻凱文學體裁論研究，三為駱鴻凱《文選》作家論研究。

　　本書的研究步驟，圖列如下：

---

48 王立群：《現代文選學史》（北京：中國社會科學出版社，2003年10月），頁80。（王立群教授在《現代文選學史》一書指出，曾親見駱鴻凱的《文選學講義》。《文選學講義》已成六章：〈纂集第一〉、〈義例第二〉、〈選學源流第三〉、〈文選文體第四〉、〈文選撰人第五〉、〈讀選導言第六〉。並初步比較了《文選學》一書的內容，確認內容相差無幾。）

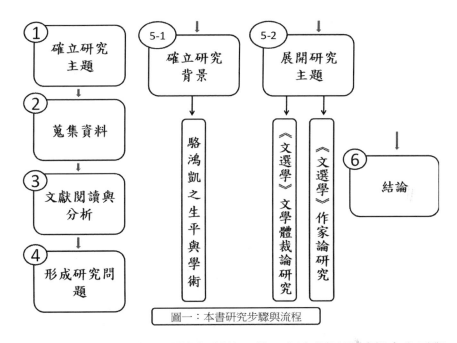

圖一：本書研究步驟與流程

本書的主體將分為三個主題進行討論，第一個主題是駱鴻凱之生平與學術，第二個主題為《文選學》文學體裁論研究，第三個主題為《文選學》作家論研究。第一個主題，首先將駱氏生平進行初步的梳理，其次，考察駱氏師承與交遊情況，最後對駱氏的著作進行述要；第二個主題，首先釐清駱鴻凱對〈文選序〉的想法；其次，論述駱鴻凱對《文選》分體的看法；其三，檢視駱鴻凱是如何看待《文選》編纂的缺失；其四，駱氏對於體裁作法之指導，有具體切要的觀點，擬從「文章選材」、「文章作法」、「寫作要領」三方面進行探討；第三個主題，分為兩個部分，考察時代風貌與作家才性的關係與作家風格之形成。

第二章
駱鴻凱之生平與學術

第一節　駱鴻凱其人其事

　　駱鴻凱（1892-1955），又名蒼霖，字紹賓，號彥均，[1] 又號楚廎，湖南長沙沱市人，家世經商。[2] 生於清光緒十八年（1892）農曆十月二十八日，民國四十四年（1955）卒於長沙，年六十二。早歲畢業於北京大學，從黃侃受文字、聲韻之學，得其指授，奉為本師。一生恪遵師說，以文字、聲韻施教於各大學。[3] 駱氏為黃侃高足之一，又嘗問學於章太炎。[4] 駱氏為近代《文選》學、《楚辭》學、經史小學大家，著有《文選學》、《楚辭通論》、《聲韻學》、《文始箋》、《爾雅論略》及相關論文多篇。

　　道光年間，鴉片戰爭打開了中國的閉關大門，使中國由泱泱大國變成列強環伺之地。清廷自簽訂不平等條約以來，知識分子鼓吹改革

1　陳建初、吳澤順主編：《中國語言學人名大辭典》（長沙：岳麓書社，1997年7月），頁504。

2　江南小隱〈名士傳略・駱鴻凱傳略〉：「沱市七藥鋪中最有名望的又當屬『駱天盛』、『駱天信』兩家，這兩家由駱氏先人創立的老字型大小在沱市街經營了有上百年歷史。清光緒二十一年十月二十八日，一代選學宗師，著名語言文字學家駱鴻凱先生，即誕生於沱市『駱天信』商行中。」http://blog.sina.com.cn/s/blog_a7ab2e5101018vvw.html2012-09-24 09:48:53發帖。於2013年10月3日瀏覽網頁。

3　張舜徽：《舊學輯存下冊・憶往篇・湘賢親炙錄》（武漢：華中師範大學出版社，2008年12月），頁1147。

4　馬積高：〈後記〉，載駱鴻凱《文選學》（北京：中華書局，1989年再版），頁575。

的聲浪節節高升，以富國強兵為目標的「洋務運動」，在北洋艦隊全
軍覆沒的甲午戰爭中慘淡收場，繼之而起的改革運動是「戊戌變
法」，變法僅推動一百〇三天，便遭到慈禧太后與守舊派的阻礙。變
法失敗後，民間對清廷失去信心，期待能以更激進的手段，推翻帝
制、建立共和政府。

　　駱鴻凱生於清光緒十八年（1892），從一出生就遭遇清末種種喪
權辱國的戰爭，光緒二十九年（1903），清廷推動癸卯學制，十二歲
到十六歲可進高等小學堂（四年制初中）就讀，十六到二十一歲可進
中學堂（五年制高中）就讀，[5] 駱氏是年實歲十一、虛歲十二，倘若
照著規制就讀，應是第一批進入新學制的學生，若照著傳統科舉之路
走，則要面臨光緒三十一年（1905）清廷下詔廢科舉的震撼。亦如蔣
伯潛所云，清末至民初的國文教學，可分為兩個時期：清光緒三十一
年廢止科舉以前為科舉時期，廢科舉後，開始進入學校時期。[6] 駱鴻
凱在十三歲以前，所學為舊制的私塾；在清廷廢科舉、積極推動新制
學堂後，駱氏開始接受新制教育，進入湖南長沙明倫中學讀書。[7] 清
代前期科舉取士，以代言體的八股文——《四書》文為主，後期廢八
股，改用經義策論。清代初期家塾裡的教材以《四書》、《五經》為中
心，後期因為策論之故，時務、歷史也列入教學教材之中。[8] 在過去
的十三年，駱鴻凱所承為《四書》、《五經》之傳統國學，順應清廷的
教育改革，開始接受新式教育。

　　民間對清廷的改革過於緩慢感到不滿，即使清廷推動了諸多改
革，還是挽救不了頹勢，駱鴻凱二十歲時，清朝正式走入歷史，中華

5　李華興：《民國教育史》（上海：上海教育出版社，1997年8月），頁79-80。
6　蔣伯潛：《中學國文教學法》（昆明：中華書局，1941年8月），頁1。
7　陳建初、吳澤順主編：《中國語言學人名大辭典》，頁504。
8　蔣伯潛：《中學國文教學法》，頁1。

民國政府成立，頒布學制壬子新學制。[9] 民國元年（1912）教育部頒布《中學校令》，[10] 中學校學生畢業後，可進入大學、專門學校或高等師範學校就讀，學習年限為四年。民國三年（1914）第一次世界大戰爆發之際，駱氏進入北京高等師範學校英語部就讀。[11] 身處時政轉折之際，面臨新、舊學的碰撞，駱鴻凱不可避免的開始接觸新學，學習英語。次年（1915）轉入北京大學文科中國文學門就讀，是年改名鴻凱。[12] 筆者認為對駱鴻凱而言，學習英文是種認識西方新學說的途徑，並不能成為一種終生志業，故在新、舊學說之間，駱鴻凱選擇了繼續往傳統國學的方向鑽研。

　　駱鴻凱於民國四年（1915）轉入北京大學文科中國文學門，正式拜入黃侃門下。在北大求學期間，正逢中國內憂外患，戰亂頻仍。民國七年（1918）畢業，駱氏隨即選擇返回南方故里。臨行前，黃侃曾作〈送紹賓〉一詩相送，有句云：

> 湘中近世號文林，歸采芳香襲蘭芷。我亦楚人歸不得，方秋送歸情曷已！願子屹然屬歲寒，當世橫流尚無底。此後相思在何處，蒹蒼露白水中沚。[13]

在當時政局不穩、內憂外患的情況下，民眾過著朝不保夕的日子。駱鴻凱與老師黃侃同為兩湖籍，駱氏畢業後，可返家侍親，黃侃則因課

9　壬子癸丑學制分為三段四級，即初等教育段（分初等小學校、高等小學校二級，共七年）、中等教育段（一級，共四年）、高等教育段（一級，大學為六或七年，專門學校為四年）。即中學校招收高等小學畢業生，十四歲入學，修業四年畢業。

10　國史館：《中華民國教育志》（臺北：國史館，1990年6月），頁79。

11　參湖南師範大學檔案館藏駱鴻凱檔案，該檔案蒙黃磊先生查閱提供，謹致謝忱。

12　湖南師範大學檔案館藏駱鴻凱檔案。

13　司馬朝軍、王文暉：《黃侃年譜》（武漢：湖北人民出版社，2005年11月），頁128。

務無法脫身，而留在北方，兩人一別，未知重逢之期。

　　駱鴻凱於民國七年（1918）自北大畢業後返鄉，一直等到政局稍微安定，至民國九年（1920）才再度入京。[14] 民國十年（1921）夏，在同學李宗裕介紹下，應天津南開大學之聘，任文商二科國文科目，時校長為張伯苓。[15] 蔣伯潛回憶民初的國文教學情況云：「民國八年五四運動以前，國文教學的教材完全採用文言文；五四運動以後，語體文開始抬頭，課本開使用語體文編纂。」[16] 可以得知，駱鴻凱在南開大學任教期間，所使用的課本，已是新式語體文而非傳統文言。民國十二年（1923）夏，辭去南開教職。當年秋，錢玄同招任北京師範大學中文系講師，時校長為范源濂。冬末，丁父艱南歸，至1924年夏，始回校工作。[17]

　　民國十四年（1925）秋，兼任女師大及中國大學講師。女師大校長徐炳昶，中大中文系主任吳承仕。[18] 隔年（1927）秋，北師大、女師與中國大學合併。因北京時局阢陧，請假赴滬，應黃建中教授之招任暨南大學中文系教授，校長鄭洪年。[19] 應黃建中之邀，與陳中凡、劉蹟、汪奠等人受聘於當時位於上海的暨南大學。[20] 是年黃侃命駱鴻凱作〈九經文句集釋〉。

　　民國十七年（1928）秋，楊樹達招任國立武漢大學教授，代理校

14　湖南師範大學檔案館藏駱鴻凱檔案。
15　湖南師範大學檔案館藏駱鴻凱檔案。
16　蔣伯潛：《中學國文教學法》，頁1。
17　湖南師範大學檔案館藏駱鴻凱檔案。
18　湖南師範大學檔案館藏駱鴻凱檔案。
19　湖南師範大學檔案館藏駱鴻凱檔案。
20　按：國立暨南大學的前身是1906年清朝政府創立於江寧府（現江蘇省南京市）的暨南學堂。為了適應學生的增多，並創建大學部，學校決定從南京遷到上海的真如。1923年，男生部首先遷至上海真如新落成的校舍，女生部仍留南京。同年9月，獨立開設國立暨南商科大學。1927年南京女生部併入上海真如，改組為國立暨南大學。

長劉樹杞，校長王世傑。開設《文選》課程。[21] 與皮宗石、聞一多等
人同為該校出版委員會委員，編輯《國立武漢大學週刊》。[22] 翌年
（1929）夏，自武漢大學辭職。[23] 秋，孫人和招任河北大學教授（校
長張仲蘇，繼任者張蓋臣）。又兼北平師範學院、女子師範學院及中國
學院講席。[24] 至民國二十一年（1932）秋，南歸省親，自平津各校辭
職。旋返湘，應湖南大學湖南大學校長曹典球之聘，擔任中文系教授
兼系主任。[25] 民國二十四年（1935）夏，辭系主任，僅任教授。至民
國三十年（1941）辭職。[26] 當年秋，由辰谿回長沙省親，適會倭寇犯
湘，挈眷避難藍田，就國立湖南師範學院教授之聘，院長廖世承。[27]
是年秋至明年夏，兼中山大學、湖南師範中文系主任，實際住校時間
不足一月，校長金曾澄。[28]

　　民國三十八年（1949），中共建政。是年冬，國立師範併入湖南
大學，駱鴻凱擔任湖大教授。[29] 民國四十二年（1953），全國高校院
系調整後在湖南師範學院（今湖南師範大學）任教。[30] 民國四十四年
（1955）年初，駱鴻凱逝世。

　　駱鴻凱受學黃侃，曾向章太炎和劉師培問學，在學術思想、治學
方法上深受章黃學派的影響。黃侃、章太炎、劉師培都是積極參加社

---

21 湖南師範大學檔案館藏駱鴻凱檔案。
22 彭丹華：〈駱鴻凱楚辭研究述評〉，頁5。
23 湖南師範大學檔案館藏駱鴻凱檔案。
24 湖南師範大學檔案館藏駱鴻凱檔案。
25 湖南師範大學檔案館藏駱鴻凱檔案。馬積高：〈駱鴻凱先生傳略〉，頁20。
26 湖南師範大學檔案館藏駱鴻凱檔案。
27 湖南師範大學檔案館藏駱鴻凱檔案。
28 湖南師範大學檔案館藏駱鴻凱檔案。按：國立師範學院為湖南師範大學前身。
29 湖南師範大學檔案館藏駱鴻凱檔案。馬積高：〈駱鴻凱先生傳略〉，頁20。
30 湖南省地方誌編纂委員會編：《湖南省志・第三十卷・人物志》下冊（長沙：湖南
　　出版社，1995年12月），頁287-288。

會運動的革命分子，對時事的針砭不遺餘力。駱鴻凱為人非常低調，即使時局遭逢巨變，也鮮少評議時政。與身邊親近的師長與友人，對於時政的大鳴大放相比，呈現相當大的落差。在楊樹達的回憶錄中，曾記錄一段駱鴻凱對當時政治的看法，可見駱氏引吳承仕為戒：

> 駱紹賓言：「章行嚴（士釗）長司法部時，檢齋（吳承仕）曾請太炎緘行嚴，謀升司長。」檢齋治學篤實，不愧其鄉先輩，而熱中仕宦，汲汲於名位如此，視程瑤田輩有愧色矣。倭寇難作，檢齋自以傾左，恇怯不安，發病而死。名位之害人，其甚如此。[31]

吳承仕為安徽人，師從章太炎，學問深厚，曾任諸大學教授及系主任，然章士釗任司法部長時，吳承仕曾經請求章太炎薦其從政，駱鴻凱為章黃門人，故知此事甚詳，其後並告知楊樹達。楊氏謂吳承仕學問不愧同鄉先輩程瑤田等，然其名利之心則視而有愧，此論雖出自楊氏之筆，但未嘗不代表駱鴻凱對吳承仕的看法。傳統知識分子的觀念為「學而優則仕」，而駱鴻凱畢生鮮有涉足政壇，抗戰期間關門為學而不窺牖，大陸易幟後亦不積極參與政治活動，自可佐證。

　　因駱鴻凱的家族經商，又非當地之著姓，故父執輩以上的親族，難以考證，筆者根據可信資料，考訂其家族關係，列表如下：[32]

---

31 楊樹達：《積微翁回憶錄‧積微居詩文鈔》（上海：上海古籍出版社，2006年12月），頁344。

32 按：此表蒙駱氏後人王婧之博士加以訂正，謹致謝忱。

表一：駱鴻凱家族關係

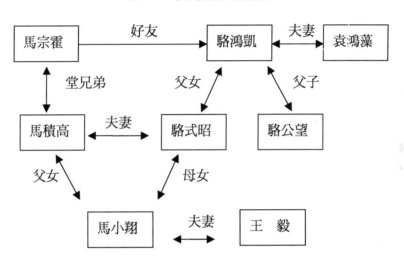

根據馬積高（1925-2001）所撰〈駱鴻凱先生傳略〉所載，駱氏之妻袁姓，名鴻藻，兩人育有一女式昭、一子公望，式昭後為馬氏之婦。[33] 馬積高又於自傳中寫道：

> 湖南師範所開設的課程，除文學外，還有《五經》、《論語》、《孟子》、《史記》、《漢書》及重要子書等專課。文學課則元代以下都不講，現代的更不論。又特重古文學、聲韻、訓詁之學，都設有專課。教師如馬宗霍、駱紹賓（鴻凱）、錢子泉（基博）、陳天倪等，也多不只工詩文，而博通經學、史學和諸子之學，宗霍、紹賓師還以研究經學和文字、聲韻、訓詁之學為主。宗霍是我的同宗兄長，兩家舊有往來，自然對我備極愛護；紹賓師也因我在二年級結束時曾寫信向他請教《詩經》

---

33 馬積高：〈駱鴻凱先生傳略〉，中國人民政治協商會議湖南省望城縣委員會文史資料研究委員會《望城文史》第4輯，1988年12月，頁20-22。

中的一些問題，特蒙賞識，關懷備至。我後來同他的女兒結
婚，即與他的促成有關。[34]

馬氏昆仲乃湖南衡陽人，積高曾從宗霍（1897-1976）研習文字學。
宗霍少受業於王闓運（湘綺），後拜章太炎為師。馬宗霍跟駱鴻凱的
關係甚佳，是很親近的朋友。二人不僅同為湖南人、同在國立師範學
院國文系任教，且皆淵源於章太炎，研究路數相近，成為姻戚後往來
益密。駱式昭在中學教語文，與馬積高育有二女馬曉燕、馬小翔。[35]
小翔之女為湖南師大博士，子婿今亦任教於此，淵源已四世矣。

第二節　駱鴻凱之學術淵源與交遊

一　師承

影響駱鴻凱最深的老師有三位：黃侃、劉師培、章太炎。黃侃

---

34 馬積高：〈馬積高先生自傳〉，「中國文學網‧學者風」發帖時間未詳，於2013年10
月7日瀏覽。http://www.literature.org.cn/Article.aspx?id=56758

35 參〈知青馬曉燕的媽媽──駱式昭老師〉：「駱老師是我讀中學的老師，教語文，她
給我的第一印象是戴著一副高度近視的眼鏡，很洋氣的外表，而且一講話就一臉的
笑。我的中文拼音就是駱老師教的。因為我們小學沒學，中學來補上這一課。她一
共給我們班上上了三節中文拼音課，她發音準確，教得清楚，所以我們掌握得很
快。以至我後來在子弟學校代課，教一年級的中文拼音，我都時時記得駱老師的教
態和語音。今天我能打字發帖就歸功於駱老師。因為曉燕和娥的關係，我也經常和
娥妹去駱老師家。駱老師也像其先生馬老師一樣，低調做人，低調處事，給我一種
樸實親切的感覺。而且二位老人很幽默，喜歡開玩笑。我們在他們家，完全沒有拘
束，非常放肆，而且時間感覺過得非常快，逝去的這一切的一切都深深的留在我的
記憶之中。駱式昭老師和馬積高教授誨人不倦、高風亮節的精神永駐人間！」湖南
知青網2010.3.28　11:2發帖 http://2010.hnzqw.com/dispbbs.asp?boardID=149&ID=6558
1&page=11

（1886-1935），字季剛，自號量守居士，湖北蘄春人，師從章太炎與劉師培。駱鴻凱民國四年（1915）拜黃侃為師，黃侃在民國八年（1919）拜劉師培為師，學習經學。駱鴻凱於北大求學期間，亦曾聽過劉師培的課，故在所著《文選學》中，援引了劉師培的上課材料，講述魏晉文體變遷，其證據在於「兩漢之世，戶習六經，雖及子家，必緣經術」[36]。劉師培在《中國中古文學史》一書還沒出版之前，已經故去，其書為後人編輯所出版，現行所見為「兩漢之世，戶習七經，雖及子家，必緣經術」，先後有「六經」與「七經」的差別，劉師培在傳統五經外加論語、孝經為七經。章太炎（1869-1936），名炳麟，字枚叔，別號菿漢閣主。駱鴻凱為章太炎《文始》作箋，筆者推測有兩個原因，一則是駱氏上文字學時，用章氏《文始》作為教科書，記錄授課時的心得，二則代表一種師承關係。駱氏在北京大學求學期間，師從黃侃，對黃侃的老師劉師培與章太炎兩人相當尊敬。駱鴻凱在與人交往時，自稱是黃侃與劉師培的門生：

> 初君游成均，所從受書，率通人碩儒，君無所稱。其稱師，儀徵劉君，蘄春黃君而已。又獨奉黃君為本師，尊其所聞，毋敢逾越，俗學不貴師承，中無所主。[37]

駱鴻凱的好友席啟駰，認為駱氏的學問師兼眾門，授業者皆為大儒，駱氏在與人交往時，只會稱呼自己是黃侃與劉師培的門人，其他的師輩並不會特別提及。

駱鴻凱在北京大學求學期間，師從黃侃。黃侃任北京大學教授，從遊者眾多，弟子劉賾云：「時同游門下者，平湖張澍馥哉、海寧孫

---

36 駱鴻凱：《文選學·讀選導言第九·導言五》，頁309。
37 席啟駰：〈贈駱君紹賓四十二生日序〉《員輻第二輯》，頁213。

世揚鷹若、成都曾緘慎言、長沙駱鴻凱紹賓、遼寧金毓黻謹庵、上虞
鍾歆駿丞、諸暨樓巍幼靜誘接尤厚。」[38] 駱氏與黃侃的師生感情相當
好，在《黃侃日記》裡，記載了很多兩人相處的片段：

> 駱鴻凱紹賓自南開大學歸長沙，便順道視余。紹賓於諸門人
> 中，待余為至有禮，冬夏經過，未嘗不摳衣請業。[39]

民國十年（1921）駱氏任南開大學國文教員，隔年（1922）駱鴻凱自
南開大學回長沙，前去拜訪老師黃侃，討論張爾田、梁啟超、胡適等
人的學問。[40] 駱鴻凱對老師的態度很恭敬，讓黃侃的印象很好。駱氏
也將黃侃當作自己的家人看待，常相關照，如黃氏記錄：「紹賓云，
南開大學擬延一文學師，詢余願往否。」[41] 後來黃侃雖然沒有到南開
大學去，但是知道了自己在駱氏心裡的地位，所以對駱氏也相當友
好。黃侃喜歡在餐桌上談學問，自駱氏返湘任教後，駱氏常找老師喝
酒聽學：

> 二月八日　午飯後，偕陸生及田兒往訪林君於教場四條，尋駱
> 君亦至，共詣陸家，遇朱家濟、劉國平、周復（莫生）三生，
> 同出食於厚德福，駱生為主人，深夜酩酊，以汽車歸。[42]

又：

---

38 劉賾：〈師門憶語〉，《量守廬學記：黃侃的生平與學術》（北京：新華書店，1985年
　8月），頁113-114。

39 黃侃著，黃延祖重輯：《黃侃日記》（北京：中華書局，2007年7月），頁56。

40 司馬朝軍、王文暉：《黃侃年譜》，頁166-167。

41 黃侃著，黃延祖重輯：《黃侃日記》，頁56。

42 黃侃著，黃延祖重輯：《黃侃日記》，頁775。

三月二十九日　晚諸生八人（汪紹楹、駱鴻凱、朱家齊、周
復、沈仁堅、殷孟倫、謝震孚），請師飯於豐澤園，予與陸生
往迎，遇朱、馬二人，晷談而解饞，上燈開宴，檢其同座，主
客凡十二人。[43]

黃侃對駱鴻凱很好，對駱氏妻子的態度，也頗為和藹：

五月二十七日　四時後發北平，……送行者……陸、朱、汪、
沈、任、柴、楊、駱、謝、戴十生。以免票二等者畀駱生，免
其挈眷南返之費。[44]

黃侃要到北京，學生們到車站為老師送行，駱氏當時帶著妻子一起去
見老師，隨即要返回南方，黃侃幫駱氏夫妻出了車票錢。駱氏跟老師
黃侃教學的地點不同，但是心裡總是記掛著老師，平時只要得空，就
會寫信給老師黃侃。如黃侃日記云：

七月二十四日　見紹賓與田書，言倭奴攻熱河，燕中訛言甚
熾。[45]

可知黃侃對國內戰爭狀況相當關注，所以駱氏在寫信時，也會將老師
想要了解的事情一併寫在信上。民國廿一年（1932）一月日本入侵上
海，一二八事變爆發後，黃侃為了躲避戰爭的波及，欲遷往南京的十
一妹家，在遷徙途中，黃侃遭受到多次戰爭砲火的驚嚇，一路舟車勞

---

43 黃侃著，黃延祖重輯：《黃侃日記》，頁786。
44 黃侃著，黃延祖重輯：《黃侃日記》，頁806-807。
45 黃侃著，黃延祖重輯：《黃侃日記》，頁821。

頓，生理上飽受折磨；在即將抵達南京時，被同為中國人的乘車員訛詐車費，心裡更是憤恨不已，抵達目的地後，病了一段時間。在黃侃生病期間，黃侃的日記經常出現駱鴻凱前去拜訪與隨侍在側的記載，足見師生情深。

黃侃和錢玄同曾一同受業章太炎門下。黃侃非常反對「白話文」及「注音符號」的新式教學法，認為新文化運動的推動者如胡適、陳獨秀、錢玄同這些學者拋棄了傳統國學；又認為錢玄同不好好學習傳統的聲韻學，而要弄淺白簡單的注音字母、白話文，相當看不起他，兩人常因理念不合而口角，有次甚至在章太炎面前爭論起來：

> 二月二十一日　病臥，紹賓先約是夕飲，聞又約二風，意欲為二風乞解，余既病，二風亦未至。（重輯注：二風即錢玄同中季。）[46]

黃侃常呼錢玄同為「錢二瘋」，而錢玄同只要聽到「二瘋」之號就會很生氣。但黃侃很喜歡激怒錢氏，希望他能早日回歸正道，不為小道迷惑。駱鴻凱可能也覺得黃師的行為有些過火，讓太老師章太炎在兩人之間為難，所以希望可以幫兩人調解一下，緩和氣氛，乃約錢玄同與黃侃共酌。但黃侃覺得有錯的人是錢玄同，認為對方要先低頭，兩人最後漸行漸遠、形同陌路。儘管駱氏調解之功未竟，其愛護黃侃之心，不難想見。

駱鴻凱相當重視師道倫理，對老師的態度恭敬，也很認真在做學問。黃侃曾說過：「五十歲以前不著書」，自己力行每日圈點經書、《文選》，對潛心讀書、做真實學問作出了示範。對於黃侃的整體看法，駱鴻凱有這樣的評價：

---

46 黃侃著，黃延祖重輯：《黃侃日記》，頁776。

本師黃氏執精文律，能為晉宋小賦。楚豔漢侈，亦在所綜，沈詩任筆，靡不兼美。文采照耀一世，群彥慕其流風。晚乃斲雕為樸，郁為經師。又不得限以文辭之末矣。方今經籍道息，白貴無飾，得此數家，鼓芳風以扇游塵，振頹綱以繼前古，寧非卓犖傑出者哉。[47]

駱氏認為黃侃不僅學問好，也擅長創作，詩文可與沈約、任昉相比，評價可謂極高。黃侃與章太炎於民國廿四（1935）及廿五年（1936）先後過世，駱鴻凱曾在《員輻》發表對兩位老師的輓詞。〈先師量守先生輓詞〉云：

師事二十年，康成塵後長隨，寢門何恨酬恩淚；
睽隔三千里，子贛來遲安放，場墓空餘築室哀。[48]

翟新明指出，康成即東漢經學大師鄭玄。鄭玄曾師事馬融，與章、黃師徒極為相似。鄭玄又精研古文經學，及門弟子眾多，與黃侃也相似。將黃侃比為鄭玄，是對黃侃學問、地位的推崇。子贛即子貢、孔子弟子端木賜。據《史記·孔子世家》記載：「孔子葬魯城北泗上，弟子皆服三年。三年心喪畢，相訣而去，則哭，各復盡哀；或復留。唯子贛廬於塚上，凡六年，然後去。」用子贛在孔子墓旁結廬典故，表達自己對於黃侃去世的哀痛，同時也隱以孔子來比擬黃侃，推崇其師表地位。[49] 而〈蘄漢大師輓詞〉云：

---

47 駱鴻凱：《文選學·讀選導言第九·導言十六》，頁332-333。
48 駱鴻凱：〈先師量守先生輓詞〉，《員輻》，頁68。
49 翟新明：〈駱鴻凱輓詞兩首箋釋〉，《書屋雜誌》2018年11期，頁77-78。

> 《文始》誦遺編，潢潦澂清一原，作箋遽感微言絕；
> 飾終彰令典，師弟哀榮竝世，傳火難酬善誘勤。[50]

章太炎《文始》是其小學研究中極為重要的著作，駱氏對《文始》推崇備至，並作有《文始箋》十卷。輓詞中表達了駱氏在為《文始》作箋注之時，痛感章氏之逝，與大義微言再不能聞的悲痛。而所謂「飾終彰令典」，是古代一項對於亡者再加褒揚尊榮的禮制。章氏去世後，國民黨中央執行委員會發以唁電，並發給治喪費，自蔣介石、林森以下各政界要員均有唁電。指黃侃、章太炎在不及一年之內相繼去世，使人感到悲痛，但二人對弟子能夠勤勉善誘，亦能使薪盡火傳。此是從教育一面表彰章、黃二人培育後學之功。[51] 由此可見駱氏對兩位師長溢於言表的追慕之情。

　　章、黃以外，駱鴻凱對劉師培也有所學習。劉師培（1884-1919），字申叔，江蘇儀徵人。民國六年（1917）受北大校長蔡元培之聘為國文門教授。民國六年至七年（1917-1918）劉師培在北大開授的課程為「中國文學」、「中國古代文學史」二門。[52]《中國中古文學史》一書，是劉師培在北京大學任教時，為國文門二年級學生編寫的教學講義，講義的編寫方式為：搜羅、排比種種原始材料，附以簡要的結論和按語。駱鴻凱對劉師培有如是看法：

> 儀徵劉君文高學博，儒業夙成，所作〈定命論〉，則顧愿〈論命〉之儔，〈君政復古〉、〈駁聯邦議〉諸篇，亦士衡〈五等〉之亞。[53]

---

50 駱鴻凱：〈蘄漢大師輓詞〉，《員輶》，頁68。
51 翟新明〈駱鴻凱輓詞兩首箋釋〉，《書屋雜誌》2018年11期，頁78。
52 詳見萬仕國：《劉申叔遺書補遺》（揚州：廣陵書社，2008年12月），頁1379。
53 駱鴻凱：《文選學‧讀選導言第九‧導言十六》，頁332。

駱鴻凱認為劉師培的學問廣博，文章也寫得好，所纂寫的〈定命論〉跟顧愿所著的〈定命論〉[54] 可以相媲美。而劉師培的〈君政復古〉、〈駁聯邦議〉等文章，可以與陸機的〈五等論〉一較長短。

民初文壇，主要有三股文學勢力：一為承繼清代乾嘉學派，對語言文字之學講究，為文恪守傳統，推崇魏晉之文，樸學派以章太炎為代表；二為承自清代桐城派，推崇唐宋古文。主張文章可歸類陰陽剛柔之氣，此類以林紓、嚴復為代表；三為駢文派，宗《文選》者，以駢體為文，推崇六朝駢體，尊奉《文選》為作文圭臬，此派代表以劉師培為主，主要學說承襲阮元而來。[55] 駱鴻凱承襲了清代乾嘉學派一派，作為章黃之學嫡傳後人，後因其師黃侃拜入劉師培門下，宗法《文選》，將兩派的學說作了融合，而後將精華呈現於《文選學》一書。

從馬積高《文選學》再版〈後記〉中，可以看出駱鴻凱學術淵源與承繼脈絡，也能讓讀者了解駱鴻凱一生所奉行的治學態度：

> 先生治學門徑，大抵本於黃季剛先生。平生潛研經、子，博涉文、史，尤精於古文字、聲韻、訓詁及《楚辭》、《文選》之學。早年治學特重家法，於文字宗許慎《說文解字》，聲韻宗本師黃君，訓詁宗《爾雅》及漢人經注，《楚辭》宗王逸，《文選》則崇昭明之旨趣而尊李善之詮注，倘非證據確切不移，不輕改易所尊各家之說。[56]

---

54 按：顧愿所著〈定命論〉，駱氏誤作〈論命〉，當改之。參《宋書·顧覬之傳》曰：「覬之常謂秉命有定分，非智力所移，唯應恭己守道，信天任運，而闇者不達，妄求僥倖，徒虧雅道，無關得喪。乃以其意命弟子愿著〈定命論〉。」〔齊〕沈約《宋書》（北京：中華書局，1974年10月），頁2081。

55 詳見魏素足：《《文選》黃氏學研究》，臺灣師範大學國文學系博士論文，2005年，頁16。

56 馬積高：〈後記〉，載駱鴻凱：《文選學》，頁576。

駱鴻凱治學方法多承繼自黃侃，精通古文字、聲韻、訓詁及《楚辭》、《文選》之學，任教期間，勤勉發表多篇學術著作。在文字研究上，奉行許慎《說文解字》之說；文字、聲韻研究以本師黃侃為奉行圭臬，在著作〈文始箋〉一文中，多次引用黃侃教法。如：「黃先生曰，半與片近。凱曰，半、胖、判、畔等字由片衍，說詳片屬。」[57]訓詁研究以《爾雅》等字書為準繩；在已發表的《楚辭》學論文中，可以明顯看到駱鴻凱的《楚辭》研究相當推崇王逸的《楚辭章句》；《文選》研究發明昭明「沉思翰藻」之說，尊李善注。

二 交遊

目前學界對於駱鴻凱交遊情況，知悉甚少。筆者學力不逮，在查覽眾書後幾經拼接，雖無法全面觀照，仍嘗試對駱氏交遊情況窺探一二。茲依照筆者查閱所得，將可信的人物關係資料列簡表如下。若有論學記錄及書信往來，足以證明其關係者，在此小節試論之。

表二：駱鴻凱交遊情形一覽表

師長輩	黃侃（季剛）、章太炎（炳麟）、劉師培（申叔）
好友	馬宗霍（承堃）、錢基博（子泉）、楊樹達（遇夫）、張舜徽（訒庵）、高步瀛（閬仙）、陳鼎忠（天倪）、劉善澤（天隱）、席啟駉（孝牧）、陸宗達（穎民）、殷孟倫（石臞）、鄭奠（石君）、黎錦熙（劭西）
同事	張文舉、黃文弼（仲良）、錢玄同（德潛）、陳中凡（覺元）、劉賾（博平）、汪奠、皮宗石（皓白）、聞一多（家驊）、李肖聃（星廬）、曾星笠（運乾）

---

57 駱鴻凱：〈文始箋〉，《文哲叢刊》1940年第1卷，頁22。

學生	馬積高、郭晉稀、羊春秋、史穆、吳林伯、鄧志瑗、石聲淮
相識學者	陳垣（援庵）、范文瀾（仲澐）、程千帆（伯昊）、楊伯峻（德崇）、余嘉錫（季豫）、吳承仕（檢齋）、顧頡剛（銘堅）、張星烺（亮丞）、張怡蓀（張煦）、潘家洵（介泉）、丁山、齊樹平、臺靜農（傳嚴）、郝立權（冔蘅）、孫人和（蜀丞）、張爾田（孟劬）、黃節（晦聞）、徐森玉、倫明（哲如）、馬裕藻（幼魚）、倉石武四郎、吉川幸次郎（宛亭）、余熙農、錢稻孫、趙萬里（斐雲）、俞平伯（銘衡）、林公鐸（林損）

此外，湖南師範大學檔案館所藏駱鴻凱檔案中「社會關係」一欄，共列出三人，茲將內容移錄於下：

　　鄭　奠　　浙大教授　　北大同學，又與在北大同住三年，學術主張極相接近。
　　席啟駧　　武大教授　　朋友關係，又與同在湖大國師多年，論學極相得。
　　石聲淮　　華中大學教授　　師生關係，能傳習所授的學業。[58]

此三人之名皆已列於前表。然而，由於筆者目前尚未發現駱氏與三人之論學記錄及書信往來，故下文不擬專門介紹。

（一）陳垣

　　陳垣（1880-1971），字援庵，廣東新會人，近代史學家。陳垣年紀比駱鴻凱大十二歲，屬於師長輩。民國四十一年（1952），陳垣曾與楊樹達書信往來時，提及與駱鴻凱切磋學問的事：

---

58 湖南師範大學檔案館藏駱鴻凱檔案。

遇夫先生：違教久。奉廿二日書，悅若覯面，欣慰何似。《積
微居金文說》已由科學院送到，稍暇當細加鑽研，以答盛意。
來示謙欲法高郵，高郵豈足為君學？況我公居近韶山，法高郵
何如法韶山？前屢得駱君紹賓寄示近作，甚欲以此意諗之，不
知尊見以為何如？專此復謝，即頌著安。弟陳垣謹上。十二月
二日。[59]

此處的「高郵」是指清代考據家、高郵王念孫、王引之父子二人；而
「韶山」則為毛澤東的籍貫。陳垣在信中規勸楊樹達，與其學高郵王
氏父子的治學方法，還不如學毛澤東的思想。陳垣同樣也想將法「韶
山」的想法，規諫駱鴻凱。陳垣雖在北洋時代出任過國會議員、教育
部次長，但1949年後轉向推崇中共，1959年更加入中國共產黨。故其
認為駱鴻凱的作品，研究方式太傳統，應該要嘗試接受新的思想。從
這封書信不僅可以看出陳垣的政治立場，也不難想像在當時社會環境
需要立足，一切就得從法「韶山」開始。故由此封書信可窺知駱鴻凱
與陳垣時常切磋學問。

（二）楊樹達

　　楊樹達（1885-1956），字遇夫，號積微，湖南長沙人，為語言文
字學家。楊樹達年紀長駱鴻凱七歲，其姪楊伯峻是駱氏同門師弟。駱
鴻凱常去找楊樹達談論小學，在楊樹達的回憶錄裡面，記載了兩人討
論學問的片段：

駱紹賓來，談小學，舉呂、旅訓眾義相告。余乃出余所貫串呂

---

59 陳垣著、陳智超主編《陳垣全集》（合肥：安徽大學出版社，2009年12月）第二十
　　三冊，頁329。

字一條示之，伊乃折服。益謂余：「君之所為，殆欲與章君並矣。」余云：「不必有此事，卻不可無此心。」[60]

余季豫來，[61] 見示駱鴻凱與余二人書云：「遇公寄示聲韻文字，精義入神，殆駕高郵而上之。鴻凱驚駘，十駕不及，然已啟發不少矣。」[62]

遇駱紹賓（鴻凱），告黃季剛昨日南歸。渠向余道意，駱述黃語云：「北京治國學諸君，自吳檢齋、錢玄同外，余季豫、楊二君皆不愧為教授，其他則不敢知也。遇夫於漢書有發疑正讀之功，文章不及葵園，而學問過之。《漢書補註》若成遇夫之手，必當突過葵園也。」紹賓問黃新收門生誰最佳。黃曰：「楊伯峻第一，因渠有家學，故自不同也。」記日前陳寅恪謂余云：「湖南前輩多業《漢書》，而君所得讀多，過於諸前輩矣。」余於《漢書》治之頗勤，亦稍有自信。兩君當代學人，其言如出一口；足見真實之業自有真賞音，益喜吾道之不孤矣。[63]

駱鴻凱對於學問的態度，具有容人的雅量，無論師長輩、平輩或晚輩，只要對學術有真解者，從不吝惜讚美。從上面三段記載，可以得知駱鴻凱相當佩服楊樹達的學問，故常與楊樹達談論小學，對於學問上的疑惑誠懇求教的態度。

---

60 楊樹達：《積微翁回憶錄·積微居詩文鈔》，頁66。
61 余嘉錫（1883-1955），字季豫，湖南常德人，當代著名目錄學家，古文獻學家，曾任輔仁大學文學院院長、國文系教授，中國科學院語言研究院士。
62 楊樹達：《積微翁回憶錄·積微居詩文鈔》，頁83。
63 楊樹達：《積微翁回憶錄·積微居詩文鈔》，頁63-64。

（三）劉善澤

劉善澤（1885-1949），字腴深，號天隱，湖南瀏陽人，曾任教湖南國史館與湖南大學，與楊樹達、李肖聃創辦麓山詩社，並任社長。

劉善澤收到駱鴻凱所贈的著作《文選學》，閱畢，作〈駱紹賓教授贈所著文選學〉詩一首：

> 賓王安硯暇，文選理尤精。把讀過三日，研摩耐一生。
> 我猶操簡怯，君已著書成。作賦存時變，還期賦兩京。[64]

劉善澤將駱鴻凱比擬為駱賓王，對其《文選學》一書頗有佳評，又於此詩末小字標注曰：「蕭《選》收〈東西京賦〉。今屬國家多故，欲期補南北二京也。」可見劉氏不僅肯定駱氏對《文選》的研究成果，也肯定其文筆直追張衡，期待他有朝一日撰寫南北兩京之賦，藻飾承平。

（四）黎錦熙

黎錦熙（1890-1978），字劭西，湖南湘潭人，語言文字學家。馬積高在發表駱鴻凱的遺作時，曾云：

> 師之友黎錦熙先生曾有〈三百篇主述倒之文句例〉之作（見1932年《師大月刊》第二期），揭櫫「複合形容詞為述語而倒者」（如《周南·桃夭》「灼灼其華」之類）與「單字形容詞為述語而倒者」（如〈有蕡其實〉之類，此類每冠以語頭「有」字）二類，師嘗語及之，而此篇恪守義例，皆所不取。[65]

---

64 劉善澤：《天隱廬詩集》（長沙：湖南大學出版社，1989年12月），頁267。

65 馬積高：〈附記〉，見駱鴻凱遺作：〈《毛詩傳箋疏》語法錄〉載湖南省語言學會《湖南省語言學會論文集》1980年，頁149。

駱、黎二人關係，不僅只是同為湖南大學任教的同事之情、同為湖南人，更有鄉里之情誼。從馬積高先生的言論，可以看得出來，駱鴻凱與黎錦熙的關係相當友好，二人在語言研究上多有交集。

（五）張舜徽

張舜徽（1911-1992），號訒庵，湖南沅江人。張舜徽比駱氏小十九歲，駱鴻凱算是張舜徽的師長輩。張舜徽曾將兩人的相處片段作了記載：

> 舜徽早歲北遊，即識先生於舊都；後同居長沙，往來尤密。舜徽以後進禮常從請益，而先生引為忘年交，論學析疑，談輒移晷。先生平易近人，無所矜飾；復沖虛抑退，不恥下問。於書傳偶有遺忘，輒詢之舜徽。盛德謙光，令人感慕。[66]

張舜徽跟駱鴻凱在北京認識，因兩人都住在長沙，兩人交往密切，張舜徽常向駱鴻凱請教學問，雖然兩人沒有師徒之份，但駱鴻凱還是相當樂意跟張氏分享所學，在張氏面前並不會端出長輩的架子，而是將張氏當作談論學問的朋友。駱鴻凱即使已經是個學有所成的老師，但只要碰到不明白的學術問題，都會很誠懇向對方請教，並不會自矜身分、恥於發問。而對駱氏的治學態度，張舜徽相當感念，也相當佩服。

駱鴻凱是一位愛惜人才的老師，只要能夠有益於學生或晚輩的事情，必定極力奔走、引薦。張舜徽曾云：「因駱紹賓先生之介，使見（陳鼎忠）先生於湖南大學。」[67] 又云：「因駱紹賓先生之介，得與

---

66 張舜徽：《舊學輯存下冊·憶往篇·湘賢親炙錄》，頁1147。
67 張舜徽：《舊學輯存下冊·憶往篇·湘賢親炙錄》，頁1153。按：陳鼎忠，字天倪，益陽人。

（馬宗霍）先生相見，聚談甚歡。」[68] 駱鴻凱曾介紹陳鼎忠跟馬宗霍
兩人，讓張舜徽認識，以拓展其學術人脈。

（六）倉石武四郎

倉石武四郎（1897-1975）係日本著名漢學家，民國十九年
（1930）曾到訪中國。駱鴻凱與日本學者倉石武四郎的交往，可見於
《倉石五四郎中國留學記》中的七段記載，茲摘三段如下：

> 二月二十三日譯《哥兒》。楊遇夫、駱紹賓兩先生來。紹賓先
> 生借《見星廬賦話》去。雨變為雪，院中悉白。夜用電話與宛
> 亭君校《匏廬詩話》。[69]

> 三月八日駱紹賓來，借《雅倫》第三本。南遊之興大發，意馬
> 心猿，不知其所之。赴東方圖書館借宋於庭《陸子新語》並
> 《孟子疏證》，見徐森玉先生。北大斐雲先生課。理髮。閱
> 《會典》。上房竹戲至深更。得大淵君書，雲已離北平。[70]

> 三月九日駱紹賓又來借課藝六本。通學齋送《□□齋古文》，
> 還《夏小正》。哲如先生所藏原是此書，並非《經傳考》。宛亭
> 來借《直隸圖書館目錄》，留洪北江《曉讀書齋雜錄》四集八
> 卷（原刊，廿元）、王漁洋撰《濤音集》（十元），俱文奎堂

---

68 張舜徽：《舊學輯存下冊·憶往篇·湘賢親炙錄》，頁1153。按：馬宗霍，字以行，
　　衡陽人，章太炎的弟子。

69 榮新江、朱玉麒輯注：《倉石武四郎中國留學記》（北京：中華書局，2002年4月），
　　頁78。

70 榮新江、朱玉麒輯注：《倉石武四郎中國留學記》，頁89-90。

物。文奎堂送《許學叢刻》殘本（三元）。謝剛主來，還《越縵堂日記》，並送《違礙書目》石印本。[71]

倉石武四郎到訪中國期間，致力蒐羅採購中國的書籍，藏書相當豐富，兩人的交往時間，大約是一個學期，駱氏曾向倉石武四郎借書。

（七）郭晉稀

郭晉稀（1916-1998），湖南株洲人，畢業於湖南大學中文系。曾任桂林師範學院、湖南藍田師範學院講師。郭氏就學於湖南大學時，曾受業於駱鴻凱，駱氏甚為欣賞。如民國廿九年（1940）一月十八日駱氏覆郭氏函云：

> 晉稀吾弟足下：別後承屢損書，疏懶未及作覆，然無時不在念也！頃奉手劄，併大著〈斜母古讀考〉均悉，甚佩！喻斜定三母相通，乃凱研求語根積十餘年所悟得者，唯以囿於方音，疑斜從兩母古讀亦通，以是牽制，未能寫定。今得足下是篇，以為斜與從無預，論自不刊。至凱所持喻斜定三母相通，固無疑義者，既為弟所習聞，大著似宜稱道及之，以見師承所自，未知足下以為何如也？[72]

駱鴻凱認為郭晉稀〈斜母古讀考〉論證出色，斜從兩母古不相通，其說至確。然喻斜定三母相通之說，自己在課上時有提及，郭氏耳濡目染，遂能在此基礎上後出轉精，故駱氏認為郭晉稀應在文中點出喻斜

---

71 榮新江、朱玉麒輯注：《倉石武四郎中國留學記》，頁91。

72 張士昉、郭令原：《郭晉稀紀念文集》（蘭州：甘肅教育出版社，2000年7月），頁230。

定相通之說出於自己，以明師承淵源脈絡。縱然如此，駱鴻凱依然愛憐郭氏才學，多有獎掖。如同年三月廿六日馬宗霍致函郭晉稀云：

> 得書知貴院已遷回桂林。桂林以山水名，而足下與紹賓先生書似不以為勝，欲往之興大減。足下所學專邃，見猜同列，有移硯之意。聞紹賓先生已致書中大力加推轂，又得熊君為先容，想能有成！[73]

郭晉稀當時任教於桂林，似乎不滿於工作環境，希望能返回湖南。駱鴻凱不以前事為嫌，極力為郭晉稀奔走，可見其關愛之心。至八月二十五日，駱氏又致郭氏函云：

> 民國學院下年度改為大學，力謀充實師資，已推薦弟講授音韻、《莊》、《荀子》等課，當無問題。……嘗謂斯文未喪，必有英絕領袖之者，它日不得不望於吾弟。[74]

復見期望之深。十一月十七日，錢基博在信中告知郭晉稀，駱鴻凱對郭氏多有讚譽：「晉稀仁賢如晤：駱先生來院一談，道及賢同學精進，為諸師所重，聞之歡喜。」[75] 駱氏為愛徒之籌謀，心力亦云盡矣。

第三節　駱鴻凱著作述要

　　湖南師範大學檔案館所藏駱鴻凱檔案的著作一欄中，列出了以下

---

73 張士昉、郭令原：《郭晉稀紀念文集》，頁231。
74 張士昉、郭令原：《郭晉稀紀念文集》，頁230-231。
75 張士昉、郭令原：《郭晉稀紀念文集》，頁228。

數種：

《文選學》　　　1936年在中華出版
《語原》　　　　1950年在長沙自印發行
《楚辭廎六種》　1934年在北平師大及湖大印行
《爾雅論略》　　1934年在湖大印行 [76]

駱鴻凱目前已正式出版，並普遍發行的專著僅有兩種：《文選學》（中華書局，1936年初版，1989年再版）、《爾雅論略》（岳麓書社，1985年版），其他的專書由個別學校印行，僅在駱氏任教學校流通，而後戰亂頻仍，各校皆未能將駱氏專書集結整理出版。馬積高提及駱鴻凱的著作，大多在抗日戰爭以前發表：

> 其著述尚存者，……尚有《楚辭通論》、〈楚辭文句集釋〉、〈楚辭連語疊字譜〉、《離騷論文》等，曾由北京師範大學、湖南大學印行，其中〈楚辭文句集釋〉、〈楚辭連語疊字譜〉並分別在《員輅》、《制言》上發表過。此外還有〈尚書傳疏語法錄〉、〈毛詩傳箋疏語法錄〉（分別發表於《員輅》、《制言》兩雜誌）《聲韻學講義》（湖南大學及及國立師範學院講義）及其他論文多篇。這些著作大多成於抗日戰爭以前，即多是早期之作。[77]

駱鴻凱的專著，現存尚有《楚辭通論》、《離騷論文》、《聲韻學講

---

76 湖南師範大學檔案館藏駱鴻凱檔案。

77 馬積高：〈後記〉，載駱鴻凱：《文選學》（北京：中華書局，1989年），頁576。按：《員輅》刊名典故出自《詩經・小雅・正月》：「無棄爾輔，員於爾輻。」

義》、《語原》數種，分別由北京師範大學、湖南大學等處印行。[78]

　　駱氏《文選》類著作，以《文選學》一書為主，而單篇論文內容，與此書並無太大差異。《楚辭》類專書，據彭丹華查核，現今可查到的駱鴻凱《楚辭》研究單行本著作有《楚辭論文》（國立北京師範大學印本）、《離騷論文》（國立湖南大學鉛印本）、《楚辭文句集釋》一卷（國立湖南大學鉛印本）和《楚辭義類疏證》一卷四種。《楚辭論文》與《離騷論文》內容大致相同。《離騷論文》出版時間晚於《楚辭論文》，訂正了《楚辭論文》錯誤之處。[79]《楚辭》類單篇論文，經筆者查核共七篇：〈《楚辭章句》徵引楚語考〉、〈楚辭連語釋例　附楚辭雙聲疊韻譜〉、〈楚辭義類疏證〉、〈楚辭舊注考〉、〈楚辭文句集釋敘〉、〈楚辭文句集釋〉、〈楚辭小學〉。駱氏經學類著作，合計四篇，〈傳注箋疏語法錄總敘〉、〈傳注箋疏語法錄尚書序例〉、〈傳注箋疏語法錄〉〈《毛詩傳箋疏》語法錄〉；史學類著作〈漢書論略〉一篇；小學類著作，專書有《爾雅論略》，單篇則有〈文始箋〉、〈文始箋五則〉。〈餘杭章公評校段氏說文解字注〉及〈雲悲海思廬詩鈔〉二文，並不是駱鴻凱所寫，而是移錄兩位老師（章太炎和黃侃）的著作發表。〈秋興賦〉、〈弔余熙農〉、〈先師量守先生輓詞〉、〈蘄漢大師輓詞〉四篇，因非學術類著作，筆者此處僅存其目，並不詳加說明。駱鴻凱著作出版狀況相當散亂，需要一一蒐集整理。原因有三：一、單篇論文有時會出現「同題名」在不同期刊發表的情形，如：〈楚辭文句集釋〉、〈楚辭舊注考〉、〈傳注箋疏語法錄總敘〉、〈傳注箋疏語法錄尚書序例〉、〈傳注箋疏語法錄〉等篇，在《員輻》、《制言半月刊》發表。二、駱鴻凱某些著作因戰亂而遺失。三、部分著作僅在朋友、家

---

78 《文選學講義》、《離騷論文》湖南大學印本，《楚辭論文》、《楚辭通論》國立北京師範大學印本，《聲韻學》國立師範學院印本。

79 彭丹華：〈駱鴻凱楚辭研究述評〉，頁5。

人圈中流傳，並沒有整理出版。如：馬積高家中所藏的駱鴻凱《莊子》批記：

> 我家現存駱師手批的《莊子》，其中除了自己的心得外，還移
> 錄了一些前輩和同輩學者之語。[80]

觀馬積高所述，可知駱鴻凱曾經批點過《莊子》，因不見其著，僅存其目。本節將駱氏的著作分為《文選》類、《楚辭》類、經史類、小學類等四類說明。

一　《文選學》成書始末及其版本

駱鴻凱的《文選》類著作，僅有一種，此書經過近十年的寫作與修訂，修訂過程中，至少產生了六種版本，即油印本、武大本、中國大學本、北師大本、湘大本、上海本。此書或名「文選學講義」、或名「漢魏六朝文文選學」、或名「文選講疏」、或名「文選學」，定稿的上海本則名《文選學》，此後重印、翻印及增補本皆襲此名。

《文選學》油印本流傳極罕，孔夫子網拍賣曾見，附有三張圖片。孔網謂其為石印本、史語所印行。然觀圖片，當係據手寫本油印者。駱氏自敘落款為「十七年十一月」，考中研院正於當年成立於南京，可知駱氏初稿成後即付史語所油印（油印本）。換言之，該書之動筆必早於此年，蓋在1920年代中期。油印本上塗抹增補時見，文字與今本頗有差異。

此後未久，駱氏將油印本進行修改，交由武大排印成教學講義

---

80 張士昉、郭令原編：《郭晉稀紀念文集》，頁16。

（武大本）。民國二十五年（1936）駱鴻凱於《制言半月刊》第八期
刊登〈選學源流〉，該篇前言曰：「戊辰己巳間，教授武漢大學，有
《文選講疏》之作。」[81] 王立群對《文選學》成書過程進行考證，民
國十七年（1928，戊辰）至民國十八年（1929，己巳）駱鴻凱執教武
漢大學時，已有《文選學》一書的基本框架，並根據〈選學源流〉前
言內容，推測《文選講疏》即今《文選學》前身。[82] 所言良是。所謂
「文選講疏」，極有可能是武大本。進而言之，油印本筆者未克查
閱，不知其篇幅架構如何，然正文第一頁有「一、文選之纂集」標
題，初可窺其涯略。武大本之印行時間與油印本相隔僅一年左右，兩
者內容架構當頗為接近。

　　武大本原來應分上下兩冊，目前僅存上冊，殆為孤本，為黃焯舊
藏、王慶元現藏，該冊扉頁不見書名，然正文版心有「文選學」字
樣，當即書名。上冊敘目共含〈文選纂集第一〉、〈文選義例第二〉、
〈選學源流第三〉、〈文選文體第四〉、〈文選撰人第五〉、〈文選撰人爵
里生卒述攷第六〉，而據書首目次顯示該六章為篇上，篇下則為導言
一至十五。換言之，篇下即為下冊之內容，惜下冊目前仍待尋訪，然
目次所見，兩篇七章，已構成其後《文選學》一書的主體。

　　其後王慶元又指出：「此本原稱武大本，其實並非武大印刷，書
中無印製單位及時間，據內容、紙型判斷印製時間，與中國大學本相
近。」又云中國大學本題為《漢魏六朝文文選學》，中縫有「中國大
學講義」字樣，大約為駱鴻凱於民國十八至二十年間（1929-1931）
任教中國大學時所印。[83] 然筆者猜測，駱氏於書名添上「漢魏六朝

---

81 駱鴻凱：〈選學源流〉，《制言半月刊》第八期，頁795。

82 王立群：《現代文選學史》，頁81。

83 王慶元、黃磊：〈駱鴻凱《文選學》與周貞亮《文選學講義》成輸過程的再思考：
　　疑雲辨析之三〉，《昭明文苑，增華學林──《文選》與《文心雕龍》學國際學術研
　　討會》（鎮江：江蘇大學，2019年3月）。

文」五字，又移去敘文，說明他在中國大學任教的科目當非「文選學」，而更可能是「漢魏六朝文」。由於時間倉促，駱氏無法另備講義，於是仍採用「文選學」講義，而在書名中增入「漢魏六朝文」。換言之，該講義當成於駱氏民國十八年自武漢再度北上之前。既如王氏所言，其藏本與中國大學本的內容及印製時間相近，很有可能是在武漢大學印製。故筆者不揣淺陋，仍將王氏藏本稱為武大本。

此外又有北平師大本，此本仍名為《文選學》，鉛印本。目前所見僅存殘葉14頁，為《文選學附編》一部分。王慶元認為時間與中國大學本相近，約在民國十九至二十年間（1930-1931）。至於湘大本，同樣名為《文選學》，鉛印本，王慶元以為印製時間在民國二十一年（1932），分為上下冊，下冊即《文選學附編》。[84] 由於湘大本之前，僅北師大本有附編，武大本、中國大學本皆未見。由此初步推測，《文選學附編》的編纂當始於駱氏執教於北師大時。茲選錄油印本、武大本、上海本之對應文字，表列如下，以見其異同：

表三：油印本、武大本、上海本文字異同情形一覽表

油印本	武大本	上海本
上篇敘文選之纂次與義例，以及治斯學者之史蹟，明文選學之源流也。下篇所述，則以文體、文史、文格、文術諸方析觀斯集，為諷籀文選者告也。	上篇敘文選之義例，以及往昔治斯學者之塗轍，明文選學之源流也。下篇所述，則以文體、文史、文格、諸方，析觀斯集，為研習者導之津梁也。	今之所述，首敘文選之義例，以及往昔治斯學者之塗轍，明選學之源流也。末篇所述，則以文史、文體、文術、諸方，析觀斯集，為研習文選者導之津梁也。

84 王慶元、黃磊：〈駱鴻凱《文選學》與周貞亮《文選學講義》成輸過程的再思考：疑雲辨析之三〉，《昭明文苑，增華學林──《文選》與《文心雕龍》學國際學術研討會》（鎮江：江蘇大學，2019年3月）。

油印本	武大本	上海本
十七年十一月駱鴻凱	長沙駱鴻凱	戊辰十一月長沙駱鴻凱自敘
文選之纂集	文選纂集第一	纂集第一
六、入選之文家取數篇有未足見由時之風致與其本色者	五、入選之文家取數篇有未足見當時風致者	此部分整段刪除
按文選所錄,贗品有二。一為司馬長卿〈長門賦〉,一即蘇氏所舉之〈李陵答蘇武書〉。	按文選所錄,贗品有三。一為司馬長卿〈長門〉,一為子玄所舉之〈李陵答蘇武書〉,……一為孔安國〈尚書序〉。	按文選所錄,贗品有三:一為司馬長卿〈長門賦〉,一為子玄所舉之〈李陵答蘇武書〉,……一為孔安國〈尚書序〉。

王慶元比對武大本與上海本,發現有明顯刪改的痕跡,非僅如此,據表三可知,武大本視油印本在文字上亦有不同。民國二十一年（1932）,駱氏到湖南大學任教,將書稿再次排印（湘大本）。湘大本即駱氏執教湖南大學所撰寫的《文選學講義》,其內容共分六章:〈文選纂集第一〉、〈文選義例第二〉、〈選學源流第三〉、〈文選文體第四〉、〈文選撰人第五〉、〈讀選導言第六〉。尚缺〈撰人事跡生卒著述考第六〉、〈徵故第七〉、〈評騭第八〉、〈餘論第十〉。[85] 與前此武大本相比缺〈文選撰人爵里生卒述攷〉,與其後的上海本相較得缺〈撰人事跡生卒著述考〉、〈徵故〉、〈評騭〉、〈餘論〉,經王立群查校湘大本與中華書局本的文字全同,僅〈敘〉的內容有些微差異。王慶元根據民國七十八年北京本（後詳）與駱氏自敘的兩段文字,認為湘大本六章之內容與上海本對應章節的文字相同,也與武大本一定有所差別。

　　湘大本印行之際,駱氏仍在修訂書稿。值得注意的是,駱氏離開

武漢大學後，其「文選學」一科由周貞亮所負責。周貞亮（1876-1933）就年齡而言為駱氏父執輩，師承清代學者譚獻（1832-1901），有《文選疏》之書稿。周氏又參考駱書，編成自己的講義。王慶元指出：「周書較駱書晚出，周撰寫講義時猜想已見到駱1928年的油印本。反過來駱離武大後，北上和1932年回湖南大學任教，多年講授文選學，亦必見到周君後出的鉛印各版本講義。各自修訂時互相參閱，進行文字增刪，甚或襲用的情況不在少數。」又云：「今仔細核對前引連珠體式一段文字，發現也有駱書引用周書的情況。尤其是1937年版本，出書前，駱君必定作了大量增、刪、修訂工作。必參閱周在武大所出的《文選學講義》。因這些講義均在1933年周君去世前印出。此時容易得到。」[86] 駱、周二書相互參閱，在今日看來恐有剽竊剿襲之嫌。但在當時，不過只是教師共享講義而各各依照自身的取向加以修訂而已。以周氏而觀之，《文選疏》方為其名山事業，《文選學講義》僅為大學講義，故未必仔細究心如此。相對而言，駱鴻凱修訂著作時參考周氏講義，亦是同理。

　　駱氏在修訂《文選學》的過程中，也開始將修訂成果分批發表於期刊，以就正方家。初到湖南大學的民國二十一年（1932），《文選學》自敘便發表於《國學叢編》，內容大致同於武大本，而與油印本頗有出入。至民國二十五年（1936）第七個單篇〈廣選〉發表於《制言半月刊》未幾又為《員輻》轉載，為單篇系列之最後一篇。茲將單篇發表情況表列如下：

86　王慶元、黃磊：〈駱鴻凱《文選學》與周貞亮《文選學講義》成輸過程的再思考：疑雲辨析之三〉，《昭明文苑，增華學林──《文選》與《文心雕龍》學國際學術研討會》（鎮江：江蘇大學，2019年3月）。

表四:《文選學》單篇論文發表一覽表

篇目	期刊及發行時間	上海本
〈文選學自敘〉	《國學叢編》1931年	敘
〈讀選導言〉	《湖南大學期刊》1933年 《學術世界》1935年	讀選導言第九
〈選學源流〉	《制言半月刊》1936年	源流第三
〈選學源流續〉	《制言半月刊》1936年	源流第三
〈選學書著錄〉	《制言半月刊》1936年	選學書著錄
〈文選指瑕〉	《制言半月刊》1936年	餘論第十
〈廣選〉	《制言半月刊》1936年 《員輻》1936年	餘論第十

　　北京本馬積高〈後記〉提及:「《文選學》是先師駱紹賓先生的力作之一,一九三六年曾由中華書局出版。」[87] 此年亦為〈廣選〉發表之年,可見駱氏將全書定稿後便交由上海中華書局正式出版(上海本),該本出版頁顯示出版時間實為民國二十六年(1937)6月,蓋交稿在民國二十五年,此後兩岸翻印本大率以上海本為底本。

　　民國七十八年(1989),馬積高增補駱鴻凱《文選學》內容,交由北京中華書局再版(北京本),然其正編仍據上海本影印。茲將五種重要版本篇目表列如下:

---

87 馬積高:〈後記〉,載駱鴻凱:《文選學》,頁575。

表五：《文選學》各版本及篇目一覽表

油印本 （1928）	武大本 （1928-29）	中國大學本 （1929-31）	北師大本 （1930-31）	湘大本 （1932）	上海本 （1937）	北京本 （1989）
敘	敘		以下未得見	敘	敘	敘
一、文選之纂集	文選纂集第一	文選纂集第一		文選纂集第一	纂集第一	纂集第一
以下未得見	文選義例第二	文選義例第二		文選義例第二	義例第二	義例第二
	選學源流第三	選學源流第三		選學源流第三	源流第三	源流第三
	文選文體第四	文選文體第四		文選文體第四	體式第四	體式第四
	文選撰人第五	文選撰人第五		文選撰人第五	撰人第五	撰人第五
	文選撰人爵里生卒述攷第六 以上「篇上」	文選撰人爵里生卒著述考第六[88]			撰人事跡生卒述考第六	撰人事跡生卒述考第六
					徵故第七	徵故第七
					評騭第八	評騭第八
	導言一至十五以上「篇下」			〈讀選導言第六〉	讀選導言第九	讀選導言第九
					餘論第十 以上正編	餘論第十 以上正編

88　正文改稱「文選撰人時地考」。

油印本 （1928）	武大本 （1928-29）	中國大學本 （1929-31）	北師大本 （1930-31）	湘大本 （1932）	上海本 （1937）	北京本 （1989）
			附編僅存14頁		文選分體研究舉例論 以上「附編一」	文選分體研究舉例論 以上「附編一」
					文選專家研究舉例陸士衡 以上「附編二」	文選專家研究舉例陸士衡 以上「附編二」
					選學書著錄	選學書著錄以上「附編二」
						文選分體研究舉例書賤
						文選分體研究舉例史論
						文選分體研究舉例對問、設論
						文選專家研究舉例顏延年
						文選專家

油印本 （1928）	武大本 （1928-29）	中國大學本 （1929-31）	北師大本 （1930-31）	湘大本 （1932）	上海本 （1937）	北京本 （1989）
						研究舉例 任彥升
						文選專家 研究舉例 賈誼 以上 「附編補」

　　近年來，大陸地區的出版社先後出過兩個繁體橫排的重印本，知識產權出版社一百○二年（2013）十月本，乃據上海本重排，文字及標點錯誤較多；北京中華書局一百○四年（2015）三月本，則據北京本重排。行文至此，僅將上述各本之傳承譜系表列如下：

表六：《文選學》版本傳承譜系

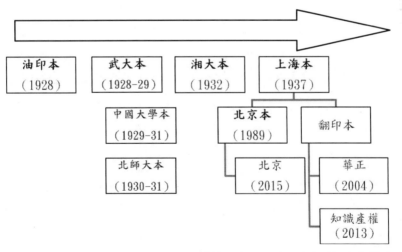

　　附帶一提，王慶元又指出民國二十年（1931）周貞亮到武漢大學開設《文選》課程，當時駱鴻凱已離開武大，近兩年之久，周氏作為駱氏在武大的後繼者，亦編有《文選學》，其纂寫體例與駱書多有參

考。[89] 前修時賢或指出兩書內容每有雷同之處，其因蓋此。

此外2016年春，筆者在上海圖書館發現駱鴻凱著作一種，書名為《中國大學講義》，為駱氏在中國大學開設賦選課之講義，其正編為清人王芑孫《讀賦卮言》，「賦選附錄」以清人劉熙載《藝概》之〈賦概〉為首，次以元人陳繹曾《文筌》之〈楚賦譜〉，次為江淹〈別賦〉、謝莊〈月賦〉，次為《文心雕龍·物色篇》。〈別賦〉及〈月賦〉皆綴有駱氏之論析文字，與馬積高所補之湖南大學講義類近，為他書所未見。

二 《楚辭》類著作述要

駱鴻凱是湖南人，對屈原與《楚辭》一書，懷有鄉誼之情，對《楚辭》的探索始終沒有間斷。其檔案所列《楚辭廎六種》乃民國二十三年（1934）在北平師大及湖大印行，然其詳目尚不可知，至少當包括《楚辭論文》、《楚辭通論》兩種。駱氏認為《文選》與《楚辭》關係密切，《楚辭》作為文學總集，《文選》為其延伸，兩者合觀可有互著別裁的效果。《文選學》一書雖沒有對《楚辭》展開論述，而是偶用《楚辭》例子作為《文選》研究的輔證。駱氏的《楚辭》類專著皆是以課程講義的面貌存在，僅在其任教學校流通，並沒有正式對外發行。如前所言，學界探討駱鴻凱之《楚辭》研究者，僅有彭丹華、鄧盼、孫夢菲等寥寥數人，尚未完備，仍有繼續探討、研究的空間。本目先介紹駱氏專著《楚辭論文》及《楚辭通論》二書，再依出版先後，將駱鴻凱曾經發表過的《楚辭》類單篇論文，目前可考可察之篇章，共六篇，逐一進行評述。

---

89 王慶元：〈周貞亮《文選學講義》與駱鴻凱《文選學》疑雲小識〉，《中國文選學會第十一屆年會論文集》（鄭州：鄭州大學古籍整理研究所，2014年8月），頁4。

（一）《楚辭論文》

《楚辭論文》為駱氏在北平師範大學時之講稿。黃靈庚《楚辭文獻彙刊》所收為中國科學院藏本，黃氏以為係1951年排印本。此書大略有六，一曰〈離騷解題〉，二曰〈屈子所處之時代與〈離騷〉之旨趣〉，三曰〈離騷章法〉，四曰〈離騷之辭與義〉，五曰〈離騷本音〉，六曰〈離騷評論〉。[90] 此書因詳論〈離騷〉，故又名《離騷論文》。

（二）《楚辭通論》

《楚辭通論》亦為駱氏在北平師範大學時之講稿，文清閣編委會《楚辭要籍選刊》收錄。[91] 此書共分為十部分，一曰〈楚辭釋名〉，二曰〈楚辭體裁原始〉，三曰〈楚辭之體式〉，四曰〈楚辭之句法〉，五曰〈楚辭之字例〉，六曰〈楚辭之韻式〉，七曰〈楚辭之名物訓詁〉，八曰〈楚辭之編輯及注家〉，九曰〈楚辭之評騭〉，十曰〈楚辭之模擬者〉。筆者曾在湖北省圖書館閱覽此書，中有不少墨批，當為駱氏筆跡。由此可知，《楚辭論文》專論〈離騷〉，而《楚辭通論》概言《楚辭》，二者實為互補之作。

（三）〈《楚辭章句》徵引楚語考〉

〈《楚辭章句》徵引楚語考〉一文，於民國二十年（1931）發表《師大國學叢刊》，此文考察〈離騷〉、〈九章〉、〈招魂〉內，所使用的十四處楚語：「扈」、「宿莽」、「羌」、「侘傺」、「篿」、「憑」、「邅」、「潭」、「鋏」、「汦」、「閖、「爽」、「夢」、「瀛」。駱鴻凱的作法是：先

90　黃靈庚：《楚辭文獻叢考》（北京：國家圖書館出版社，2017年12月）下冊，頁1716-1720。

91　文清閣編委會：《楚辭要籍選刊》（全十九冊）（北京：燕山出版社，2008年10月）。

引《楚辭》原文指明出處，其次將王逸《楚辭章句》的注解作為基底，而後輔以《說文解字》、《唐韻》、《爾雅》、《廣韻》等音韻字書進行釋義訓音，最後歸納了十四個字詞的本義、引申義、發音及用法。

（四）〈楚辭連語釋例（附楚辭雙聲疊韻字譜）〉

駱鴻凱云：「楚辭之作，嗣響風人。凡摹擬情事景物，一字不能盡者，則亦連語疊字以形容之。組織纏綿，與三百篇同工異曲。」[92]認為《楚辭》描寫事物時，無法僅用一字表達全意，便使用連語疊字來形容所感，《楚辭》大量使用連語疊字，所呈現的纏綿之情，其實跟《詩經》很相似。駱氏將《楚辭》中，使用了雙聲疊韻連語一一羅列，分為一句兩用、四句疊用、六句疊用、累句疊用、顛倒用；疊字連語則分為一句兩用、二句三用、二句四用、四句三用、四句四用、六句六用、累句疊用、顛倒用、雙聲疊韻與疊字並用。末段附上雙聲疊韻與疊字錯用的例子，以供讀者參校。

（五）〈楚辭義類疏證〉

〈楚辭義類疏證〉一文，於民國二十四年（1936）七月發表在《員輻》上，隔年六月，在《制言半月刊》第十九期刊出。[93]筆者將二文相互比對，發現多相異處，此處僅以「篇首自敘」內容為例。駱鴻凱舉了許慎作《說文解字》時，釋字會引用《楚辭》的內文作訓釋的例子，如：「嫠」、「蘀」字。《員輻》本曰：「菩下曰，草也。楚詞有菩蕭草，今本〈九辯〉作梧楸。」[94] 在《制言》本改云：「菩下

---

92 駱鴻凱：〈楚辭連語釋例　附楚辭雙聲疊韵字譜〉《湖南大學期刊》1933年4月第8期，頁30。

93 按：此文之稿本尚存，收藏於上海圖書館。

94 駱鴻凱：〈楚辭義類疏證〉，湖南大學中國語文學會《員輻》第一卷第一期（長沙：岳麓山湘嶽印刷公司，1936年7月），頁127。

曰，草也。楚詞有菩蕭艸，今本〈九辯〉作梧楸。」[95]《說文解字》
解「菩」字，在《楚辭》裡面是「菩蕭」，可見許慎是引用《楚辭》
的。現在所見的《楚辭》寫成「梧楸」，「菩」現在寫成木字邊的
「梧」，依舊是「菩」字，而「蕭」卻改為「楸」了。因為這個證
據，駱鴻凱推斷許慎所見的《楚辭》與王逸所見的《楚辭》本子是不
同的。

　　駱鴻凱曰：「楚辭訓故，無不與蒼雅傅合。」[96] 認為《楚辭》的
訓詁與《三蒼》、《爾雅》古代訓詁二書相合，文中用字，合乎雅正。
《楚辭》裡面所有的詞語，與訓詁書上相合，沒有跟訓詁不合的字。
《員輻》本曰：「攓下曰，拔取也。南楚語。楚詞曰朝攓阰之木
蘭。」[97] 此段在《制言》文中刪除，筆者認為是與「梧楸」的情況相
同，駱鴻凱書寫重點不在此，而是在於《楚辭》同義字上，故不重複
舉例解釋許、王所見的《楚辭》本子不同。而駱鴻凱在《員輻》出現
的錯別字，如：「灖下曰白皃」，「皃」與「兒」字相像，容易混淆弄
錯，在《制言半月刊》出版時，改正為「灖下曰白兒」。二文在「篇
首自敘」已顯差異，並不如彭丹華所言二文全同。

（六）〈楚辭舊注考〉

　　〈楚辭舊注考〉一文，於民國二十五年（1936）一月《員輻》第
二輯刊出，此文於隔年二月刊載在《制言》半月刊第三十四期。[98] 文
章先後曾改易二處：一、「自太史公口論過之」改為「自太史公口論
道之」，二、「匡楊劉之濛湏」改為「「匡楊劉之湏洞」。

95 駱鴻凱：〈楚辭義類疏證〉，章氏國學講習會編印《制言半月刊》1936年第19期（臺
　　北：成文出版社，1985年3月影印），頁1995。

96 駱鴻凱：〈楚辭義類疏證〉，《制言半月刊》1936年第19期，頁1995。

97 駱鴻凱：〈楚辭義類疏證〉，《員輻》第一卷第一期，頁127。

98 按：此文於湖北省圖書館之書目誤著錄為〈楚辭集註考〉。

兩漢《楚辭》舊注,清人姚振宗、顧櫰三等《補後漢書藝文志》等或有著錄,然全面考察諸書及其遺說,駱鴻凱可謂開先河者。其以淮南王安首定經傳之稱,旁徵《說文》、《文選》、《史》、《漢》諸書,探索賈逵、班固注之原貌,並訂正其訛誤,言而有據。厥後饒、姜書目著錄兩漢《楚辭》舊注,亦不出駱氏之範圍。

(七)〈楚辭文句集釋〉

〈楚辭文句集釋敘〉、〈楚辭文句集釋〉二文,首發於民國二十五年(1936)一月《員輻》第二期。民國二十六年(1937)二月,〈楚辭文句集釋敘〉以「同篇名」發表於《制言半月刊》第三十四期,經筆者比對,在《員輻》發表的,與在《制言半月刊》所發表的文字完全相同,並無刪改之跡。民國二十六年(1937)七月〈楚辭文句集釋〉發表於《制言半月刊》第四十四期,與在《員輻》發表的文字相互比對,發現兩篇的舉例有所不同,刪改痕跡相當明顯。〈楚辭文句集釋敘〉、〈楚辭文句集釋〉二篇曾被合刊為一卷,[99] 筆者未得見,此處僅以得見之兩篇期刊內容進行說明。

正文分析《楚辭》句式,在變文、省文、倒文、複文的基礎上,細分為倒文、省文、錯綜成文、變文避複、連類並稱、反言若正、正言若反、副詞冠句、副詞單用等於重言、上下詞同義異、上下義同詞異、一人之詞中加曰字、二人之詞省曰字、句似同實異、數句連讀、施受同辭、偶句間奇句、長句間短句、同義字複用、複句、語詞複用、發句詞、助句詞、隔韻、錯韻、助詞韻、重韻、續韻、虛數、孰語等,共計三十種例。其理解原文、斷定各例的依據,則為王逸《楚辭章句》。詳此三十種例,可歸為句式、詞語及用韻三方面。

---

99 彭丹華:〈駱鴻凱楚辭研究述評〉云:「《楚辭文句集釋》一卷,版本為民國25年長沙湖南大學鉛印本」,頁3。

　　整體觀之，駱氏此文考辨精審，然亦小有瑕疵。除前隨文所論者
外，茲更略述之。如駱氏謂〈湘君〉「蹇誰留兮中洲」省介詞「於」、
「美要眇兮宜修」省連詞「又」等，無疑僅將「兮」字之視為語助而
已。然而，如〈山鬼〉「采三秀兮於山間」之類「兮」、「於」並存的
例子，在《楚辭》中甚為罕見。如從郭沫若之說，以「於山」為「巫
山」，則並此「於」字亦非介詞。實際上，「兮」字之用非徒限於語
助，更有介詞、連詞等功能。在〈九歌〉體的短句中，這種特徵尤為
明顯。其次，駱氏於〈楚辭小學〉一文中曾云：「叔師之注，但憑經
訓，不侈語怪，亦漢師家法也，豈觀聞見之博隘乎？」此似有為王逸
開脫之意。《楚辭》諸篇，本於儒理時有不合。縱使王逸博覽，然注
解怪力亂神之文，勉強「折衷六藝」而刻意忽略「山經怪物」，自無
法中其肯綮。〈楚辭小學〉雖時或指出王逸之缺失，然〈楚辭文句集
釋〉唯其馬首是瞻，求解文理而必較章句，此雖踏實之法，卻難免百
密一疏，亦造成對王注之過度倚賴。

（八）〈楚辭小學〉

　　駱鴻凱〈楚辭小學〉，刊於《師聲》1947年第一期。小引落款為
民國三十四年（1945）十一月，其言曰：「往余仿陳氏疏毛之例，有
〈楚辭義類〉之作。復自疏證，得〈釋詁〉、〈釋言〉二篇而止。苦其
繁重，又以王郝及先師黃君《雅》疏已備，《楚辭》訓詁，義多相
通。無竣疊床架屋之為，而說有忽於前修。解或得於一己，輒為詮
明，以袪觝滯，凡書十有七卷，顏曰〈楚辭小學〉，蓋師懋堂詁
《詩》之意云。」[100] 懋堂為段玉裁之號，段氏有《詩經小學》四
卷，故駱氏循其體例而作此篇。全文共一百〇六則。首則解「離騷經

第一」，末則解「亂曰云云」，其餘皆解〈離騷〉文句，各則依照行文
先後為次，每則多只解一句，亦有數句一則。小引雖曰「凡書十有七
卷」，而此文僅解〈離騷〉一篇。

三　經史類著作述要

　　駱鴻凱的經史類著作有三篇：〈《毛詩傳箋疏》語法錄〉與〈傳注
箋疏語法錄〉，兩篇都是談論語法的使用，只是論述的書目不同；駱
鴻凱的史學類著作，僅有〈《漢書》略說〉一篇。

（一）〈《毛詩傳箋疏》語法錄〉

　　〈《毛詩傳箋疏》語法錄〉一文，是駱鴻凱逝世後，由馬積高所
整理發表。駱鴻凱〈《毛詩傳箋疏》語法錄〉與〈傳注箋注語法錄〉
創作緣由相同，皆為黃侃指授而作：

> 〈《毛詩傳箋疏》語法錄〉為紹賓師未竟之著述《九經傳注箋
> 疏語法錄》之一篇。其《尚書》篇曾在湖南大學文學會會刊
> 《員輯》上發表。此篇則僅由前國立師範學院以講義印行（油
> 印）稱《詩經語法錄》。茲易其名，以明一體。師之是編，乃
> 承黃季剛先生之指授而作，其義例一循黃氏所定。名為語法，
> 實兼修辭，蓋黃氏義例然也。至其所錄，概以毛傳、鄭箋孔疏
> 為難，不以晚近之說及己意錯雜於其間，亦黃氏之志也。故自
> 今日之語法學觀之，此篇于詩三百篇之語法，頗有缺遺。[101]

101　駱鴻凱：〈《毛詩傳箋疏》語法錄〉，載湖南省語言學會《湖南省語言學會論文
　　集》，頁149。

〈《毛詩傳箋疏》語法錄〉一文以「倒文」與「變文」二方面進行闡述。駱鴻凱認為常見的「倒文」方式有三：倒字、倒句、倒序。而「變文」的方式較為多樣，駱氏歸納七種：互文見義、上下文語變換、變文從韻、倒文就韻、舉此見彼、連類並稱、重章變文。

（二）〈傳注箋疏語法錄〉

〈傳注箋疏語法錄〉是以《尚書》語法為研究主體的論文。〈傳注箋疏語法錄總敘〉、〈傳注箋疏語法錄尚書序例〉、〈傳注箋疏語法錄〉，篇目雖然不同，但其實是同一篇文章，篇幅過多，故分為五部分刊行。〈傳注箋疏語法錄總敘〉、〈傳注箋疏語法錄尚書序例〉、〈傳注箋疏語法錄〉至「第三複文」，三文同時發表於《制言半月刊》第三十五期；〈傳注箋疏語法錄〉「第四變文」的部分，刊於第三十六期；「第五足句」的部分，則刊於第四十期，連載超過一年，才把〈傳注箋疏語法錄〉刊完。

〈傳注箋疏語法錄總敘〉一文，寫就於民國二十五年（1936）雙十節，於民國二十六年二月發表於《制言半月刊》，旨在說明寫作緣起，駱鴻凱認為王闓運、俞樾的著作相較，王闓運的作法比較完善：

> 先師黃氏自少亦憙王俞之作。壯歲以後，治經篤守注疏，讀之至六七周。嘗與凱曰：「吾欲鉤沉，則苦其擘績，而力不逮。翻案，則病其專輒，而意未安。」[102]

黃侃年輕時相當喜愛王闓運、俞樾的著作，但隨著年歲增長，想要翻案，擔心自己的判斷過於專斷，而感到不安。駱鴻凱本著「有事弟子

---

102 駱鴻凱：〈傳注箋注語法錄總敘〉，《制言半月刊》第三十五期（臺北：成文出版社，1985年3月影印），頁4009。

服其勞」的心態，欲幫黃侃分憂，在上海任教期間，聽從黃侃吩咐，進行《九經文句集釋》的編寫。

〈傳注箋疏語法錄尚書序例〉一文，於民國二十六年（1937）十月書成。駱鴻凱以劉焯《尚書義疏》與劉炫《尚書述議》作為《尚書》語法研究對象，並提出以「倒文」、「省文」、「複文」、「變文」、「足句」五種方式來進行語法研究。張舜徽回憶駱氏時曾云：「嘗欲撰述《群經傳注語法錄》，又循聲求義，欲成《語原》以總會之，皆未完稿，論者惜焉。」[103] 駱氏欲纂《群經傳注語法錄》與《語原》二書，將經書注本的研究進行系統性的整理，《群經傳注語法錄》還來不及完成，《語原》的底稿現存湖南省圖書館。

（三）〈《漢書》略說〉

〈《漢書》略說〉刊於《湖南大學期刊》第二卷。駱鴻凱向黃侃學習讀《漢書》的要領，認為讀《漢書》應該與《史記》互參比讀，而《文心》、《史通》的評騭之言，更是讀《漢書》的最大助力，此文以源流、讀法、評騭三種法門，研討《漢書》的內容。

四　小學類著作述要

駱鴻凱的小學類著作，專書有兩本：《聲韻學》、《爾雅論略》。《聲韻學》一書僅在國立師範學院流通，並未刊印出版；《爾雅論略》一書，則由長沙岳麓書社出版，廣為流傳。小學類單篇論文，目前可見有三篇，〈餘杭章公評校段氏說史解字注〉、〈文始箋〉、〈文始箋五則〉。〈餘杭章公評校段氏說史解字注〉一文，主要是移錄章太炎

---

103 張舜徽：《舊學輯存下冊‧憶往篇‧湘賢親炙錄》，頁1148。

評騭段玉裁的《說文解字》注內容，並不是駱氏自己所論述的言論，在此僅存其目。〈文始箋〉與〈文始箋五則〉，皆是為增補章太炎《文始》而作，故一併說明。

（一）《爾雅論略》

駱氏檔案謂此書於民國二十三年（1934）在湖大印行，目前常見者則是1985年岳麓書社版。《爾雅》的名物訓釋方式和分類方式，影響了後世訓詁學著作的編纂，古今文字的變化與詞義的引申假借，經典文字的釋義成為訓詁的首要工作。二十世紀中國《爾雅》學研究中，黃侃繼承清學，開拓新的思維，為二十世紀的《爾雅》學研究打下了良好的基礎。治《爾雅》之資糧甚多，《說文》和古韻學書是其根本，此說法堪稱研治《爾雅》學的經典之言。[104] 駱鴻凱的《爾雅論略》，顯然是受其師黃侃的影響而作，觀點亦多與黃侃相同。黃季剛的《爾雅音訓》一書，主要即承繼清人之工作，以聲音為線索，對《爾雅》訓釋之字採用假借、引申義者，尋求其聲義相合之本字，頗有新義。黃先生另有《爾雅略說》一文，討論了《爾雅》的名義、撰人、注家，簡括精闢。駱鴻凱先生《爾雅論略》則是《爾雅略說》一文較為詳盡的闡述。[105]《爾雅論略》一書共十五章，寫作與編排方式和《文選學》一書相當類似。二書皆從名義源流作為介紹的起源，而後進行作者的考證、介紹歷代注家、《選》家並點評優劣、透過義例與附論加以說明、最後提供參考書目。這樣的寫作模式，相當有架構，層次相當分明，此種章節編排方式，由淺入深，平實與精深兼有

---

104 胡錦賢：〈二十世紀中國《爾雅》學研究〉，載袁行霈主編：《國學研究》第八卷（北京：北京大學出版社，2001年10月），頁513。

105 李建誠：《《爾雅·釋訓》研究》，潘美月、杜潔祥主編：《古典文獻研究輯刊九編》第十五冊（臺北：花木蘭出版社，2009年9月），頁3。

之，更能讓初學者能循序漸進的達成學習目標。

（二）《文始箋》、《語原》

駱氏〈文始箋〉載湖南大學《文哲叢刊》第一卷第一期，〈文始箋五則〉則載入《湖南大學期刊》新一號，兩篇分別刊行。《文始》是章太炎的語言學專著，也是漢語文字學的重要著作。駱鴻凱云：「餘杭章公，作為《文始》。……造端弘大，百密不免一疏。又所舉示者，不足許書三分之二。……中於公書，增補者三千餘事。」[106] 駱氏繼承章太炎《文始》一書的體例，探索文字孳乳，章太炎的舉例跟許慎《說文解字》所舉之例，數量落差太大，駱氏認為章太炎的《文始》已經寫得很好，增加多一點例子，可使《文始》一書更加完善。

據郭晉稀所言，中共建政前後，駱鴻凱改易《文始箋》為《語原》，寫成一卷，其後陸續寫出十二卷。其餘十一卷雖已草稿粗具，勝義過於卷一者尤多，可惜並未能謄清印出。郭氏又云：「當然，吾愛吾師，吾尤愛真理，也不能為《語原》護短。在第一卷中失之附會者也很多。因為文字的變易孳乳，固然有跡可尋，歷史久遠，其中茫昧難通本來不少。這正和章先生的《文始》一樣，雖然發明創造超越前輩，書中的牽強塗飾也有很多。其餘《語原》十一卷終未能謄清印出，與先生的尚在躊躇猶豫也是分不開的。」[107]

（三）《聲韻學》

此書因尚未正式出版，筆者不曾寓目。然鄧盼之碩論以駱鴻凱音韻學研究為題，茲移錄其關於駱氏《聲韻學》一書的介紹如後：《聲

---

106 駱鴻凱：〈文始箋五則〉，《湖南大學期刊》新1號1941年6月，頁96。

107 郭晉稀：〈關於《語原》的幾條疏證〉，《唐都學刊》2003年第19卷第2期，頁111-113。《語原》手稿現藏湖南圖書館。

韻學》講義是駱鴻凱重要的音韻學著作，雖未正式刊布，但曾先後由湖南大學和國立師範學院印行過。此書分上下二編，上編內容分五章，首言今聲、今韻、古聲、古韻，以及平仄之辨、反切之法，多尊黃侃之說；下編則述古今音書、聲類增減、韻部分合，以及清世古韻諸家持論之異同，以明音韻學之沿革。雖然它只是一部教材，旨在為青年學生講授學術，不過因為在論述聲類、四聲、等呼、韻部和反切等問題時皆「折衷一說，明其當然」，恰恰傳達出駱鴻凱的音韻學思想傾向，大略可以總結如下：一、上古音韻學體系，即古本聲十九紐，古本韻二十八部，古只有平、入二調；二、中古音韻學體系，即今音聲類四十一類，《廣韻》入聲兼配陰聲、陽聲。駱鴻凱早年治學特重家法，聲韻宗本師黃侃，立說創義至為矜慎，晚年盡力於聲韻、文字之學，有所發明。[108]

　　駱鴻凱的著作由於戰亂，四散各處，尚待蒐羅集校。筆者學力有限，無力考索駱鴻凱的全部著作，僅在力所能及的範圍內，加以整理。從以上述可知，駱鴻凱的重要學術成就不僅只有《文選學》一書，其他學術著作成果亦頗為豐碩，駱鴻凱的治學態度嚴謹，恪守師法，卻不囿所學，青出於藍。

108　鄧盼：《駱鴻凱音韻學研究探賾》，廣西師範大學碩士論文，2016年。

第三章

《文選學》文學體裁論研究

第一節　引言：「文體」的多層次意涵

　　文體，指文學的體裁、體製或樣式。[1] 中國古代的「體」、「文體」既指文類，也指語體、風格。[2] 顏崑陽認為「體製」，應包含格律及章句結構的概念。而章句結構，基本上就是題材的裁剪布置法則，故「體製」又稱「體裁」。[3] 當文體出現具有規範效力、明確寫作的標準，即成為「體式」。文學體裁為文學作品的具體樣式。文體的誕生，往往與創作者的時代環境與文化的衍化緊密相關，在不同的作品類型發展過程中，形成當代作品的特色，並經由歷代作家種種創作嘗試後，形成創作規律。

　　駱鴻凱云：「總集為書，必考鏡文章之源流，洞悉體製之正變，而又能舉歷代之大宗，柬名家之精要，符斯義例，乃稱雅裁。」[4] 認為文學總集除了呈現文學的源流，也要能將文體的正變一併釐清；而體製的創作過程中，不乏名家名作出現，故收錄名家之作，能符合這樣體例精神的總集選本，可稱為「雅裁」。

　　駱氏之師劉師培對文體的體式的看法為：

1　褚斌杰：《中國古代文體學》（臺北：臺灣學生書局，1991年4月），頁1。
2　童慶炳：《文體與文體的創造》（昆明：雲南人民出版社，1999年5月），頁1。
3　顏崑陽：《六朝文學觀念叢論》（臺北：正中書局，1993年2月），頁110。
4　駱鴻凱：《文選學‧義例第二》，頁12。

文章之體裁，本有公式，不能變化。……苟違其例，則非文章
之變化，乃改文體，違公式，而逾各體之界限也。文章既立各
體之名，即各有其界說，各有其範圍。句法可以變化，而文體
不能遷訛。倘逾其界畔，以採他體，猶之於一字本義及引申以
外曲為之解，其免於穿鑿附會者幾希矣。[5]

在劉師培看來，文體的體式是恆常不變的，什麼場合使用什麼文體，
不宜輕易踰越其界線。句法的使用，可以隨需要有所改變，文體本身
的規範卻不能輕易更動。文體自身固然處於不斷變化的狀態，隨著時
代的更迭，文體會改變或消失，這是文體發展的必經過程。但劉師培
認為，文體在創作上，可變化其句式，基本原則不會變動，否則即為
「失體」，失其體統，文體即不再是原來的文體了。駱鴻凱相當認同
其師劉師培的看法。駱氏從文類最早的作品開始進行引述，依時序鋪
排陳列，一面觀察「體製」的發生、演變、形成，一方面觀察此「體
製」的個人風格或時代風格，最後進行歸納，定為理想「體式」。

　　駱鴻凱在〈導言十一〉中，提出《文選》分體五項研究綱領：
一、一區一體所苞之時序與作家，二、考一體文章之源流正變，三、
辨一體所苞眾篇之體性，四、析觀眾篇作法，五、比觀眾篇作法異
同。[6] 此五項研究綱領，是駱鴻凱觀察所有文體後，歸納出可以涵蓋
《文選》分體的具體作法。上海本中以「論」體為例進行討論，駱氏
以「時序與作家」、「《文選》論體文分類」、「論體文諸篇析觀」三種
方式進行文體研究，令讀者一臠知味。而北京本附編中，馬積高又補
入駱氏關於「書牋」、「史論」「對問」、「設論」諸體的講義。「書牋」

5　劉師培：《中國中古文學史・文章變化與文體變遷》（北京：商務印書館，2010年12
　　月）頁149-150。
6　駱鴻凱：《文選學・讀選導言第九・導言十一》，頁325-326。

體部分，駱氏以「別其人與時」、「辨其文之體性」、「統觀眾篇之粹美」、「析觀各篇作法」、「文選書牋類諸篇比觀」、「文選書牋二類所遺之篇」六種方式進行研究；「史論」體部分，直接選用四篇史論文章作篇章分析；「對問」、「設論」體部分，分析方式同於史論體。以下兩節中，筆者會進一步探討駱鴻凱的《文選》分體研究及體裁作法指導。

第二節　駱鴻凱《文選》分體研究

　　〈文選序〉是了解《文選》一書編選標準的重要文章，歷代《文選》學者對〈文選序〉的看法，影響了「文」、「筆」的詮釋；對〈文選序〉的看法，也牽涉到「去取標準」的理解。[7] 本節首先釐清駱鴻凱對〈文選序〉的想法；其次，論述駱鴻凱對《文選》分體的看法；最後，檢視駱鴻凱如何看待《文選》編纂的缺失。

一　《文選學》對〈文選序〉的研究

　　〈文選序〉云：「若其讚論之綜緝辭采，序述之錯比文華，事出於沉思，義歸乎翰藻，故與夫篇什，雜而集之。」[8] 晚清以來，對於這段話，主要有兩種理解，一為阮元所提倡，只有駢體文才是符合「沉思翰藻」的「文」；二為章太炎認為〈文選序〉的「沉思翰藻」，並無法涵蓋整本《文選》文章的去取標準。黃侃融合阮元與章太炎的說法，提出「文辭封域，本可弛張」，駱鴻凱承繼了黃侃之說，並進一步提出自己的看法。以下試從「文筆之辨」、「去取標準」二方面觀

7　按《文選》中有「難」體一類，駱氏將「難」體附於「檄」體之下。

8　〔南朝梁〕蕭統〈文選序〉，引見〔南朝梁〕蕭統編、〔唐〕李善注：《文選》（北京：中華書局，1977年11月），頁2。

察駱鴻凱對於〈文選序〉的研究成果：

（一）文筆之辨

阮元認為只有駢體文才是文，以是否符合「沉思翰藻」作為劃分「文」、「筆」的標準。阮元書〈文選序〉後曰：

> 昭明所選，名之曰文，蓋必文而後選也，非文則不選也。經也、子也、史也，皆不可專名之為文也。故昭明〈文選序〉後三段，特明其不選之故，必沉思翰藻，始名之為文，始以入選也。……是故昭明以為經也，史也，子也，非可專名之為文也；專名為文，必沉思翰藻而後可也。自齊、梁以後，溺於聲律，案此語最為分明，駢體之革為古文，以此致之。[9]

阮元認為〈文選序〉已揭示了三項選錄要點：一、蓋必文而後選，非文則不選。二、沉思翰藻，始名為文。三、經、史、子不可專名為文。永明以前，文章重視用典、詞藻、句式；永明以後，文章開始重視聲律，駢文與古文，從此處分道揚鑣。阮元認為經、史、子已各有專名與其體例，不可與文相互混淆，可以稱為文者，必為沉思翰藻之言。

章太炎對阮元的說法感到不滿：

> 昭明太子序《文選》也，其於史籍則云不同篇翰，其於諸子則云不以能文為貴。此為裒次總集，自成一家，體例適然，非不易之定論也。……總集不攝九流之篇格於科律，固不應為之

詞。誠以文筆區分，《文選》所集，無韻者猥眾，豈獨諸子？
若云文貴戈耶，不知賈生〈過秦〉、魏文〈典論〉，同在諸子，
何以獨堪入錄？有韻文中既錄漢祖〈大風〉之曲，即〈古詩十
九首〉亦皆入選，而漢晉樂府反有憗遺，是其於韻文也，亦不
以節奏低卬為主，獨取文采斐然，足耀觀覽，又失韻文之本
矣。是故昭明之說，本無以自立者也。[10]

章太炎認為昭明的〈文選序〉，並不能概括所有具備辭采的文章，凡
屬「有句讀文」為文辭，凡著於竹帛者皆為文章，「無句讀文」以文
字表述了專業性的內容，儘管沒有文采，也無法提供思考和美感，雖
然不能算作文學，卻不能不算作文章。《文選》中無韻之文很多，在
有韻之文中只有〈古詩十九首〉，而其他均不選，可見選文時並不是
以聲韻為主。[11] 章太炎認為《文選》中「無韻之筆」文章甚多，〈文
選序〉已表明不錄「經、史、子」，昭明將子部文章如：賈誼〈過
秦〉、曹丕〈典論〉等篇收錄其中，卻聲稱不收子部，說法似乎自相
矛盾；應屬「有韻之文」的漢、晉樂府，不取押韻，而取辭采華美之
篇，失去「有韻之文」的本意。既然「經、史、子」的文章，已符合
「沉思翰藻」的條件，何以不入選？章太炎認為〈文選序〉的立論站
不住腳。

　　奉《文選》為作文圭臬，推崇六朝駢體，以駢體為「文」的劉師
培，對〈文選序〉的看法主要承襲阮元而來。黃侃則認為阮元「以駢
體為文」的說法過於狹隘；章太炎的說法雖然正確，但以〈文選序〉
所界定的範圍，《文選》的編纂體例而言，過於嚴苛，故提出「文辭

---

10 章太炎：《國故論衡疏證‧文學總略》，頁254-255。
11 趙玉梅：〈從《國故論衡‧文學總略》看章太炎文學救國思想〉，《湖南科技學院學
　報》2005年第9期，頁119。

封域，本可弛張」，以調和兩人的說法。黃侃云：

> 阮氏之言，誠有見於文章之始，而不足以盡文辭之封域。本師
> 章氏駁之，見《國故論衡·文學總略》篇。以為《文選》乃裒
> 次總集，體例適然，非不易之定論；又謂文筆、文辭之分，皆
> 足自陷，誠中其失矣。竊謂文辭封略，本可弛張，推而廣之，
> 則凡書以文字，著之竹帛者，皆謂之文，非獨不論有文飾與無
> 文飾，抑且不論有句讀與無句讀，此至大之範圍也。[12]

黃侃認為阮元之說，並不能將文辭的封域界定清楚，黃侃認同章太炎
之說，文的範圍相當廣泛，並不只有駢體文才是文。阮元之說太窄、
章太炎之說太寬，黃侃認為文辭的封域，可窄可寬，雖不能像阮元劃
地自限，卻也不能像章太炎沒有範圍界定。黃侃認為《文選》是各種
文章之體的總集，需要考慮的因素有很多，不能輕易下定論。

　　駱鴻凱根據黃侃之說，進一步提出自己的看法。駱鴻凱認同阮元
推闡昭明「沉思翰藻之旨」與「不選經史子之故」，但其「以駢體為
文」的說法恐過於狹隘，並不能將《文選》所選錄的文章，作出「有
韻之文」與「無韻之筆」清楚的界定。

　　章太炎反駁了阮元說法，並認為〈文選序〉所言之義例，不足以
包含所有具備辭采的篇章。章太炎認為〈文選序〉不收「經、史、
子」，卻收了應屬子部賈誼、曹丕的文章，說法矛盾。筆者認為昭明
之意，應是不收「經、史、子」，指內容是講純粹講經學、歷史史料
的記載、談論諸子學說思想的文章。

　　駱鴻凱認為阮元雖不能完整界定文筆的封域，但阮福在《文筆

---

12 黃侃：《文心雕龍札記·原道第一》，頁11。

對》大力強調「有情辭聲韻者為文，直言無文采者為筆」的理念，充
分闡明「文」、「筆」的義界。[13] 駱鴻凱認為〈文選序〉的文章去取標
準，後世在「文」的解釋上沒有問題，而是在「筆」的解釋上出現了
歧異。魯迅云：「清阮元作〈文言說〉，其子福又作〈文筆對〉，復昭
古誼，而其說亦不行。」[14] 古今文章以散體之「筆」為大宗，不僅
經、史、子部大抵為「筆」，集部文章以「筆」為多，阮氏父子只承
認駢文才是「文」，將「經、史、子、集」中散體之「筆」排除在
外，對「文」的定義太過狹隘，故其說無法通行。駱氏相當贊同章太
炎批評阮元的說法，文、筆之分的概念並不能概括所有文章，「文」
的範圍相當廣泛，並不能局限在駢體文上。

　　〈文選序〉所言「事出於沉思，義歸乎翰藻」，[15] 是指文章需要
具備作者神思以及文學技巧與特色，駱鴻凱認為「有韻之文」、「無韻
之筆」的界定固然有其必要性，但不能忽略《文選》編纂的本意。

(二) 去取標準

　　《文選》匯集了自先秦以迄齊梁的文學精華，《文選》之「文」，
是指符合「沉思翰藻」的純粹美文，具備實用功能性的雜文稱為
「筆」。《文選》之美文，「文」指具備形式之美，講究遣詞造句及聲
律，如「詩、賦、騷」三類，除了「并序」之外，皆講究聲韻的和
諧，符合了「沉思翰藻」的條件；而「筆」對形式之美並沒有特別講
究，反而較為看重內容，雖說「沉思翰藻」不是必要條件，但仍須一

---

13 駱鴻凱：《文選學・義例第二》，頁19。
14 魯迅：《魯迅全集・漢文學史綱要・自文字至文章》（臺北：唐山書局，1989年9
　月），頁9。
15 〔南朝梁〕蕭統〈文選序〉，引見〔南朝梁〕蕭統編〔唐〕李善注：《文選・文選
　序》，頁2。

定程度辭采之美才得以入選，較為著重文章內容所發揮的社會功用。孔子曰：「辭達而已矣。」[16] 說出的話為言辭，在紙上書寫為文辭，孔子認為辭是表達的方式，應當以「使人明白」為要旨。「文」不但要把主旨清晰呈現，還需具有辭章之美；相比之下，「筆」對辭章美的注重，就未必與「文」等量齊觀。

〈文選序〉云：「詞人才子，則名溢於縹囊；飛文染翰，則卷盈乎緗帙。自非略其蕪穢，集其清英，蓋欲兼功太半，難矣！」[17] 文章的創作者眾多，不乏優秀之作，倘若不能去蕪存菁，無法全部盡讀，昭明編纂《文選》有兩層重要含意：一為總結前人好的文章，二為辨析文體功能，挑選適合指導寫作的範本。胡旭指出《昭明文選》的編纂可能主要是適應蕭梁建國後政治教化方面「潤色鴻業」的需要，但梁武帝本人重學問、好策事的習尚，對《文選》的選文標準也產生了相當的影響，這是《文選》一書呈現「典重雅正」風格的重要原因。[18] 筆者推測昭明編選《文選》時，將「賦」放在首卷，當有政治的考量，蓋因其父梁武帝蕭衍曾編過《歷代賦》，今已不存，昭明位居東宮太子，為了將來登基作準備，故選文的理念刻意與父親接近。

《文選》收錄「詩」類作品，以「五言詩」為大宗。由於昭明從經部的角度看《詩經》，因此不可能收錄《詩經》的詩作。再觀《漢書·藝文志·詩賦略》內著錄詩作亦有限，一旦把《詩經》、《楚辭》拿掉，西漢的詩類只剩下一些楚歌，並沒有一首完整的五言詩，這樣便無法呈現「詩」類作品流變。騷體文辭采華美，作為文學作品來欣

---

16 〔宋〕朱熹集註、蔣伯潛廣解：《廣解四書·論語·衛靈公》（臺北：東華書局，1981年7月），頁171。

17 〔南朝梁〕蕭統〈文選序〉，引見〔南朝梁〕蕭統編〔唐〕李善注：《文選·文選序》，頁2。

18 論點詳參胡旭：〈梁武帝與《昭明文選》、《玉台新詠》的編纂〉，《古籍整理研究學刊》2004年第5期，頁16。

賞，是良好的範本。《文選》美文排列順序為「賦」、「詩」、「騷」。昭明將「騷」放在「賦」、「詩」之後，筆者推測其因有二：一為騷體文思想不中庸，為歷代帝王所不喜，二為學思才力不足的作者，無法進行騷體文的創作。陳廷焯云：「楚詞二十五篇，不可無一，不能有二。宋玉效顰，已為不類，兩漢才人，踵事增華，去騷益遠。惟陳王處骨肉之變，發忠愛之忱，既憫漢亡，又傷魏亂，感物指事，欲語復咽，其本原已與騷合，故發為詩歌，覺湘間澤畔之吟，去人未遠。」[19] 陳廷焯認為騷體文創作，只有曹植一人能得其精髓。騷體文固然有其重要性，昭明將騷體文放入《文選》之中，目的是讓所選錄的文體更加完備，但相對「賦」、「詩」而言，騷體文放在第三位，是最合適的。關於此，將於下一小節進一步說明。

從官方的角度來看，《昭明文選》的選文，思想中庸、政治思想正確，即使改朝換代，仍被官方視為優良寫作範本，士子們對《文選》的學習熱度依舊不減，駱鴻凱云：「唐代士人之於《文選》，無不人手一編，奉為圭臬。」[20] 如宋代陸游云：「文選爛，秀才半。」[21]《文選》的選文及分類，一方面總結了前代的文學精華；一方面辨析文體，提供範文以指導寫作的需要，是符合指導寫作範本意義的選本。

駱鴻凱肯定了昭明選文的用心，對昭明選文的標準及獨到的眼光感到敬佩，然亦以為昭明選文並不能網羅全面，仍有美文沒有入選：

> 退觀《文選》所錄，遺美頗多，前漢不選揚子雲，後漢不選崔瑗，陳遵、禰衡，半簡不錄。劉楨牋記，亦付區蓋。豈以限於

---

19 〔清〕陳廷焯：《白雨齋詞話・卷七》（臺北：河洛出版社，1978年1月），頁182-183。

20 駱鴻凱：《文選學・源流第三》，頁72。

21 〔宋〕陸游：《老學庵筆記・卷八》（臺北：廣文書局，1972年5月），頁283。

篇幅，不克一一騈羅歟？又諸葛武侯、王右軍書翰，雖乏大
篇，而風神高遠，亦書牘之正裁。《文選》不錄，或由詞非藻
麗。若鮑照不選〈登大雷岸與妹書〉，又不選江淹、沈約，則
未識昭明之意匠矣。[22]

以「書牋體」為例，雖然得以入選的文章都是精華，但並不能完整呈
現其文體的流變。駱鴻凱認為揚雄、崔瑗等人的優秀作品沒有入選，
以當時編纂的人力、物力來看，這些文章要納入，應是不會受限篇幅
限制，若能將這些作家的文章一併收錄，就能讓「書牋體」的範文更
加豐富、完備。又如諸葛亮的〈誡子書〉，全文八十六字，篇幅短
小，文采不俗，蘊含深刻人生哲理；王羲之的〈與謝萬書〉，篇幅雖
短，卻能呈現歸隱生活的樂趣。好的書信，辭采華美並不是必要的條
件，即使篇幅短小，也能傳達作者情感，可見其去取標準仍有商榷的
空間。

二　《文選學》對《文選》分體的看法

《文選》的分體說法，現今學界普遍認為是三十九類，卻仍存在
三十七、三十八、四十類的說法。[23] 駱鴻凱看待《文選》分體，先是
認為應分為三十九體，而後又認為是三十八體，駱氏先後說法的差
異，筆者嘗試以「分體沿革」來探研此問題。其次，「騷」體與
「賦」體的發展，關係相當密切，二體皆具備諷諫的功能，文人創作
時常會混用二體名稱。駱鴻凱認為從時代發展來看，「騷」體為

---

22 駱鴻凱：《文選學・文選分體研究舉例——書牋》，頁511-512。
23 按：從目前的研究可知三十七類的說法是錯誤的，而三十八、三十九、四十類文體
　 分類的說法，皆各有學者擁護。

「賦」體的祖先，昭明卻將「騷」體安置於「賦」體之後，筆者試從「騷賦離合」之觀點辨析之。再者，駱氏認為文體的呈現，並不是只有單一面貌，可能會出現一文體包含兩種文體特色的現象，如「書」體文，可以並存「檄」體文的特色，故本節以阮瑀之文為例，試論書檄異同，以下分別說明：

（一）分體沿革

駱鴻凱對於文體分類的看法，在武大本[24]與上海本的敘述，有著顯著的差異。武大本云：

> 《文選》分體凡三十有九。八代文體，甄錄畧備。而持以《文心雕龍》相較，篇目雖小有出入，大體實適相符合。《文心》權論諸體命名之義，與其源流、作家、作法特詳，茲悉摘以入錄。《文心》以外論文之言有可參鏡者，亦附入焉。[25]

駱氏認為《文選》囊括八代之文，分體三十九，分別為：賦、詩、騷、七、詔、冊、令、教、文、表、上書、啟、彈事、牋、奏記、書、檄、移、難、對問、設論、辭、序、頌、贊、符命、史論、史述贊、論、連珠、箴、銘、誄、哀、碑文、墓誌、行狀、弔文、祭文。駱鴻凱將《文選》三十九體與劉勰《文心雕龍》進行比對，初步略分文、筆。（對於「難」體，駱鴻凱並沒有加以說明，僅列其目。）駱鴻凱認為劉勰在析論文體時，「源流」、「作家」、「作法」這三個部分講述特別詳細，故在教材上進行全文引用。最後則將李兆洛《駢體文鈔》、劉逢祿《八代文苑》、陳崇哲《八代文粹》、姚鼐《古文辭類

---

24 武大版書首上面印著黃焯先生的藏書章。黃焯先生將此書贈與弟子王慶元教授。
25 駱鴻凱：《文選學》（武漢大學鉛印本，1930？年），頁80a。

纂》、曾國藩《經史百家雜鈔》的文體分類篇目，附在篇章之後提供
讀者參考。

在上海本中，駱鴻凱對《文選》分體的看法略有改變：

> 《文選》分體凡三十有八，七代文體，甄錄略備。而持校《文
> 心》，篇目雖小有出入，大體實適相符合。《文心》權論文體，
> 凡有四義：一曰原始以表末，二曰釋名以章義，三曰選文以定
> 篇，四曰敷理以舉統。體制區分，源流昭晰。熟精《選》理，
> 津逮在斯。書中選文定篇，去取之情，復與昭明同其藻鏡。良
> 由先士茂製，諷高歷賞，人無異論，故識愆差池也。[26]

駱鴻凱至此認為《文選》囊括七代之文，分體三十八，分別為：賦、
詩、騷、七、詔、冊、令、教、文、表、上書、啟、彈事、牋、奏
記、書、檄、移、對問、設論、辭、序、頌、贊、符命、史論、史述
贊、論、連珠、箴、銘、誄、哀、碑文、墓誌、行狀、弔文、祭文。
新舊版最大的差異在於「移」、「檄」、「難」體的部分。〈文選序〉提及
「表記箋奏之列，書誓符檄之品」[27]，卻未表明書中是否分有「難」
體，即不能從《文選》原書尋求是否有「難」體之文的根據。[28] 關於
「難」體，劉勰並沒有單立篇章使成一類，在〈檄移〉篇中，則舉了
司馬相如〈難蜀父老〉一文謂其「文曉而喻博，有移檄之骨焉」。[29]
劉勰認為「難」體，兼具「移」、「檄」二體的神髓。駱鴻凱云：「世

---

26 駱鴻凱：《文選學·體式第四》，頁124。
27 〔南朝梁〕蕭統〈文選序〉，引見〔南朝梁〕蕭統編〔唐〕李善注：《文選·文選
  序》，頁2。
28 王立群：《現代文選學史》，頁432。
29 〔南朝梁〕劉勰著，王更生注譯：《文心雕龍讀本上篇·檄移第二十》，頁377。

傳任昉《文章緣起》，縷舉八十五種，雜碎尤甚。任以專書辨析眾製，尚復如此，知昭明分體，亦因仍前規耳。」[30] 駱鴻凱認為任昉《文章緣起》分文體為八十五種過於瑣碎，而昭明分體只是承前人或當代的慣例。《文選》選錄司馬相如〈難蜀父老〉一文於「檄」體中，「難」體附於「檄」體之下，六朝時他書既已別立「難」體，昭明在《文選》類目中，附加了「難」體，這是保存文體分類發展軌跡的重要資料。

（二）騷賦離合

關於「賦」的起源有，歷來主要有四種說法：一為源於《詩》的不歌而誦，二為出於《詩》六義，三為源本於《詩》、《騷》，四為本於縱橫家之言。[31]《漢書》云：「屈原，楚賢臣也，被讒放逐，作〈離騷賦〉。」[32] 為屈原的〈離騷〉冠上「賦」的名稱。大賦的作者受《楚辭》，尤其是屈原的作品影響甚深。[33] 如：賈誼弔屈原之作為騷體，作品稱為〈弔屈原賦〉。賦的形成途徑，可能由楚歌演變而來，或者由諸子問答體和遊士的說辭演變而來，另外則由詩三百篇演變而來。[34] 許又方認為漢人視〈騷〉猶賦，「漢賦」跟「楚辭」除了在形式上有其傳承的痕跡外，兩者思維的共通點在於皆具備諷諫的作用。[35] 別騷於賦，蓋始於梁蕭統的《昭明文選》，劉勰《文心雕龍》雖有〈辨騷〉、〈詮賦〉兩篇，然〈辨騷〉為正原之論，似尚未以騷賦為二。[36]

---

30 駱鴻凱：《文選學・義例第二》，頁27。

31 馬積高：《賦史》（上海：上海古籍出版社，1987年7月），頁2。

32 〔漢〕班固撰，〔唐〕顏師古注：《漢書・賈誼傳》，頁2222。

33 許又方：《楚辭雜論》（臺北：文津出版社，2014年5月），頁170。

34 馬積高：《賦史》，頁4-6。

35 許又方：《楚辭雜論》，頁170。

36 馬積高：《賦史》，頁5。

宋玉賦中，「騷體賦」已有與「文體賦」合流的現象。[37] 以上可以得知「騷」、「賦」二者的關係相當密切，「騷」、「賦」二者皆具備了諷諫的功能，早在宋玉之時，「騷」、「賦」已出現名稱混用的跡象。駱鴻凱認為屈原的《楚辭》是辭賦之祖，對昭明將「騷」體放於「賦」體之後的作法，提出質疑：

> 《隋書‧經籍志》集部特立楚辭一類，後世仍之，尤見推崇騷體，不與其他文辭同列之意。審是，可無疑於昭明之失當矣。[38]

集部特立《楚辭》一類，實可追溯至梁代阮孝緒之《七錄》，《隋志》乃沿阮書之舊。[39] 阮書、《隋志》之中，《楚辭》類獨立於總集、別集之外。進而言之，《楚辭》一書所錄作品，作者以屈、宋居多，體裁以「騷」體為主；至於其他別集、總集，縱錄有「騷」體，卻未必是屈、宋之作。因此特立《楚辭》一類，除了學術史、文學史、目錄學史的意義之外，還有推崇屈原人格之意。昭明太子與阮孝緒同時而年輩稍晚，其在〈文選序〉中說道：「楚人屈原，含忠履潔，君匪從流，臣進逆耳，深思遠慮，遂放湘南。耿介之意既傷，壹鬱之懷靡愬。臨淵有〈懷沙〉之志，吟澤有憔悴之容。騷人之文，自茲而作。」[40]《文選》一書收錄作家眾多，而昭明太子在序文中僅僅提到屈原一人，可見他對楚騷價值的認知與阮孝緒接近。然而《文選》將「騷」體放置於「賦」後，在駱鴻凱看來，似乎有「矮化」「騷」體

---

37 馬積高：《賦史》，頁5。

38 駱鴻凱：《文選學‧義例第二》，頁26-27。

39 汪辟疆：《目錄學研究》（臺北：文史哲出版社，1990年12月），頁27。

40 〔南朝梁〕蕭統：〈文選序〉，引見〔南朝梁〕蕭統編、〔唐〕李善注：《文選‧文選序》，頁1。

之嫌，故批評昭明「失當」。其言又云：「昭明乃以騷名三家之賦，而又與賦別為一體，疑有未當。不知賦出於騷，騷為賦之祖，究可自為一類。」[41] 從文學源流的角度來看，這樣的編排方式並不妥當。班固批評屈原為「狂狷景行」之士，劉勰也拈出《楚辭》有詭異之辭、譎怪之談、狷狹之志、荒淫之意等四點異於經典之處；[42] 而《文選》作為官修書籍，將「騷」體置後，以為「騷」體的思想不中庸，不利於治國，故有政治上的考量。另一方面，《文選》編纂的意義不僅在於保存文獻、用資欣賞，還在於創作示範。然而相對「賦」、「詩」而言，「騷」體並非摹擬寫作的主要對象。因此，將「騷」體作品置於「賦」、「詩」之後，以備參考，不無實際的考量。當然，《文選》三十餘體，屬於美文者僅「賦」、「詩」、「騷」三體，從這個角度思考，昭明太子將「騷」體放在第三位，別於「詩」、「賦」而具備獨立的地位，且未嘗不可視為美文部分的壓卷之作。不過「騷」體為「賦」體的源頭，「騷」、「賦」作品縱然不歸於一類，也當並列，才能看出文體的流變；中間隔以「詩」類，體例似乎未臻周備，故駱氏之議，亦頗能持之有故。

（三）書檄異同

　　《文選》的分體，有些異同之處，一類文體面貌，駱氏認為可能兼及其他體類特色。如阮瑀〈為曹公作書與孫權〉是一封書信，卻兼具「檄」文的特質。

　　阮瑀〈為曹公作書與孫權〉一文，作於赤壁之戰後，赤壁之戰奠定了三國鼎立的局面，曹操控制了北方，企圖破壞孫權與劉備的合作的關係，請阮瑀捉刀，致書拉攏孫權。〈為曹公作書與孫權〉是

---

41 駱鴻凱：《文選學・義例第二》，頁26。
42 〔南朝梁〕劉勰著，王更生注譯：《文心雕龍讀本上篇・辨騷第五》，頁65。

「書」類作品，駱鴻凱卻認為這篇文章亦可備歸類到「檄」類。〈為曹公作書與孫權〉雖是書信，但具備了「檄」類作品的特點。駱鴻凱云：「此書亦檄爾。」[43] 認為這封書信亦符合「檄」類作品的特色，歸在「檄」類也未嘗不可。

〈為曹公作書與孫權〉旨在說服孫權，臣服曹操所控制的漢獻帝，動之以利，示之以威。首段以舊時的友誼與姻親關係引入；次段陳述魏吳兩國之間的友好過往，指責吳國抗拒王命，誤信小人之言，導致兩國關係變得疏遠；第三段為轉筆，言魏軍赤壁之戰失利，是因為遭受瘟疫，才焚燒戰船，並不是戰敗，並許諾將荊州讓給孫權，期待孫權能回心轉意。第四段希望孫權認清現實，自言魏國的地盤與權勢並不遜於吳國，吳國雖擅長水戰，但長江的沿岸很長，難以防衛，只要魏國有心攻打也未必會輸。第五段提出除掉張昭，進擊劉備兩個要求，只要孫權能做到，就會相信孫權的忠誠，並恢復兩國友好的關係。末段威脅孫權，聽聞孫權的領地發生瘟疫跟旱災，人口銳減，自言並不是沒有進攻的力量，而是要安定江南民心，期待孫權能回心轉意，重修舊好。此封書信，恩威並施，氣勢壯盛，是一篇優秀的招降書信，劉勰謂：「檄者，皦也。宣布于外，皦然明白也。」[44]「檄」是種對外界宣布出兵理由的文書，劉勰認為「檄」類作品寫作要領為：「植義揚辭，務在剛健。插羽以示迅，不可使辭緩；露板以宣眾，不可使義隱。必事昭而理辨，氣盛而辭斷，此其要也。」[45]「檄」類作品的文辭要剛正雄健、語調緊湊，是種可以公開示眾的文書，文義必須清楚明白、氣勢盛大而果斷。「檄」類作品是戰亂頻仍時代的產物，時局不穩，征戰頻繁，在軍情緊急的狀態，得以展現作者敏捷的才思。

---

43 駱鴻凱：《文選學‧文選分體研究舉例──書牋》，頁508。
44 〔南朝梁〕劉勰著，王更生注譯：《文心雕龍讀本上篇‧檄移第二十》，頁375。
45 〔南朝梁〕劉勰著，王更生注譯：《文心雕龍讀本上篇‧檄移第二十》，頁377。

三　駱鴻凱論《文選》編纂的缺失

駱鴻凱認為《文選》編纂，仍有可議之處，如謂：

> 有增刪者，有割裂者，有誤析賦首或摘史辭為序者，至於標題
> 敘次之間，亦不無小失。[46]

並條舉五項缺失：一是增刪古人之文，二是割裂古人之文代造題目，
三是誤析賦首或摘史辭為序，四是標題之誤，五是敘次之失。[47] 第四
項《文選》標題之誤，與割裂古人之文代造題目原因相同，茲不贅
述，下文僅以割裂古人之文代造題目為例。第五項《文選》敘次之
失，駱氏以作者的卒年次第，考察《文選》篇章的安排，發現部分文
章未能符合〈文選序〉中「以各時代為次」的標準，近代研究者曹道
衡已有詳細論述。[48] 故本小節僅以「增刪古人之文」、「割裂古人之文
代造題目」、「誤析賦首或摘史辭為序」三項，進行說明：

（一）增刪古人之文

在印刷術尚未普及，手工抄寫傳本的時代，同一篇文章即使在同
一時代流傳，也會出現異文。同一篇文章在不同的時代流傳，出現異
文的情況，更加普遍，如《楚辭》、《史記》皆錄〈懷沙〉，二書的文
字卻有不同，這就表示文章在流傳的過程中，可能就已經存在異文。
所以目錄學者如劉向父子，才需要校勘書籍，定下善本。《文選》一

---

46 駱鴻凱：《文選學·義例第二》，頁35。
47 駱鴻凱：《文選學·義例第二》，頁35-41。
48 詳見曹道衡：〈試論《文選》對作家順序的編排〉，《文學遺產》2003年第2期，頁9-
14。

書所收錄的篇章，與作家的原文集所收錄的篇章，經駱鴻凱比對，發現多篇異文，於是懷疑昭明對選文有所增刪。增文者，如司馬遷〈抱任少卿書〉，《文選》比《漢書》多了「太史公牛馬走司馬遷再拜言」十二字；刪文者，如〈九章〉、〈涉江〉云「亂曰」以下刪五十三字。[49] 筆者認為「增刪古人之文」一事，未必是昭明所為，昭明匯集了當代的文章選本，也許這些文章選本本身就存在異文，並不是昭明將這些作家的文章進行增刪後，才收入《文選》之中；另外，《文選》所錄的作品數量、種類相當多，以便利性來看，當代已經有許多文集的選本可以參考，便捨棄了對原本的作家文集一一查校的功夫，此恐有失校之病。

（二）割裂古人之文代造題目

駱鴻凱認為昭明割裂了古人文章另造題目，其言云：「賈誼〈過秦〉在《新書》中本有三篇，昭明乃截其一，題以『論』字，猶沿前人之誤也。」[50] 又云：「范曄《後漢書》本自有論，昭明又載〈皇后紀〉、〈宦者傳〉、〈逸民傳〉之首節，題以『論』字。承其謬者，如《史記》之〈年表〉、〈月表〉，《漢書》之〈諸侯王表〉，《唐書·藝文志〉、《五代·職方考》，姚氏《古文辭類纂》皆截其首節，題以「序」字；而〈一行傳〉、〈伶官傳〉，則又截其首節，一題為「序」、一題為「論」；〈宦者傳論〉則且截取傳中一節為之。隨意命題，無復定例，此皆踵昭明之為也。」[51]《昭明文選》成書後，前代總集流傳漸少，幾近亡佚。作為現存最早的總集，《文選》對後世的影響可想而知，故其選文標題之繆，為《古文辭類纂》等書所沿襲。不過，駱

---

49 詳見駱鴻凱：《文選學·義例第二》，頁35。
50 駱鴻凱：《文選學·義例第二》，頁36。
51 駱鴻凱：《文選學·義例第二》，頁36-37。

氏也指出昭明之繆，仍是「沿前人之誤」。正如王立群認為《文選》
是據前賢總集二次選編的再選本，《文選》中的大量內證證明《文
選》是據摯虞《文章流別集》、李充《翰林》、劉義慶《集林》等前賢
總集而選編，所選作品是歷代傳誦的名作，即使編纂者自選的齊梁之
作，也是已有定評的佳構。[52] 因此作品標題之繆，也未必不承自前賢
總集或當代定見。當然，《文選》編者命題之時，或囿於前修時賢之
說而未能糾正，或自身體例不純，故駱氏批評其貽誤後世。如：《後
漢書・皇后紀》是多位皇后的合傳，此紀首尾及中間皆有議論文字，
而《文選》僅選取了篇首一段，題為〈後漢書皇后紀論〉，駱氏認為
此紀篇末的一段議論更適合採用該標題，昭明卻將之用於篇首一段，
可能會混淆讀者的思維。

　　筆者認為駱氏批評雖然有理，但昭明亦自有其難處，蓋其設立
「史論」一體，除了班固〈公孫弘傳贊〉外，其餘八篇篇題皆用
「論」字，無論該段文字處於原篇的哪一個位置。如《古文辭類纂》
將首節題以「序」字，固然更為清晰，但在昭明看來，也許以為淆亂
了「史論」與「序」兩類的體裁，因此棄而不用。

（三）誤析賦首或摘史辭為序

　　駱鴻凱認為昭明誤析賦首，出現一賦二序的怪現象；摘史辭為賦
序，則出現史辭與作者自序混淆的現象。蘇軾云：「宋玉〈高唐〉、
〈神女賦〉自『唯唯』以前皆賦也，而統謂之序，大可笑也。相如賦
首有子虛、烏有、亡是三人論難，豈亦序耶？」[53] 昭明誤認篇首至
「唯唯」一段為序，蘇軾哂之。如：揚雄〈羽獵賦〉賦首有二序，第

52　王立群：《文選成書研究》（北京：商務印書館，2005年2月），頁192。
53　〔宋〕蘇軾〈書文選後〉，引見張志烈等校注：《蘇軾全集校注》（石家莊：河北人
　　民出版社，2010年6月），頁7505。

一序乃雄序，第二序非序，乃雄賦正文。昭明析「頌曰」為一段，乃見其有二序，蓋誤析之。[54] 駱鴻凱認為〈解嘲〉、〈甘泉賦〉、〈鵩鳥賦〉、〈鸚鵡賦〉、〈長門賦〉、〈秋風辭〉、〈移書責太常博士〉等篇皆有序，但這些都不是作者的自序，而是史辭。昭明摘史辭以為序，竄入正文，皆誤。

第三節　《文選學》體裁作法指導論

根據駱氏〈導言十一〉所提及的五項分體研究綱領，首先，《文選》每一體類所收錄的文章，將歷代作家作品依時序排列；其次，根據歷代作家作品的排列，考索文體的源流與文體的變化；其三，每一體類的文章，收錄的作家作品不同，呈現的體性（風格）也不一樣；其四，分析每一體類的文章作法，可從立意選材、文章布局、文章辭采三方面觀之；其五，每一體類的文章收錄，文章之法有同有異、有優有劣，可以透過篇章之間的比較，了解文體的特點。

駱鴻凱對於體裁作法之指導，有具體切要的觀點，筆者擬從「文章選材」、「文章作法」、「寫作要領」三方面觀之。

一　文章選材

駱鴻凱選材目的有二，一是能讓學習者能夠了解文體的特色與作法，一是能夠指導創作。駱氏為了讓學習者分辨文體的特色與作法，在選錄教材時，首重「識偽」。為了不讓學習者空勞費力，誤讀偽作，將歷代學者的考證過程放入，讓學習者知道如何判別仿製與偽作

---

54 駱鴻凱：《文選學‧撰人第五》，頁167-176。

的文章，並在此過程中，精熟文體作法。其次為「習範」，駱氏根據學習者的程度，挑選適合的教材，選錄了具有教學價值與摹擬價值的文章，用以講解文章謀篇布局之法，提供學習者可摹擬的範本，進而學習如何進行創作。

（一）識偽

以《文選》序類作品為例，該類共收九篇，排列順序為：子夏〈毛詩序〉、孔安國〈尚書序〉、杜預〈春秋左氏傳序〉、皇甫謐〈三都賦序〉、石崇〈思歸引序〉、陸機〈豪士賦序〉、顏延之〈三月三日曲水詩序〉、王融〈三月三日曲水詩序〉、任昉〈王文憲集序〉。筆者表列如下：

表一：《文選》序類篇目及性質一覽表

作者	篇目	性質
〔春秋〕子夏	〈毛詩序〉	書序／篇序／目錄之序
〔西漢〕孔安國	〈尚書序〉	書序／傳序
〔西晉〕杜預	〈春秋左氏傳序〉	書序／注序
〔西晉〕皇甫謐	〈三都賦序〉	篇序／為他人作序
〔西晉〕石崇	〈思歸引序〉	篇序／作者自序
〔西晉〕陸機	〈豪士賦序〉	篇序／作者自序
〔南朝宋〕顏延之	〈三月三日曲水詩序〉	詩序／詩集序
〔南朝齊〕王融	〈三月三日曲水詩序〉	詩序／詩集序
〔南朝梁〕任昉	〈王文憲集序〉	文集序

由上表可以得知，〈毛詩序〉、〈尚書序〉、〈春秋左氏傳序〉是「書序」。〈毛詩序〉有大、小序之分。大序列於各詩之前，解釋各詩主題

為小序。《文選》所錄的〈毛詩序〉是〈關雎〉下的序,第一段是〈關雎〉的小序,自「風,風也」開始,為論述全書內容的目錄之序,所以〈毛詩序〉既是「書序」也是「篇序」,更是全書的「總序」。〈尚書序〉與〈春秋左氏傳序〉都是「書序」,二書的「書序」皆為傳注者所撰寫。〈三都賦序〉、〈思歸引序〉、〈豪士賦序〉是「篇序」,〈三都賦序〉是皇甫謐為左思的〈三都賦〉而作的「篇序」,跟另二序作者自己寫「篇序」的情況不同。顏延之與王融的〈三月三日曲水詩序〉屬於「詩集序」。王羲之曾在〈蘭亭集序〉描寫了文人雅士從事修禊活動。[55]「曲水流觴」又稱「臨水浮卵」,是上巳日的娛樂活動之一,此活動在進行時,文人往往會賦詩,所作之詩名皆為〈三月三日曲水詩〉,將同一天(三月三日)同一種體裁(詩)的創作聚集在一起,成為詩集的雛型。而〈三月三日曲水詩序〉即為書寫在詩集之前的序,通常會記錄三月三日「修禊」活動的場面或感悟。在南朝齊王儉,依劉歆《七略》撰《七志》,始創「文翰」一目,以詩賦文集屬之,即後世之集部,但此時的集部概念並不成熟。〈王文憲集序〉是「文集序」,直到南朝梁文集的概念才完備。昭明對於序類作品的安排是相當嚴謹的,所選作品時代由遠而近的排列,〈毛詩序〉、〈尚書序〉、〈春秋左氏傳序〉是經書之序,可以看出此時的文學作品是經學的附庸,並沒有獨立的地位。〈三都賦序〉、〈思歸引序〉、〈豪士賦序〉是篇章作品之序,可以看出此時開始出現別集的概念。〈三月三日曲水詩序〉是詩序也是詩集之序,將同一類型的文學體裁放在一起,開始出現初步總集的概念。南朝梁阮孝緒根據劉歆的《七略》、王儉《七志》,撰《七錄》,分為經典錄、紀傳錄、子兵錄、文集錄、

---

55 按:三月三日上巳日,是古代「修禊」的日子。「修禊」,是春秋兩季在水邊舉行的一種祭禮。到水邊嬉遊,是古已有之的消災祈福儀式,後來演變成中國古代詩人雅聚活動。

術技錄、佛法錄、仙道錄。[56] 阮氏將王儉的文翰志改為「文集錄」，並正式呈現了文集的概念。南朝梁任昉的〈王文憲集序〉，已經是篇完整的「文集序」，可以得知，一直到梁代，文集的概念才成熟。

　　駱氏認為《文選》中所錄屬於贗品者有五：司馬相如〈長門賦〉、李陵〈與蘇武詩〉、李陵〈答蘇武書〉、孔安國〈尚書序〉、趙至〈與嵇茂齊書〉。[57] 從「文、筆」的角度來看，〈長門賦〉、〈與蘇武詩〉屬文，〈答蘇武書〉、〈尚書序〉、〈與嵇茂齊書〉屬筆。〈長門賦〉是一篇純文學的美文，模仿皇后的口氣而作，〈與蘇武詩〉模仿李陵的口吻作贈別，而〈答蘇武書〉是一封書信，實用功能性及抒情性兼備，同樣是模仿李陵的口氣而作。蘇軾云：「李陵、蘇武贈別長安，而詩有『江漢』之語。及陵與武書，詞句儇淺，正齊梁間小兒所擬作，決非西漢文。而統不悟。」[58] 蘇軾認為〈與蘇武詩〉中贈別的地點是在長安，卻出現江漢之景，〈答蘇武書〉所呈現的文風明顯不是西漢人所作。蓋西晉以前的作者，寫作一般並不署名。〈長門賦〉、〈與蘇武詩〉、〈答蘇武書〉應是後學模仿之作，即使在清代考證為偽作，也可以推斷仿作之人未必是故意進行偽造。〈尚書序〉作為經書之序，功能自然是以經學為主體，比起〈長門賦〉、〈答蘇武書〉二文，文采雖好，卻不具備抒情性。〈文選序〉云：「若夫姬公之籍，孔父之書，與日月俱懸，鬼神爭奧，孝敬之准式，人倫之師友，豈可重以芟夷，加之剪截？」[59] 昭明固然自認對周公孔子之書沒有資格進行刪削，但經書之序並不是周公、孔子所作，故昭明錄之。經書之序作

56　昌彼得、潘美月：《中國目錄學》（臺北：文史哲出版社，1986年9月），頁129-130。

57　駱鴻凱：《文選學·義例第二》，頁29-30。

58　〔宋〕蘇軾：〈答劉沔都曹書〉，張志烈等校注《蘇軾全集校注》，頁5331。

59　〔南朝梁〕蕭統：〈文選序〉，引見〔南朝梁〕蕭統編、〔唐〕李善注：《文選》，頁2。

為文學作品欣賞,是即使脫離經書亦可獨立存在的文章,如〈毛詩序〉、〈尚書序〉便是。昭明選錄二序,除因二序兼具經學背景和文采之美,還認為〈毛詩序〉、〈尚書序〉創作的時代早於各序,既有創作示範的價值,亦有文體追本溯源的價值。

　　駱鴻凱選擇性的談「識偽」,可舉〈尚書序〉、〈毛詩序〉二序為例。原《古文尚書》在孔壁出土,經孔安國整理,比起伏生二十九篇《今文尚書》多出十六篇,合共四十五篇。西晉末年永嘉之亂後,原《古文尚書》已經遺失,東晉梅賾獻上孔安國作傳的《古文尚書》含〈尚書序〉,比伏生的《今文尚書》多了二十五篇。《史記》只記載孔安國整理十六篇《古文尚書》,並沒有提到孔安國曾為《古文尚書》作傳,而今存孔傳皆有傳。根據清代閻若璩考證,《古文尚書》和孔傳應是東晉時人所偽造,既然經傳皆偽,所謂孔安國所作〈尚書序〉顯然是梅賾有意偽造,因此駱氏只點出孔安國〈尚書序〉為贗品,卻未齒及〈毛詩序〉。蓋〈毛詩序〉是否子夏所作,雖仍有疑問,但《詩經》經文及毛傳皆非偽造,而〈毛詩序〉作為毛傳的一部分,其寫成年代縱使不及子夏之世,也當在毛公之前。既無直接證據可以駁倒子夏說,故其論僅涉及孔安國〈尚書序〉。

　　另外尚有一特殊例:〈與嵇茂齊書〉作者除了被時人所誤認,又被後人所懷疑。李善注引《嵇紹集》曰:「趙景真與從兄茂齊書,時人誤謂呂仲悌與先君書,故具列本末。趙至,字景真,代郡人,州辟遼東從事。從兄太子舍人。蕃字茂齊,與至同年相親。至始詣遼東時,作此書與茂齊。」干寶《晉紀》以為呂安與嵇康二說不同,故題云「景真」而書曰「安」。[60] 李善注交代了〈與嵇茂齊書〉的作者與文章的寫作背景,干寶的《晉紀》將此文作者歸為呂安。趙至寫給嵇

60　〔西晉〕趙至:〈與嵇茂齊書〉,引見〔南朝梁〕蕭統編、〔唐〕李善注:《文選》,頁606。

茂齊的信，被當時的人誤認是呂安寫給嵇康，嵇康之子嵇紹，針對時人誤傳，作文闢謠以正視聽，證明這封是趙至寫給嵇茂齊的信，此二說同時並存於世，二說爭議不斷，學界莫衷一是。〈與嵇茂齊書〉，雖然經過嵇紹證實是趙至寫給嵇茂齊的信，但依舊無法平息後世研究者的懷疑。駱鴻凱認為〈與嵇茂齊書〉的作者不是趙至，時人誤認此封書信是呂安寫給嵇康的，這種說法出現並不是空穴來風，《文選·思舊賦》注下引晉干寶《晉紀》云：「安妻美，巽使婦人醉而幸之，醜惡發露，巽病之，反告安謗己。巽善於太祖（司馬昭），遂徙安邊郡，遺書與康，……太祖惡之，追收下獄，康理之，俱死。」[61] 呂安妻子被兄長呂巽玷污，呂巽害怕報復，誣告呂安不孝，嵇康為呂安辯駁；司馬昭聽信鍾會之言，處死了呂安，連帶使嵇康遇害。駱鴻凱認為：「紹以父與安同誅，懼時所疾，故移此書於趙景真也。」[62] 嵇紹否認此書是呂安寫給父親嵇康，可能是因為嵇紹覺得父親是因為幫呂安開脫而死於「不孝」污名，不願再跟呂安有所牽扯，故將此書託於趙至名下，符合常情。駱氏另一個懷疑是，趙至是代郡人，代郡在北方，應不會在行文中出現「北土之性，難以托根」之文句，自己是北方人，卻說北方無法托根，似有違常理。

（二）習範

　　駱鴻凱在〈導言十一〉中，提供分體研究的五項綱領，讓學習者知曉研究的法門，然而僅有方法是不夠的，需要輔以範文作例子，於是在《文選學》的〈附編〉裡，放入分體研究的舉例。駱氏選了「論」體十三篇、「書」體十四篇、「牋」體四篇、「史論」體四篇、

---

61 〔西晉〕向秀：〈思舊賦〉，引見〔南朝梁〕蕭統編、〔唐〕李善注：《文選》，頁229。

62 駱鴻凱：《文選學·撰人第五》，頁176。

「對問」體一篇、「設論」體三篇。駱氏除了「論」體、「對問」體、
「設論」體皆全取昭明所錄,而「書」體、「牋」體、「史論」體僅選
取一半,一方面蓋因囿於篇幅,無法一一細說,一方面要符合教學條
件,故選錄易於仿作的文章。

表二:《文選學‧文選分體研究舉例》所舉篇數一覽表

文體名稱	《昭明文選》收錄	《文選學》所舉
「論」體	十三篇	十三篇
「書」體	二十四篇	十四篇
「牋」體	九篇	四篇
「史論」體	九篇	四篇
「對問」體	一篇	一篇
「設論」體	三篇	三篇

以「史論」體為例,《文選》收錄九篇史論,駱氏選錄〈論晉武
帝革命〉、〈晉紀總論〉、〈後漢書皇后紀論〉、〈後漢書二十八將傳論〉
四篇來進行史論作法指導,選錄情形列表如下:

表三:《文選學‧文選分體研究舉例》史論體舉例一覽表

作者	篇目	《昭明文選》	《文選學》
〔西漢〕班固	〈公孫弘傳贊〉	○	×
〔東晉〕干寶	〈論晉武帝革命〉	○	○
〔東晉〕干寶	〈晉紀總論〉	○	○
〔南朝宋〕范曄	〈後漢書皇后紀論〉	○	○
〔南朝宋〕范曄	〈後漢書二十八將傳論〉	○	○
〔南朝宋〕范曄	〈宦者傳論〉	○	×

作者	篇目	《昭明文選》	《文選學》
〔南朝宋〕范曄	〈逸民傳論〉	○	✕
〔南朝宋〕沈約	〈宋書謝靈運傳論〉	○	✕
〔南朝宋〕沈約	〈恩倖傳論〉	○	✕

　　「史論」原指作史者在正史篇章之末評述所記史事和人物的文字，而後關乎歷史事件和歷史人物的論文，亦可稱為「史論」。史論是種客觀歷史評論：如史事、人物、歷史現象等的評論。〈文選序〉云：「記事之史，繫年之書，所以褒貶是非，紀別異同。方之篇翰，亦已不同。若其贊論之綜緝辭采，序述之錯比文華，事出於沉思，義歸乎翰藻，故與夫篇什，雜而集之。」[63] 史書記錄歷史事件，用來褒貶施政，和文學作品相比，二者的功能雖有所不同，但史論仍具備了文辭和構思之美，故得以入錄《文選》。駱鴻凱認為：「史籍載文，例有刪削，而選家則多存原本。」[64]《文選》篇章載於正史者，經駱氏梳理，共得一百二十條。駱鴻凱對史書收錄的文章，有二種類例：

> 史籍載文，有二例焉。政有廢興，事關軍國，傳之來葉，足以觀風俗之盛衰，察政治之得失，此則制冊誥令章表移檄之屬，史家採錄，不厭周詳，皆是類也。人生非顯宦，文有高名，史家以文存人，宜致實蹟。輒刪其要，以綴於篇，所以著斯人之才思，炳一代之文章，此又一類也。[65]

史書記載的文章有詳有略。引文全錄，文章周詳，旨在得存一代之文獻與事功；引文擇要收錄，旨在「以文存人」，幫助理解作者生平才

---

63 〔南朝梁〕蕭統：〈文選序〉，引見〔南朝梁〕蕭統編、〔唐〕李善注：《文選》，頁2。
64 駱鴻凱：《文選學・餘論第十》，頁345。
65 駱鴻凱：《文選學・餘論第十》，頁334。

思，並非以保存文章為主要目的。《文選》選錄文章，既要符合分類
方式，也要「沉思翰藻」，史書主記事，僅為人物所示例，故《文
選》對文章進行刪削，無法保持文章完整度，蓋因書籍功能不同所
致。駱氏重視史論的教學，認為學習文章的起承轉合，史論是相當好
的範本。針對「史論」，駱鴻凱選了東晉干寶兩篇、南朝宋范曄兩
篇，蓋因干寶與范曄二人之文，不僅文辭美，而且氣勢盛，皆以「史
論」聞名。班固以「賦」聞名，沈約以「詩」聞名，而在「史論」體
的創作上，二人未必是最出色的，故不選錄。駱氏挑選適切的學習範
本，選錄的文章兼顧教學價值與摹擬價值，以發揮指導創作的功能。

二　文章作法

「立意」決定文章的謀篇布局。為表意而謀求最佳的結構布局，
以貫徹作者的創作意圖。[66]「立意」是貫穿全篇，統攝全文的中心思
想，可說是文章的靈魂，布局則是文章的寫作手法。黃侃指出：「作
文之術，誠非一二言能盡，然挈其綱維，不外命意、修詞二者而
已。」[67] 可見謀篇與辭采，實為寫作要領，而要能透顯其妙，可從章
法及修辭著眼。本小節試從章法與修辭二方面進行探討。

（一）「史論」體之章法與修辭

章學誠云：「學問大端，不外經史，童蒙初啟，當令試為經解、
史論。」[68] 章學誠認為史論的重要性並不亞於經書，對初學者而言，

66　馮永敏：《散文鑑賞藝術探微》（臺北：文史哲出版社，1998年2月），頁146。
67　黃侃：《文心雕龍札記・鎔裁第三十二》，頁138。
68　〔清〕章學誠：〈與喬遷安明府論初學課蒙三簡〉，《章學誠遺書》（北京：文物出版
　　社，1985年8月），頁88。

是條進入學問的門徑。駱鴻凱云：「初學為文，布勢為要。」[69] 駱氏認
為初學者，最重要的是學習如何謀篇布勢。謀篇是寫作的整體過程，
布勢則是組織文章內容的技巧，根據主題構思，文章如何開頭，行文
如何過渡和照應，結尾又要如何使文章前後連貫，渾然一體。如干寶
的史論文是模仿前人的筆法而作；范曄的史論文則以自身的才思進行
作文，二人皆以史論文聞名，其謀篇布勢之法，值得學習者借鏡。

1　以排比句鋪排文勢

〈晉紀總論〉全文分為七段，首段以史臣之語開頭，言司馬懿為
西晉奠定國家基礎；第二段開始論述司馬師、司馬昭繼承父業，司馬
炎代魏稱帝，統一天下；第三段筆勢一轉，言司馬炎一死，國家也跟
著崩亡；第四段開始論述西晉滅亡的原因；第五段借古比今，以周代
作例，以為周代的強盛，是因為歷代國君仁政愛民，國本深厚，即使
周公過世，國祚依舊能代代相傳；第六段言西晉得天下的手段不正
當，治天下不任用賢才，學者喜談老莊，摒棄六經，禮法不存。晉之
滅亡，已成必然。末段言自晉惠帝開始，朝中上下皆昏庸無能，將愍
帝之敗，歸咎於天命。第五段以周代治國為正例、第六段以西晉不得
民心為反例，語言極盡鋪張揚厲，渲染誇張之能事，欲抑先揚、鋪陳
對比。按時代遞進，寫西晉的興起與潰敗，至末段才進行議論，分析
成敗的原因。

駱鴻凱認為干寶〈晉紀總論〉一文，取法〈過秦〉，兼有陸機
〈辯亡〉之筆意。[70]〈論晉武帝革命〉一文，選自干寶所著《晉紀》，
此作被視為總結西晉滅亡的教科書。駱氏認為干寶〈論晉武帝革命〉
一文，書寫方式相當嚴肅，此文從君權至上的角度，進行立論闡發，

69　駱鴻凱：《文選學・文選分體研究舉例──史論》，頁529。
70　駱鴻凱：《文選學・文選分體研究舉例──史論》，頁516。

以柏皇氏後不遵循天命的人為例，論述晉武帝是否符合天命之德。干寶擬《史記》作史論，〈論晉武帝革命〉一文的筆意全從《史記·秦楚之際月表序》化出。[71] 駱氏將《史記·秦楚之際月表序》附在後面，用文章兩相比對的方式，提供參酌比對。《文選》中的〈論晉武帝革命〉：

> 史臣曰：帝王之興，必俟天命，苟有代謝，非人事也。文質異時，興建不同，故古之有天下者，柏皇栗陸以前，為而不有，應而不求，執大象也。鴻黃世及，以一民也。堯舜內禪，體文德也。漢魏外禪，順大名也。湯武革命，應天人也。高光爭伐，定功業也。各因其運而天下隨時，隨時之義大矣哉！古者敬其事則命以始，今帝王受命而用其終，豈人事乎？其天意乎？[72]

曹魏陳留王被迫將帝位禪讓給司馬炎，司馬炎建立晉朝，曹魏滅亡。干寶認為晉革魏之命，皆天命所定，非人力能及，為司馬炎篡曹魏之位進行合理的辯解。

駱鴻凱以干寶〈論晉武帝革命〉一文與司馬遷〈秦楚之際月表序〉筆法相似，認為干寶之文「漢魏外禪順大名」與「受命用終」二語，能得史公之法。「漢魏外禪順大名」以「堯舜內禪」、「湯武革命」二事相比擬，表雖誹司馬炎得天命，而譏刺之意至深。謝康樂云：「安得不僭稱以為禪代」，[73] 一語直指文意核心。

---

71 駱鴻凱：《文選學·文選分體研究舉例——史論》，頁513。

72 〔東晉〕干寶：〈論晉武帝革命〉，引見〔南朝梁〕蕭統編、〔唐〕李善注：《文選》，頁687。

73 〔東晉〕干寶：〈晉紀總論〉，引見〔南朝梁〕蕭統編、〔唐〕李善注：《文選》，頁687。

　　駱鴻凱云：「排偶者，各句之語意相偶，而排疊而出之者也。凡用此筆，其文必氣加宏而力加厚，無錯雜繁瑣之病，故文家常用之。」[74] 大量用典、句式多為排偶句，此為干寶「史論」體的特色。文中使用甚多排偶句，囿於篇幅僅舉四例：

> 朝為伊周，夕為桀跖，善惡陷於成敗，毀譽脅於勢利。

> 國政迭移於亂人，禁兵外散於四方，方岳無鈞石之鎮，關門無結草之固。

> 李辰石冰，傾之於荊揚，劉淵王彌，撓之於青冀。

> 君子勤禮，小人盡力，廉恥篤於家閭，邪僻銷於胸懷。

> 基廣則難傾，根深則難拔，理節則不亂，膠結則不遷。

除了詞語兩兩相對，音律大致上也和諧，干寶擅長以排比句鋪排文勢，使文章呈現雄健風貌。

　　干寶的〈晉武帝革命論〉及〈晉紀總論〉，都是從《晉紀》中摘錄下來的。《晉書》雖然非常重視干寶的〈晉紀總論〉，但並沒有完全忠實於原文，而是作了一定的刪節與加工。[75] 所謂的刪節，為修《晉書》諸唐臣刪繁就簡的作法，將繁瑣的部分刪去；所謂的加工，為修《晉書》諸唐臣的治史態度，書寫時相當注意文字的修飾、韻律的合諧、駢偶的工整。駱鴻凱選用兩篇干寶史論的目的，筆者認為〈晉武

---

74 駱鴻凱：《文選學‧文選分體研究舉例——對問、設論》，頁540。

75 姜維公：〈從〈晉紀總論〉看《文選》的史學價值〉，《長春師範學院學報》第19卷第3期，2000年5月，頁12。

帝革命論〉文章雖然短，卻能快速掌握干寶作史論時，承襲漢代文賦大家，比事屬辭三句式之法與開闔之勢；〈晉紀總論〉文章雖然長，卻能將干寶氣勢雄健的文風展現出來，學習干寶布勢筆法的優點，使學者循序漸進掌握讀史論的精要之處。如何使用文章範例，讓學者熟悉文章內容，並充分精熟文體，這在選篇示例的過程中，需要經過深思熟慮、謹慎布局。駱鴻凱對干寶的評論為：

> 干令升文氣體甚健，而鋪敘有時過繁，然重厚渾灝是其所長。近代擬之者有汪容父、周止庵二家。周氏《晉略》諸論，大率學干。汪氏〈宋宗室世系表序〉學干，有其波瀾而去其繁縟。干學《國語》，汪知其意，故亦於此致力，其佳處不減令升也。[76]

駱氏認為干寶的史論文章，優點為氣勢雄健，缺點為鋪敘過繁。干寶學《國語》敘事，集中許多事件，加以渲染，增添細節，內容豐富具備說服力。干寶渾厚雄健的文風影響了清代的汪中、周濟。周濟《晉略》與汪中〈宋宗室世系表序〉，二人文章學習了干寶的優點，將鋪敘繁縟的缺點革去。汪中知曉干寶的渾厚雄健的文風是透過學習《國語》得來，因而致力於《國語》的學習。干寶行文之特長及其影響，可見一斑。

2 以正反對比鋪排文勢

正反法，是以正反對比的方式，反覆申論、突顯主題，為文章布局手法之一。正反法形式有二：由正而反，由反而正。反面的氣勢一

---

76 駱鴻凱：《文選學・文選分體研究舉例──史論》，頁514。

般而言不可勝過正面，以免喧賓奪主。

　　范曄擅長以正反對比的例子，密集鋪排文勢。〈後漢書二十八將傳論〉篇幅雖短，用正反例子對照鋪敘，突出論點，是一篇學習文章布勢的絕佳示範。范文以「中興二十八將為天上二十八星宿」的傳言作為文章的開頭，接著又云雖然不能確認這種傳言是否為真，輔佐光武中興的二十八將應是輔佐皇帝的幹才，作為導入正文的過渡。接著揭示全文的立論核心，以「光武不以功臣任職」為立意，積極展開論述。正面論述以春秋時期管仲、隰朋為例，功臣被君主擺在對的位置發揮其用；反面論述則以秦漢以降，武人崛起，君主猜忌導致功臣的下場淒涼，如蕭何、樊噲之流。接著又以正面論述漢光武帝借鑒前朝，不封、不殺功臣，像寇恂、鄧禹、耿弇、賈復之流，分封不過三、四大縣，最多增加特進、朝請的頭銜。反面陳述種種任用功臣對國家造成的傷害。正面讚美漢光武帝任用功臣共同分擔政事善惡之果，以寬容的態度保全了功臣的尊嚴，使功臣之後代都能享受福蔭。反面論述漢高祖劉邦任用舊友、南陽多顯貴之人的例子。最後提醒皇帝不能一味信任功臣，卻應當大公無私照顧所有的功臣，這樣才能廣納賢才為己用。本文採用由正而反的對比方式，以一正例一反例，反覆強調「不以功臣用任職」的種種優點，最後以正意收結，援古證今，發揮議論，自暢其說。駱鴻凱評范曄此文曰：

　　　范氏之文，用筆轉換處，皆有跡可尋……此篇雖五六百言，而
　　　用筆凡十五變，遞相生發。幾於無一句可刊，無一字可減。[77]

范曄的〈後漢書二十八將傳論〉用筆屢變，緊扣在「光武不以功臣任

---

77 駱鴻凱：《文選學‧文選分體研究舉例——史論》，頁529。

職」的優點上發論,用密集的反例烘托正例,鋪排文勢,並能產生變化。

　　范曄另一篇〈後漢書皇后紀論〉,全文分為三段,首段將夏、殷以來的后妃制度略作歸納,以「后正位宮闈,同體天王」。[78] 此句作為論述的起筆,范曄認為后妃應在後宮各司其職,盡心輔佐天子,在閨房之中仍要講究莊重和順,不能提出不正當的請託。正面列舉周康王、周宣王之例,君主晏起,皇后自請降罪,維護禮法。平王東遷後,禮儀開始敗壞,此處為轉筆;反面列舉齊桓公僭越納姜六人,以及晉獻公貪戀美色,使戎人之女驪姬成為正妻之事,導致國家遭受動亂。秦代至漢初,選納嬪妃的預算不斷的增加,外戚擾亂國家的例子,在從前的史書已經記載得很詳細,這些都是過於輕視禮法,君主失去自律所產生的惡果。首段言明后妃應盡輔佐天子的職責,禮教的敗壞過程,各代史書皆有載錄,指出君主不知借鑒前史,耽溺於女色,動搖國本。第二段正面論述漢光武帝為去除奢靡風氣,大力刪減後宮用度;臣子下鄉考察家世清白、容貌端莊的少女,經核定為善良聰明之女,才得以入後宮伴駕。漢明帝承繼了漢光武帝的旨意,維護宮廷禮教,於是形成後宮言論不出宮門,權力不落於親信的良好風氣。漢光武帝與漢明帝律己甚嚴,卻沒有嚴加防範,漢章帝後又開始貪戀美色,遺忘了女色腐蝕國本的危機。第二段以漢光武帝、明帝作為正面論述的例證,此段結尾以「漢章帝遺忘女色腐蝕國本」一事,作為開啟下一段的伏筆。末段文勢緊湊,語氣變得嚴厲。即使皇帝年幼,國事艱難,一定是委任忠良大臣輔佐幼主,而未聽聞任用婦人壟斷國家大權。秦國芊太后代理國家大事,穰侯的權勢比秦昭王還重,母家比國家富裕,漢代步上秦國的後塵,不知悔改,東漢皇帝多沖齡

78　〔南朝宋〕范曄:〈後漢書皇后紀論〉,引見〔南朝梁〕蕭統編、〔唐〕李善注:《文選》,頁695。

即位，權力集中在太后手上，當朝處理國事的太后，自行在內室決定擁立皇帝的政策，將國事交給親信打理，貪圖權力，屢立幼主，貶退賢明大臣，以致國運衰敗，帝位喪失。全文緊扣「外戚專政，導致國家滅亡」的主線，以正例烘托反例，並特別放大反面的例子，貪戀權力的太后們，放任外戚，不盡心輔佐幼主，並沒有盡到身為後宮主位的本分。駱鴻凱對范曄此文的評論為：

> 范氏自評其文，筆勢縱放，實天下之奇作，其中合者往往不減〈過秦〉，信能自知其長者。……其後文凡百餘言，順勢而下，精采煥然。《詩》、《書》二語，回應康王晚朝至冢嗣遘屯數行，致為嚴密。自謂精奇，豈虛言耶？[79]

〈後漢書皇后紀論〉文勢鋪排緊密，並不遜於賈誼的〈過秦〉，是一篇將自身的優勢充分發揮的好文，敘事方式順敘而下，文采燦然，末段以《詩經》云：「赫赫宗周，褒姒滅之。」[80]《尚書》云：「牝雞之晨，惟家之索。」[81] 呼應「康王晚朝」、「宣后晏起」等事件，《詩》《書》所云皆指女性僭越后妃本分，越職行事，會導致家破國亡。巧妙在文中安排前呼後應之法，駱氏認為范曄自謂精奇之語，所言非虛。

（二）「設論」體之章法與修辭

東方朔〈答客難〉是篇散文賦，以一意鋪排成文。全文分為四段，以客難東方朔為起筆，客人先論述蘇秦、張儀的成就，反觀東方

---

79 駱鴻凱：《文選學‧文選分體研究舉例——史論》，頁526。
80 裴普賢編：《詩經評註讀本下冊‧小雅‧正月》（臺北：三民書局，1990年10月），頁161。
81 屈萬里註釋：《尚書今註今譯‧牧誓》（臺北：臺灣商務印書館，2009年11月），頁90。

朔的情況，提出問題：「蘇秦、張儀壹當萬乘之主，而身都卿相之位，
澤及後世。今子大夫……積數十年，官不過侍郎，位不過執戟，意者
尚有遺行邪？同胞之徒，無所容居，其故何也？」[82] 當官多年，卻還
只是個侍郎，猜想本身言行不端，所以才得不到皇帝的青眼；官小薪
俸少，連親族也照拂不到，質問東方朔當官的目的，究竟是為了什
麼？起筆點出本文論述的重點，忠心侍奉君上多年，所付出的忠誠與
得到回報不成比例。次段，東方朔針對客人所提出的詰難進行回應，
分析蘇秦、張儀之所以能夠獲得重用、得到崇高的地位，乃因時勢的
造就。蘇、張二人的才能，可在戰亂的時代立功，若與自己（東方
朔）生在同時，他們可能連侍郎的職位也得不到。第三段為轉筆，東
方朔論述自己的志向，提出即使無處可施展才華，也要努力進德修業，
平時注意修養品德，時運一旦降臨，何愁不顯達？機會是留給準備好
的人，暗指自己已經做好準備，隨時可為國君效命。末段合論，回應
首段客人之問，以許由、接輿等人之例，說明沒當官、沒朋友、沒出
仕，皆是自身價值的選擇，因缺少理念相合的朋友而選擇不結交朋友，
並不是沒有同道的人；並以燕國重用樂毅，秦國重用李斯之例，說明
亂世之中，只要有才能的人，君主都願意給予相應的地位與財富，反
覆申論有才之人，需要好的時機，才能顯達。最後，東方朔責怪客人
的想法淺陋、不知變通，是個愚鈍的人，並沒有資格非難自己。

　　〈答客難〉一文中，東方朔末段之答，回應客人首段之問。先以
虛構的客人，提問自己不滿的問題，再以正向的論說駁倒客人反面的
想法，自我排解懷才不遇的牢騷。以「忠心侍奉君上多年，所付出的
忠誠與得到回報不成比例」為主線，以鋪排的方式進行論說，並以諸
多前事作陪，如許由、樂毅等人之事。將「不遇」歸咎於「時機」，

---

82 〔西漢〕東方朔：〈答客難〉，引見〔南朝梁〕蕭統編、〔唐〕李善注：《文選》，頁
　　628。

當無處可施展才華時，努力修養品德，尋找自己的定位。駱鴻凱云：
「凡設論之文，主客對問，其首尾用筆，宜知迴映。」[83] 設論文章，
以設問手法，引起讀者注意，主客對問，使問題有了答案，文章的首
尾相連，才能成為完整的篇章。

　　駱鴻凱認為〈解嘲〉一篇，許書本名曰賦。[84] 以作賦的方法來鋪
排文意，使之成篇。賦體藉由鋪陳、類比、排疊等文章手法而構成，
駱氏認為〈答賓戲〉一文是在〈解嘲〉的基礎上踵事增華，鋪敘之法
有五：鋪排、陪襯、形容、譬喻、排疊。筆者將其闡釋如下：

　　（一）鋪排之法：以一意推廣言之。
　　（二）陪襯之法：以前事作陪襯，彰顯主題。
　　（三）形容之法：就原文加以狀語，使文意更為通達。
　　（四）譬喻之法：透過類比，擬況所述事物的特點。
　　（五）排疊之法：將同類事物堆疊鋪排，共同闡明一意。

　　班固〈答賓戲〉一文，全文分為四段，開頭一段，點明寫作要
旨，永平年間，班固擔任蘭臺令（管理宮中圖書的官員），以著書為
志業，有感東方朔、揚雄沒趕上蘇秦、張儀等人的時代，無法一展抱
負，面對世人的嘲弄，故寫此文應對。第二段，以「賓戲主人」為起
筆，提出「太上有立德，其次有立功」[85] 的說法，「立德」為樹立聖
人之德，「立功」為建立功業，「立德」之事無法獨自存在，「立功」
則可以憑藉一己之力進取，認為「立功」才是最重要的事情，著書之
事，不過是業餘消遣，戲弄班固分不清楚事情的輕重。第三段為轉

83　駱鴻凱：《文選學・文選分體研究舉例——對問、設論》，頁542。
84　駱鴻凱：《文選學・文選分體研究舉例——對問、設論》，頁534。
85　〔東漢〕班固：〈答賓戲〉，引見〔南朝梁〕蕭統編、〔唐〕李善注：《文選》，頁633。

筆，班固從容回應賓客的問題，舉了諸多反例，說明並不是每一個選擇「立功」的人都能得到好下場：商鞅憑藉三種權術，說服秦孝公；李斯發論當世時弊，向秦始皇求官；韓非〈說難〉得到秦始皇的賞識，卻也因為這樣被拘禁；呂不韋用詐欺的手段做生意，當子楚登基後，呂不韋的宗族跟著滅亡。這些人貪圖戰亂的時機，用小道的權術來謀求富貴，班固認為功業不可能憑著虛假的言詞或權術就能有所成就，名聲的流傳也是不可能透過詐欺得到，腳踏實地的做事才是最務實的作法。班固反譏賓客，明明現在是安穩平靜的時代，卻還在談論戰國的事情，炫耀聽到的事，懷疑親眼看到的事情，是不合常理的。末段，賓客接受了班固對問題的回應，進一步提問「上古之士，處身行道，輔世成名，可述於後者，默而已乎？」[86] 前代的士人，雖然注意自身的修養以行正道，輔佐君主留下美名，難道沒有具體的作為，可以傳給後世？班固立即回應賓客之問，鋪排諸多正例，說明前人的特長不同、專精的事物也不一樣，卻能傳名於後世。如伯夷不食周粟、柳下惠忍辱做官的志向；伯牙精於奏琴、逢蒙善於射箭的技藝，這些人物的故事之所以能流傳於後世，乃因謹慎志向、專心其事。最後，班固認為自己無法擁有先賢的各項本事，於是選擇默默地寫作，以著書作文自娛。

使用鋪排之法者，如「賓戲主人曰至不亦優乎」一段，本一二語可了，而推廣言之至數十句。[87] 此段以「有才見棄於當世」為立意，進行鋪排敘述；使用陪襯之法者，如「仲尼抗浮雲之志，孟軻養浩然之氣」之句，[88] 用以陪襯前面商鞅、李斯、韓非、呂不韋等人的例子；使用形容之法者，如「鉛刀皆能一斷」之句，[89] 用超過客觀事實

---

86 〔東漢〕班固：〈答賓戲〉，引見〔南朝梁〕蕭統編、〔唐〕李善注：《文選》，頁635。
87 駱鴻凱：《文選學·文選分體研究舉例——對問、設論》，頁534。
88 〔東漢〕班固：〈答賓戲〉，引見〔南朝梁〕蕭統編、〔唐〕李善注：《文選》，頁634。
89 〔東漢〕班固：〈答賓戲〉，引見〔南朝梁〕蕭統編、〔唐〕李善注：《文選》，頁634。

的言詞作形容，使抽象的概念更為具體，誇飾的運用，可讓讀者留下深刻的印象。使用譬喻之法者，如「馳辯如濤波，摛藻如春華」[90]、「炎之如日，威之如神，函之如海，養之如春」。[91] 透過鮮明的比喻，加以類推，更能了解其文意；使用排疊之法者，如「陸子優游，《新語》以興；董生下帷，發藻儒林；劉向司籍，辨章舊聞；揚雄譚思，《法言》《太玄》」。[92] 使用四人的著書情況，進行堆疊鋪排，旨在推闡著書立說一事，可使功業流傳於後人的正面論述。

　　「設論」體文章需要具備兩個條件，一是虛設主客，二是往返辯論。〈答客難〉一問一答，〈解嘲〉二問二答，〈答賓戲〉二問二答，三文皆虛設主客。主客往返辯論的過程中，需要針對問題回應，文章才顯得周密。駱鴻凱認為昭明所選錄〈答客難〉、〈解嘲〉、〈答賓戲〉三文，皆屬於抒發懷才不遇之作，而這三篇文章已能充分展現「設論體」的寫作特色。自東方朔以後，仿效之作，不乏佳篇。駱氏認為文體的變遷，《文選》只提供了三篇文章，並不能完整的呈現其文學發展實況，故駱鴻凱云：

　　　　昭明選錄，止此三家，可謂集其菁英。今仍錄自漢迄晉，《文選》所遺篇什於後。漢揚雄〈解難〉、後漢崔駰〈達旨〉、張衡〈應閒〉、崔寔〈答譏〉、蔡邕〈釋誨〉、陳琳〈應譏〉、魏曹植〈客問〉、嵇康〈卜疑〉、晉夏侯湛〈抵疑〉、郤正〈釋譏〉、束皙〈玄居釋〉、郭璞〈客傲〉、曹毗〈對儒〉、庾敳〈客咨〉。[93]

90　〔東漢〕班固：〈答賓戲〉，引見〔南朝梁〕蕭統編、〔唐〕李善注：《文選》，頁633。
91　〔東漢〕班固：〈答賓戲〉，引見〔南朝梁〕蕭統編、〔唐〕李善注：《文選》，頁634。
92　〔東漢〕班固：〈答賓戲〉，引見〔南朝梁〕蕭統編、〔唐〕李善注：《文選》，頁635。
93　駱鴻凱：《文選學‧文選分體研究舉例──對問、設論》，頁545-546。

揚雄、崔駰等五人，曹植、嵇康二人，夏侯湛等六人，合計共十四人。駱鴻凱提供了《文選》未收錄「設論體」之文章共十四篇，時間的跨度從漢代至晉代，蒐集了「設論體」的歷代佳作篇目，其嘗試以「設論體」建構文體流變歷史，頗能具有分體文學史的參考價值。

三　寫作要領

駱鴻凱云：「文選分體三十有八，七代文體略備。讀者宜於每體之緣起流變與特殊之質性，及彼此之間易涉朦溷者，先能識別。而後知古人辭尚體要，苟非作者。」[94] 認為學習《文選》，需先知曉文體的流變與文體特質，並將容易混淆的體類判斷清楚，如賦與頌、頌與贊、贊與箴、箴與銘、碑與行狀、碑與誄體，[95] 每種文體皆具備固定的寫作規範，需要遵守。在仿作前，學習古人好的文章，學習作者思考的方式，一旦領悟寫作要領，就能寫出具備獨有的風貌與想法的好作品。駱氏認為，寫作要領有二，一是先摹擬後變化，一是避免「代語」的濫用。

（一）先摹擬後變化

作家受物質環境的刺激產生聯想，形成主觀意識，對客觀環境細加觀察，運用其感官對外物加以選擇和組織，透過文字描寫聲音、形貌，輔以文章技法，組成作品。作家的經歷與才思情性，難以摹習，曹丕曾云：「雖在父兄，不能以移子弟。」[96] 即使是自己最親近的人，也無法完全習得其文氣。作家才性雖難以摹仿，文章技法卻是可

---

94 駱鴻凱：《文選學·讀選導言第九·導言一》，頁297。
95 駱鴻凱：《文選學·讀選導言第九·導言十二》，頁326-327。
96 〔魏〕曹丕：〈典論論文〉，引見〔南朝梁〕蕭統編、〔唐〕李善注《文選》，頁720。

以透過模仿而學習。學大家作品，後世學習者雖無法複製作家的經歷，但可透過摹擬大家的作品，掌握其文章要領，進而學習創作。駱鴻凱認為文章的摹擬，可以從「題」、「體」、「句」、「意」四方面著手。「題」的摹擬，透過題目的摹擬進行文章創作，是文體形成規律的一種發展過程。「句」的摹擬，仿寫前人的句式或用相同的詞語安插在句式之中，如〈上林賦〉：「追怪物，出宇宙。」與〈校獵賦〉：「追天寶，出一方。」動詞相同，名詞不同；而〈西都賦〉：「左城右平，重軒三階。」與〈西京賦〉：「三階重軒，左平右城。」則是將詞語前後互換，文意不變。「體」的摹擬，則是文章形式的摹擬，如〈子虛賦〉、〈上林賦〉，〈長陽賦〉、〈高唐賦〉、〈神女賦〉、〈舞賦〉，這六篇賦，皆是以虛設主客問答的形式，鋪張成文。「意」的摹擬，則是創作者透過自然現象的觀察，摹擬其貌其聲，寄託己意。此處僅以「題」的摹擬與「意」的摹擬作為舉例：

1 「題」的摹擬

茲以「七」為例：《文選》將「七」體文章立為一類，選錄了枚乘的〈七發〉、曹植的〈七啟〉、張協的〈七命〉，三篇皆以「七」作為篇章題目。明代徐師曾曰：「問對凡七，故謂之七；則七者，問對之別名，而《楚辭・七諫》之流也。蓋自枚乘初撰〈七發〉，而傅毅〈七激〉、張衡〈七辯〉、崔駰〈七依〉、崔瑗〈七蘇〉、馬融〈七廣〉、曹植〈七啟〉、王粲〈七釋〉、張協〈七命〉、陸機〈七徵〉、桓麟〈七說〉、左思〈七諷〉，相繼有作」，[97] 徐師曾認為「七」體的問對形式，最早起源於《楚辭・七諫》，自枚乘作〈七發〉，其後文人相繼以「七」為題，而成「七」體。實際上，枚乘年齡早於東方朔，

---

97 〔明〕徐師曾：〈文體明辨〉，載〔明〕吳訥等著：《文體序說三種》（臺北：大安出版社，1998年6月），頁94。

〈七發〉近賦體,〈七諫〉為騷體,若謂〈七諫〉為「七」體之濫觴,恐不盡然。「七」體,是賦中以主客問答形式表現的文體。郭建勳認為「七」體的特點是「摛豔」、「馳騁文詞」,為漢代散體大賦的「鋪張揚厲」奠定了基調。[98]「七」體的形成,是由眾多作家以「七」為題目,豐富了「七」體的內涵,創作的作家漸多,最後發展為正式的文體。文體的創體,需要眾多大家的作品來發展文體的規律,題目的摹擬,是一種發展文體的方式,也影響了文學主題的遞相祖襲。

2 「意」的摹擬

將大自然發生的現象,與作者情意相結合,呈現在作品中,是種文學意象的摹擬。此處以宋玉、司馬相如、左思的作品為例。宋玉〈高唐賦〉:

> 纖條悲鳴,聲似竽籟。清濁相和,五變四會。[99]

當風吹過樹木的枝條,發出悲鳴之聲,聲音如管樂器吹奏時所發出的聲音。清脆與混濁之聲相互呼應,使五音產生變化,同四方之音相會。再觀司馬相如〈上林賦〉:

> 猗狔從風,藰莅芔歙。蓋象金石之聲,管籥之音。[100]

---

98 詳見郭建勳:〈「七體」的形成發展及其文體特徵〉,《北京大學學報(哲學社會科學版)》,第44卷第5期,2007年9月,頁56。

99 〔東周〕宋玉:〈高唐賦〉,引見〔南朝梁〕蕭統編、〔唐〕李善注《文選》,頁266。

100 〔西漢〕司馬相如:〈上林賦〉,引見〔南朝梁〕蕭統編、〔唐〕李善注《文選》,頁126。

樹木隨風搖曳，在迅急風中發出淒清之聲，如同鐘磬、管弦之聲。又如左思〈吳都賦〉：

鳴條律暢，飛音響亮。蓋象琴筑并奏，笙竽俱唱。[101]

風吹樹木枝條的聲音，如同暢快的音樂，聲音傳播得很響亮，就像琴、筑同時合奏，笙、竽同時發出聲響。

宋玉的「纖條悲鳴」、司馬相如的「猗狔從風」、左思的「鳴條律暢」三人皆在描寫風吹樹木的意象，表現手法各異，可細分為視覺摹擬跟聽覺摹擬。宋玉將風吹樹木的自然現象，借物起興，以「擬人」的手法，風吹樹木的聲響就像是人在哭泣，以自身的心情投射到樹木上；司馬相如則從視覺角度切入觀察，用「譬喻」的手法，表現風吹樹木時，如女子婀娜之態；左思用聽覺角度進行想像，用「譬喻」的手法，描寫風吹樹木時就像樂音一般流暢。風吹樹木所發出的聲音，宋玉所摹擬的聲音是「竽籟」，司馬相如所摹擬的聲音是「金石」、「管籥」，左思所摹擬的聲音是「琴筑」、「笙竽」，三人摹擬的樂器聲音不同，所要呈現的情感也不同。

駱鴻凱認為初學文章需從「摹擬」開始，先摹擬大家之文，習得要法後，創作才能有所變化。駱鴻凱在論述各種文體的代表作品後，總結前人創作經驗，將各種文體的寫作規範一一釐析，最後都會要求學生進行摹寫。王闓運論文常自標榜摹擬，又恐人挾其成心，以為貌似之佳不如神似。[102] 認為文章摹擬，學其貌不夠，而是要學其神韻。劉師培曾云：「學一家之文，不必字摹句似，而當有所變化。」[103] 認

---

101 〔西晉〕左思：〈吳都賦〉，引見〔南朝梁〕蕭統編、〔唐〕李善注《文選》，頁85。
102 駱鴻凱：《文選學‧讀選導言第九‧導言九》，頁333。
103 劉師培：《中古文學史》，頁148。

為僅是刻意摹擬字句,是學不到作家的文章精髓,將所摹擬的字句加以變化,才能成為屬於自己的東西。駱鴻凱云:

> 擬此篇之體,則變以彼篇之調,仿此篇之意,則易以彼篇之辭,善於錯綜,所以襲舊彌新。[104]

認為所摹擬的文辭,不能完全放在同一篇創作之中,即使是摹擬別人的言辭,善用錯綜的手法,也能讓所摹擬的文辭發揮表意的功能,並使創作充滿變化。

(二)避免「代語」濫用

將人或事物原本的名稱,以相關的人或事物來代替,表達同樣意義,稱為「代語」。代語用得恰當,增添變化,能豐富文章的內涵;濫用代語,則會出現不明白所代指的人事物是什麼,而使文意文意晦澀。駱鴻凱認為六朝文章有好用代語的現象:

> 六朝好用代語,觸手紛論。……託始於卿固,中興於潘陸,顏謝繼作,綴緝尤繁。而溯其緣起,大抵尤文人厭讀舊語,欲避陳而趨新,故課虛以成實。抑或嫌文辭之坦率,故用替代之詞,以期化直為曲,易逕成迂。雖非文章之常軌,然亦修辭之妙訣也,安可輕議乎。[105]

六朝好用代語的風氣,從司馬相如跟班固開始,而後潘岳、陸機等作家接續模仿,代語現象的出現,原因包含厭讀舊語,嫌棄文辭過於坦

---

104 駱鴻凱:《文選學·讀選導言第九·導言九》,頁321。
105 駱鴻凱:《文選學·餘論第十》,頁356。

率，故使用替代詞語的現象變得普遍。雖然使用代語未必是創作慣例，但代語確實是種修飾文章的好方法。如班固〈蜀都賦〉中，以「闤闠」代市場，「水客」代船夫，「櫂謳」代船，「獠者」代獵人。又如：潘岳〈藉田賦〉中，以「紺轅」代天子所乘的耕根車，「閶闔」代宮牆正門，「填填」代闐闐，指車馬同行之聲，「垂髫」代兒童，「總髮」代成人。使用新奇的詞彙替代原本的意思，除了能讓文章更有變化，也能更容易引起讀者注意。

　　駱鴻凱認為六朝文章好用代語的風氣，從顏延之開始。代語的使用是優點也是缺點，六朝尚美，用精美的詞語替代文辭，除了符合審美價值，亦可彰顯自身學問淵博，詞語本身固然精美巧妙，當文章代語的使用過多，易造成文意晦澀難解。如：顏延之〈祭屈原文〉：「藉用可塵，昭忠難闕。」[106] 以「藉用」代白茅，以「昭忠」代蘋藻，使用了代語，既不是故訓，也不是方言，詞語雖然奇巧，卻讓讀者難以索解原意。又如〈三月三日曲水詩序〉：「禎莖素毳，并柯共穗之瑞。」[107] 以「禎莖」代朱草，以「素毳」代白虎，「並柯」代連理木，「共穗」代嘉禾。短短兩句，用了四個代語，使用頻繁，文章雖美，卻在文意的解讀上，趨於晦澀。

　　故過度使用代語，容易模糊文章的焦點；適切使用代語，可讓文章的蘊意含蓄，並增添美感。

---

106 〔南朝宋〕顏延之：〈祭屈原文〉，引見〔南朝梁〕蕭統編、〔唐〕李善注《文選》，頁837。

107 〔南朝宋〕顏延之：〈三月三日曲水詩序〉，引見〔南朝梁〕蕭統編、〔唐〕李善注《文選》，頁646。

第四章
《文選學》作家論研究

第一節　引言：知人論世與以文存人

駱鴻凱在〈導言十三〉中，提出「專家」研究的五項綱領：

一、考史傳以詳其略歷。

二、彙評論以識其辜較（《文心》、《詩品》又《北史》以上，
　　關於評論本人之文章之言，並宜研覈）。

三、溯其淵源，撢其影響。

四、考其文體之因與創及所優長。

五、覈其文之作法（謀篇、造句、鍊字諸端）。[1]

駱鴻凱《文選》專家研究綱領所言的專家，即指《昭明文選》中的篇章作家。為了與歷代《選》學家進行區隔，以及行文方便，謹以《文選》作家代替《文選》專家一語。駱氏曾對陸機、顏延之、任昉、賈誼四人進行作家研究，所討論之篇章如下表：

1　駱鴻凱：《文選學・讀選導言第九・導言十三》，頁328。

表一：駱氏作家研究篇目一覽表

作家	所錄篇章
陸機	〈演連珠五十首〉、〈豪士賦序〉、〈謝平原內史表〉、〈弔魏武帝文〉、〈文賦〉
顏延之	〈陶徵士誄〉、〈祭屈原文〉、〈三月三日曲水詩序〉
任昉	〈為范始興作求立太宰碑表〉、〈為褚諮議蓁讓代兄襲封表〉、〈天監三年策秀才文〉
賈誼	〈弔屈原文〉、〈鵩鳥賦〉

　　駱鴻凱選錄了陸機的五種體類文章、顏延之選錄了三種體類、任昉兩種、賈誼兩種，對陸機、顏延之的研究方式有三：傳略、文評、作品分析。對任昉的研究方式以傳略、作品分析為主，文評後附，並未獨立。對賈誼的研究方式為：從事跡、生卒、著述、評論四方面切入，評論方面又細分為「文」、「賦」兩類，進行分析。

　　駱鴻凱在教授《文選》作家時，通常會先列出相關史書材料，作為了解作者生平的入門方式，接著羅列考證該作者的重要著作，其次將歷代對該作者的詩評、文評一一輯出，最後才會選錄該作者的文章作為範例，以指導寫作，並將自身對該作者的評論，穿插其中。駱氏認為作家所處的時代環境與政治背景，會影響作家文風的呈現，另外，作家的性情、學識也是形塑作家文風的關鍵，故下文分為此二項主題探討。

第二節　時代風貌與作家才性

　　時代風氣與政治環境會影響作家的思想，駱鴻凱云：「《文選》囊

括七代，七代作品，風格自殊。」[2]〈導言五〉又曰：「風格為一時代
文學上之通象，然其始要由一二勝流提倡於上，綴文之士，從有慕
之，轉相摹擬，風會所趨，文壇波靡，浸淫以成一代風尚。」[3] 在〈導
言十〉中，駱鴻凱將七代詩歌流變作出了劃分，[4] 茲歸納表列如下：

表二：七代詩歌流變及代表作家一覽表

朝代	代表文體	代表作家
兩漢		韋孟
		李陵、蘇武、班婕妤
		古詩（枚叔、傅毅）
		班固
		張衡
	建安體	三曹、七子
魏	正始體	何晏、嵇康、阮籍、應璩
晉	太康體	三張二陸兩潘一左
	永嘉體	孫綽、許詢、桓溫、庾闡、庾亮（陶潛）
宋	元嘉體	（郭璞、劉琨、謝混）謝靈運
	大明泰始體	
齊	永明體	王融、謝朓、沈約
梁	宮體	梁簡文帝[5]

2 駱鴻凱：《文選學・讀選導言第九・導言五》，頁310。
3 駱鴻凱：《文選學・讀選導言第九・導言五》，頁309。
4 駱鴻凱：《文選學・讀選導言第九・導言十》，頁322-324。
5 按：駱鴻凱關於「永嘉體」及「元嘉體」之界定，不同於「建安」、「正始」、「太
康」諸體。其所謂「永嘉體」下所列孫綽等六家，率為玄言詩人，活動年代皆以東
晉為主。而「元嘉體」之四家中，郭璞、劉琨、謝混雖皆對謝靈運產生過影響，具
有「元嘉體」的前導作用，但皆晉人而鮮及劉宋之世。由此可知，駱鴻凱所認知的

駱氏之說，大抵依據《文心雕龍‧明詩》、《詩品》、《南齊書‧陸厥傳》、章太炎《辨詩篇》等典籍，可謂綱舉目張。漢代官方以「察舉」選拔人才，[6] 汝南許劭兄弟評論鄉里人物，每月初一換議題，稱為「月旦評」，[7] 漢代已形成「人物品評」的風氣。魏晉以後，人物的品評，成為對人物的才性與丰神的鑑賞。[8] 魏晉人物品鑑以審美概念，對照人物丰神個性之美，將作品的教化內容轉向文學的個性精神，自覺將風格美納入批評之中。[9] 中國古典文學風格批評喜用具象化和高度概括的手法，摹寫和揭示作品的神采風韻。[10] 如《詩品》使用概括性、簡要而富含意味的批語，來評斷作者的作品。漢末以後，清議流行，品評人物在社會上形成風尚。曹魏設立九品中正制，更使這種風尚延續和普及。[11] 儒家思想衰落及隱逸思想的流行，文學創作開始重視個人情懷的書寫。西晉太康年間，以潘岳、陸機為代表，駱鴻凱〈導言十四〉云：「陸機文氣之厚，得於子建。文辭之雅，出於伯喈。而密緻皆過之。潘岳文之清秀，出於王粲。」[12] 認為陸機渾厚的文氣是繼承曹植一系而來，雅正的文辭則得於蔡邕，除了音律，其他如用偶、詞藻、句法皆密於曹植、蔡邕；而潘岳文風清新秀麗，則得於王粲。進入東晉，作家的文風開始有了轉變：

「永嘉」、「元嘉」二體乃是以詩風而非時代為基礎。此外，梁簡文帝詩作並未收入《文選》。

6 「察舉制」是中國古代選拔官吏的制度，不同於以先秦的世襲與隋唐的科舉，由地方官在轄區內考察及選取人才，推薦上級或者中央，經考核後，才任命官職。

7 〔南朝宋〕范曄撰、〔唐〕李賢等注：《後漢書‧許劭列傳》（北京：中華書局，1965年5月），頁2235。

8 吳承學：《中國古典風格學》（北京：北京大學出版社，2011年7月），頁2。

9 吳承學：《中國古典風格學》，頁3。

10 吳承學：《中國古典風格學》，頁4。

11 王運熙、顧易生主編：《中國文學批評史》（臺北：五南圖書出版公司，1993年3月），頁85。

12 駱鴻凱：《文選學‧讀選導言第九‧導言十四》，頁329。

自建武暨乎義熙，歷載將百，雖綴響聯辭，波屬雲委，莫不寄言上德，託意玄珠，遒麗之辭，無聞焉爾。仲文始革孫、許之風，叔源大變太元之氣。爰逮宋氏，顏、謝騰聲。靈運之興會標舉，延年之體裁明密，並方軌前秀，垂範後昆。[13]

東晉一百年，詩文以老、莊玄學思想為依歸，文章用筆沒有力道，缺乏辭藻。殷仲文改變了孫綽、許詢的玄風，謝混改變太元年間的風氣，直到劉宋時，顏延之與謝靈運的出現，情況才出現明顯的轉變。謝靈運的丰神光彩照人，顏延之措辭造句甚美，但在丰神上略遜謝靈運一籌。謝靈運與顏延之二人，體現了元嘉體的兩種不同風貌。「永明」為齊武帝的年號，

「永明體」則為當代詩體之稱，此詩體要求嚴格，強調聲韻格律。晉宋以來，文人之詩，流於艱澀，「永明體」的出現，使詩歌創作有了初步的規範，並使詩風趨向清新。如沈約之作，駱氏稱其「字必求儷，聲必求諧」、「時有逸氣」，[14] 此即永明體之典型風格。

對於表一所列，駱鴻凱之論述涉及「建安文學」最多，故筆者以此為例而闡論之。「建安」是漢獻帝最後的年號，這個時期的詩作又稱「建安體」，詩作以五言最引人注目。五言詩的成熟始於建安，此時的文人創作了許多篇優秀的五言詩，如《文心雕龍》云：

暨建安之初，五言騰踴，文帝陳思，縱轡以騁節；王徐應劉，望路而爭驅；并憐風月，狎池苑，述恩榮，敘酣宴，慷慨以任氣，磊落以使才；造懷指事，不求纖密之巧，驅辭逐貌，唯取

---

13 〔南朝梁〕沈約撰：《宋書‧謝靈運傳》（北京：中華書局，1974年10月），頁1778-1779。

14 駱鴻凱：《文選學‧文選專家研究舉例──任彥昇》，頁558-559。

昭晰之能：此其所同也。[15]

曹氏父子三人與七子為「建安文學」代表人物，他如繁欽、禰衡、楊
修等人也多以文名，活躍年代涵蓋了建安年間與曹魏前期。進而言
之，「建安文學」及「建安體」的命名，不單為斷代之用，也非僅作
文體之辨，更標誌著一種獨特的時代風格。《文心‧時序》云：「觀其
時文，雅好慷慨，良由世積亂離，風衰俗怨，并志深而筆長，故梗概
而多氣也。」[16] 建安時期的作家，處於戰亂的年代，文章所流露的思
想、感情，時有慷慨激昂之氣。劉師培將建安文學概括為「清峻」、
「通脫」、「騁詞」、「華靡」四種特質。[17] 魯迅則云：「漢末魏初的文
章是清峻、通脫。」[18] 社會動亂使儒學衰微，進而促使文學脫離了經
學的附庸，獲得了獨立的地位。文人們對文學創作有了新的認識，文
學自覺意識日益顯著。

以年輩而言，曹操居長，七子中除孔融年齡與曹操相仿外，其餘
六人大約視曹操為後進，而係曹氏兄弟的前輩。不過，曹操詩文質
樸，不為六朝所推崇，其人主要以文壇領袖身分著稱當時。七子大率
經歷漢末離亂，心聲形之於詩文，乃有慷慨之氣。清人沈德潛引曰：
「孟德詩猶是漢音，子桓以下純乎魏響。子桓詩有文士氣，一變乃父
悲壯之習矣。要其便娟婉約，能移人情。」[19] 相對而言，曹丕、曹植
兄弟年齡較幼，成長環境較為安定，並無曹操及七子之經歷。因此曹

15 〔南朝梁〕劉勰著，王更生注譯：《文心雕龍讀本上篇‧明詩第六》，頁85。

16 〔南朝梁〕劉勰著，王更生注譯：《文心雕龍讀本下篇‧時序第四十五》，頁271-
   272。

17 樊善標：〈劉師培文學史觀念的轉變：由「建安文學，革易前型」切入〉《中國文化
   研究所學報》2011年1月第52期，頁247-249。

18 魯迅：《魯迅全集‧而已集‧魏晉風度與文章及藥與酒的關係》，頁102。

19 〔清〕沈德潛：《古詩源‧卷五》（北京：中華書局，1963年6月），頁103、107。

丕詩風不同於乃父以及七子，不難想見。相比之下，曹植文才勝於其兄，早年懷抱建功立業之心，故文風亦繼承七子梗概之氣。故金人元好問〈論詩絕句〉曰：「曹劉坐嘯虎生風。四海無人角兩雄。」[20] 將曹植與七子之一的劉楨並稱，許其坐嘯生風，足見曹植的風格仍與七子一以貫之。而曹丕之魏響，則以清麗而婉約之新變為主，下開正始、太康之音了。

　　以下進而考察駱鴻凱關於七子的評論，以見其對於建安文學時代風格之觀照。如其論陳琳曰：

　　琳瑀以工為書翰，齊名魏代。於時軍國書檄，多出其手。……夫文健則筆勢洞達，不能自休。篇幅之繁，職由於此。元瑜文與孔璋近。蓋書檄之體，本以宏壯為美也。[21]

駱鴻凱引《文心・才略》云：「琳瑀以符檄擅聲。」[22] 如第三章論阮瑀〈為曹公作書與孫權〉「檄」類特徵時所云，「檄」的文義須清楚、氣勢須盛大果斷，能在軍情緊急時展現作者才思。陳琳最為著名之「檄」文，有〈為袁紹檄豫州〉、〈檄吳將校部曲文〉二作。前者，乃建安五年陳琳替袁紹討伐曹操所作；後者，乃建安二十一年為曹操招降東吳軍官所作。建安年間，征戰頻繁，陳琳原是袁紹的手下，與曹操對立，而後天下形勢驟變，陳琳成為曹操的幕僚，為其效命。「檄」文是征戰的文書，為了師出有名，文章的氣勢自要宏大，此兩篇「檄」文大致能看出陳琳文章壯美之風。

---

20 〔金〕元好問：〈論詩絕句其二〉，施國祁箋：《元遺山詩集注箋下冊》（臺北：廣文出版社，1973年6月），頁565。

21 駱鴻凱：《文選學・文選分體研究舉例──書牋》，頁506。

22 〔南朝梁〕劉勰著，王更生注譯：《文心雕龍讀本下篇・才略第四十七》，頁320。

　　駱氏引《文心》之語曰:「仲宣躁銳,故穎出而才果;公幹氣褊,故言壯而情駭。孔融氣盛於為筆,禰衡銳思於文,有偏美焉。」[23] 王粲在詩賦上的成就高於其他六人,一如《文心‧才略》所云:「仲宣溢才,捷而能密,文多兼善,辭少瑕累,摘其詩賦,則七子之冠冕乎!」[24] 駱氏對於三曹與七子的詩歌,直接評論雖不多,但不時徵引前人之說,以見己意。如王粲〈公讌詩〉,駱氏引王闓運之言云:「其用意運筆之超妙,亦當時獨步。氣皆樸厚。」〈從軍詩五首‧從軍有苦樂〉,引王云:「筆意高遠。禽獸憚為犧二句,言雖憚為人用,而良苗之實豈甘棄置耶?」以樸厚、高遠許王粲,可知誠以其為建安詩人之重要代表。又劉楨〈公讌詩〉,引王云:「開六朝派,自然華貴。」〈贈五官中郎將四首‧秋日多悲懷〉,引王云:「『明鐙曜閨中』四句,清而不冷,骨重故也。」〈贈從弟三首‧亭亭山上松〉駱氏引王云:「前皆明麗,此則勁急。」謂其骨重,而勁急、明麗、華貴之特徵皆有,亦可見建安詩歌風格之多樣性。又曹植〈贈徐幹〉,駱氏引王云:「慷慨激昂。」〈雜詩六首‧飛觀百餘尺〉,駱氏引王云:「悲涼曠遠。」知曹植風格與七子之一脈相承。又如〈樂府四首‧美女篇〉,駱氏引王云:「遺世獨立之姿。」〈樂府四首‧箜篌引〉,引王云:「婉而多諷。」足見曹丕登位之後,曹植詩風之變。由上述可知,時代風貌與作家才性之間的關係密不可分。

第三節　作家風格之形成

　　文章體類眾多,作家的生命、經歷有限,難以精通每一種文體。作品之字詞、文勢、聲韻,與作家的才性、生活、思想,血脈相通,

23　〔南朝梁〕劉勰著,王更生注譯:《文心雕龍讀本下篇‧體性第二十七》,頁22。
24　〔南朝梁〕劉勰著,王更生注譯:《文心雕龍讀本下篇‧才略第四十七》,頁320。

故作家各有所長。駱鴻凱認為學習寫文章的人，首先要找到適合自己「情性」的文體，才能發揮最大的優勢，因此提供學習者歷代作家的優長處，使學習文體可達事半功倍之效。駱鴻凱〈導言一〉云：「七代文學，遷變之跡，作家之材性學力與其時地，皆宜了然於心，然後讀其文多所啟發。」[25] 文學作品的創作會隨著時代風貌的影響，逐漸產生轉變，後人可透過研讀作家的創作，得其創作要領。〈導言十五〉云：「喜典重厚實之文，法班固、蔡邕、陸機；喜俊逸流連之文，法潘岳；喜辭令美妙之文，法任昉；喜研撢名理、剖析精微之文，法嵇康；喜句凝字鍊、章法綿密之文，法陸機。」[26] 多用典故、文氣渾厚，可以學班固等作家；用詞拔俗、文氣盤旋，可以學潘岳；辭采華美，文氣美妙，可以學任昉；說理辭暢，文氣精微，可以學嵇康；章法綿密，文字精工，可以學陸機。《文心‧體性》云：「摹體以定習，因性以練才。」[27] 劉勰認為學習文章風格途徑有二：一為「摹體以定習」，指摹擬先賢文章的體式，定下寫作的習性；一為「因性以練才」，指順應個人情性，鍛鍊特殊寫作才能。「摹體以定習」是種能學習作家風神的具體作法，「因性以練才」則要透過認識自己的情性，才能感知。劉勰認為作者個性與作品風格兩者「表裡必符」，並提出了四種影響作家的因素：才、氣、學、習。而「才有庸儁，氣有剛柔，學有淺深，習有雅鄭，並情性所鑠，陶染所凝，是以筆區雲譎，文苑波詭者矣。」[28] 可見作家的風格養成，受到先天才氣與後天學習的影響。作者的文章特長，先天上受到天才學力的影響，後天根據其情性發展所擅長的文體，先天因素無法預測，而後天因素可以努力。

---

25 駱鴻凱：《文選學‧讀選導言第九‧導言一》，頁297。

26 駱鴻凱：《文選學‧讀選導言第九‧導言十五》，頁331。

27 〔南朝梁〕劉勰著，王更生注譯：《文心雕龍讀本下篇‧體性第二十七》，頁22。

28 〔南朝梁〕劉勰著，王更生注譯：《文心雕龍讀本下篇‧體性第二十七》，頁21。

綜上所言，本節分別從駱氏有關作家之個體論及齊名論兩方面來探討作家風格之形成。個體論方面，首先以曹丕詩文為例，論述作家資質與創作表現之關係；其次以應璩書牋為例，論述作家如何表意情感；最後以任昉駢文為例，論述文章疏密技巧與作家文風的關聯。齊名論方面，則以「潘陸」、「顏謝」為例，考察作家本身經歷或精神情調之相似，導致世人並稱的情況。

一 便娟宛約：曹丕詩文探研

劉勰云：「才力居中，肇自血氣。」[29] 作者的資質與創作表現關係密切。又云：「人之稟才，遲速異分。」[30] 作者的才力不同，使文思遲速各異。作家的天資，與生俱來，故才思有速有緩。其最能代表者，當推建安時期曹丕與曹植兩兄弟。《文心・才略》云：

> 魏文之才，洋洋清綺。舊談抑之，謂去植千里。然子建思捷而才儁，詩麗而表逸；子桓慮詳而力緩，故不競於先鳴。而樂府清越，《典論》辯要，迭用短長，亦無懵焉。但俗情抑揚，雷同一響，遂令文帝以位尊減才，思王以勢窘益價，未為篤論也。[31]

曹植才思敏捷、天資聰穎，擅長書寫詩賦，其傳云：「陳思王植，字子建。年十歲餘，誦讀詩、論及辭賦數十萬言，善屬文。」[32] 曹植喜

---

29 〔南朝梁〕劉勰著，王更生注譯：《文心雕龍讀本下篇・體性第二十七》，頁22。
30 〔南朝梁〕劉勰著，王更生注譯：《文心雕龍讀本下篇・神思第二十六》，頁4。
31 〔南朝梁〕劉勰著，王更生注譯：《文心雕龍讀本下篇・才略第四十七》，頁320。
32 〔晉〕陳壽撰，〔南朝宋〕裴松之注：《三國志》（北京：中華書局，1959年12月），頁557。

愛創作詩賦，發於天性，寫詩以五言居多，辭采精美，多有巧思。劉
勰指出世人認為曹植的詩文成就比曹丕高，主要與同情弱勢的心理有
關，並說明曹丕與曹植的才力相異，文思遲速有別。曹植速、曹丕
緩，兩人文思不同，所呈現的文章風貌也不同。

　　鍾嶸評曹植之詩「辭采華茂」，評曹丕之詩「鄙質如偶語」，認為
曹丕之詩丹采不足，而曹植則是「潤之以丹采」的高手，能用多種豐
富的形容、類疊、排比等修辭技巧來豐富文章的形象。鍾嶸重視詩中
詞語美感的呈現，而詞語的美感與作家的經歷、天資有關，故以為曹
植的才力比曹丕高。歷來評論者多認為曹植之作在曹丕之上，然亦偶
有持異見者。如王夫之評曹丕〈猛虎行〉云：「端際密宕，微情正爾動
人，於藝苑距不稱聖？鍾嶸莽許陳思以『入室』，取子桓此許篇製與
相頡頏，則彼之為行尸視肉，寧顧問哉！」[33] 論曹丕〈善哉行〉時，
稱其有「獨至之清」，又謂「微風遠韻，映帶人心於哀樂」。[34] 對曹丕
詩中所呈現的「微風」、「微情」極為稱許。作為王氏同鄉後進的駱鴻
凱，對曹丕的關注也比曹植多，文風與曹植大不相同。曹丕詩風如王
夫之所言「微風遠韻，映帶人心於哀樂」，文風也庶幾近之。駱鴻凱
評曹丕〈與朝歌令吳質書〉云：「子桓文便娟宛約，頗極徘徊往復之
情。」[35] 駱鴻凱對曹丕的關注比曹植多，並非駱氏不重視文辭之美，
而是才力與學識二者間，駱氏更看重學識的重要性，作家的天才難
得，學識卻可以透過後天的累積而有所成就，曹丕的才思雖不如曹
植，但在文學的創作上，曹丕創作的文體類型明顯多於曹植，以詩歌
而言，四、五、六、七、雜言諸體皆有嘗試，如四言詩〈秋胡行〉、

33　〔明〕王夫之：《古詩評選》，《船山全書》第十四冊（長沙：岳麓書社，1996年2
　　月），頁503。
34　〔明〕王夫之：《古詩評選》，《船山全書》第十四冊，頁505。
35　駱鴻凱：《文選學・文選分體研究舉例──書牋》，頁495。

五言詩〈芙蓉池作〉、六言詩〈黎陽作〉、七言詩〈燕歌行〉。對文學
體裁的試驗、文學理論的實踐,身體力行,是相當難能可貴的。曹丕
之詩,語言通俗,鋪敘手法委婉細緻,回環往復,與曹植之詩,有明
顯的對比。由此可見駱鴻凱對於作家評價並不囿於成見,而是以才力
學識及創作實績務實看待。

　　建安年間,俊才雲蒸,詩人輩出。曹操、曹丕、曹植父子雅愛辭
章,在他們周圍聚集了一大批文學之士,形成了鄴下文人集團。曹丕
是曹操的次子,自幼性好文學,是建安時期重要詩人。他與建安七
子,除孔融因年輩較高未能交往外,與其餘的六人都過從甚密。徐
幹、劉楨、應瑒還作過他的屬官,陳琳、王粲與他時有詩賦唱酬。[36]
在時代風氣與政治環境的影響下,曹丕不僅在詩體的寫作上,多有嘗
試,在書體文的寫作上,文風與曹植大不相同。駱鴻凱評曹丕〈與朝
歌令吳質書〉云:

> 子桓文便娟宛約,頗極徘徊往復之情。此書及後此〈與吳質
> 書〉兩篇,尤徵情致。良由平昔禮賢愛客,矜尚風流,而鄴下
> 諸賢,復皆饒於文采,所以連輿接席,朝夕遊從,賦詩尊酒之
> 間,弄姿絲竹之里,其樂靡極也。及事過境遷,離群索處,或
> 有溘先朝露,永隔幽冥,撫今念舊,愴懷曷極。況子桓自登儲
> 貳,任重道遠,時以德薄位尊,年長才退,徬徨嘆息,通夜不
> 瞑。追維疇昔宴遊之樂,盛年已往,志意全非。能不攬筆龍
> 鍾,悲來橫集者乎。爾則子桓之才,雖富文藻,而遭會所逢,
> 尤多感慨。宜其俯仰欷歔,一往情深也。[37]

36　胡曉明:《文選耕讀》(上海:華東師範大學出版社,2005年12月),頁108。

37　駱鴻凱:《文選學·文選分體研究舉例——書牋》,頁495-496。

駱鴻凱對曹丕〈與朝歌令吳質書〉、〈與吳質書〉二文呈現的情致推舉備至，曹丕文風便娟宛約、文辭含蓄，駱氏讚美曹丕之文情感豐沛。駱氏曾評曹植〈與吳季重書〉云：「前篇文殊蘊藉，此則過於駿快，未為粹美。」[38] 駱鴻凱認為曹丕的〈與吳質書〉跟曹植〈與吳季重書〉最大的不同之處，在於曹丕的文章既有文學技巧，亦有情感，而曹植的才思天分雖高，文章辭采甚美，文章的情感則不如曹丕。駱氏對曹丕的〈與吳質書〉，駱鴻凱的評價是：

> 此則敘述諸子文學，撫今念昔，以感慨歎歔出之。其寫遊宴，特牽聯以及耳。末段以人生奄忽變化，當以榮名為寶，乃子桓流露人生觀之處。尤易引人同情。[39]

曹丕〈與吳質書〉及〈與朝歌令吳質書〉二文以敘事為主，感情豐沛，〈與吳質書〉寫於漢獻帝建安十三年，前一年疫病流行，建安七子中的徐幹、陳琳、應瑒、劉楨四人先後病死，曹丕甚為傷感，寫信給吳質，感嘆故舊凋零，緬懷往事。曹丕作此書時為世子，與吳質及「建安七子」交往密切，為建安文學集團之領袖。文章以往日歡樂的情景與現在的悲傷心情作對比，突顯懷念往昔的心情。憶及河曲之遊與南皮之遊，所言之情，盡在「節同時異、物是人非」二語中。其言又云：

> 妙思六經，逍遙百氏，彈棋間設，終以六博，高談娛心，哀箏順耳。弛騖北場，旅食南館，浮甘瓜于清泉，沈朱李于寒水。[40]

---

38 駱鴻凱：《文選學‧文選分體研究舉例──書牋》，頁501。
39 駱鴻凱：《文選學‧文選分體研究舉例──書牋》，頁497。
40 〔魏〕曹丕：〈與朝歌令吳質書〉，引見〔南朝梁〕蕭統編、〔唐〕李善注：《文選》，頁591-592。

此段寫兩人共同經歷的樂事，回憶往昔，情緒高漲，彷彿回憶就在眼前，景物的描寫靈動，栩栩如生、歷歷在目。「六經」與「百氏」相對，「娛心」與「順耳」相對、「北場」與「南館」相對、「甘瓜」與「朱李」相對。此處詞語相對甚工。復如：

> 白日既匿，繼以朗月，同乘並載，以遊後園。輿輪徐動，參從無聲，清風夜起，悲笳微吟。[41]

此段語氣一轉，心情由樂轉哀，景物的描寫變成靜態的描寫，以突顯作者心境的悲涼。

再觀〈與朝歌令吳質書〉：吳質將赴朝歌任官，曹丕遠行在外，不便前往送行，作此書以抒離別之情。信中回憶與吳質、阮瑀暢遊南皮，談論詩書、一起下棋的美好時光，心裡很珍惜這段回憶，然而重遊故地，卻已物是人非，又將面臨與吳質的離別，心中無限感慨。全文撫今追昔，懷舊悼亡，娓娓敘來，情意懇切。詞語平淡自然，樸素整齊，駢散兼施，直抒胸臆，不用典故，具有極強的感染力。另如〈與吳質書〉一文，所敘之事為「今昔宴遊」，文章以往日歡樂的情景與現在的悲傷心情作對比，駱鴻凱認為〈與吳質書〉的文章技巧值得學習，文章用筆使用了曲折、暗轉、含蓄等手法，曲折之法四例如：

> 三年不見，東山猶嘆其遠，況乃過之，思何可支。
>
> 既痛逝者，行自念也。
>
> 今之存者，已不逮矣。

---

41 〔魏〕曹丕：〈與朝歌令吳質書〉，引見〔南朝梁〕蕭統編、〔唐〕李善注：《文選》，頁591。

　　志意何時復類昔日？已成老翁，但未白頭耳。

暗轉之法四例如：

　　　　美志不遂，良可痛惜
　　　　至於所善，古人無以遠過
　　　　後生可畏，來者難誣
　　　　吾德不及之，年與之齊矣

含蓄之法四例如：

　　　　思何可支
　　　　何可攀援
　　　　然恐吾與足下不及見
　　　　恐永不復得為昔日遊也

適切使用曲折、暗轉、含蓄的寫作技巧，除了可增添文章婉曲之美，亦可展現作者的情思。

　　駱氏對曹丕之文評價甚高，作家的天才雖難以摹習，卻可以憑藉後天的努力積累學識而有所成。曹丕才思雖不如曹植，但在詩體創作上多方嘗試，在書體文創作上，也善用寫作技巧，使詩文具有「獨至之清」、皆流露「便娟宛約」之致。

二　雅秀華靡：應璩書牋探研

　　駱鴻凱認為「書牘之文」是判斷作家文章風格的重要指標：

> 書牘之文，乃作者直抒胸襟，而不必刻意摹古。故作家風格，
> 由易表見。[42]

「書牘之文」是通訊不便的古代，最常用來的交流思想、傳達感情的媒介，可說是涉及生活題材最廣的一種文體。由於「書體文」具備一定程度的隱密性，故作者在寫書信時，可以暢所欲言，直抒胸臆，書信往往能表現作者的真實性情，而書寫形式相對他體而言，較為自由，篇幅可長可短、體裁可駢可散，只要能盡言其志，就能成為一封傳情達意的書信。駱鴻凱「書」、「牋」體，所選錄及未予選錄的《文選》篇目，經統計情形如下：

表二：書牋體所舉及未舉之篇目

《文選學》所舉篇目	《文選學》未舉篇目
司馬遷〈報任少卿書〉	李陵〈答蘇武書〉
楊惲〈與孫會宗書〉	劉歆〈移書讓太常博士並序〉
朱浮〈為幽州牧與彭寵書〉	吳質〈答東阿王牋〉
孔融〈論盛孝章書〉	陳琳〈為曹洪與魏文帝書〉
曹丕〈與朝歌令吳質書〉	嵇康〈與山巨源絕交書〉
曹丕〈與吳質書〉	阮籍〈為鄭沖勸晉王牋〉
曹丕〈與鍾大理書〉	孫楚〈為石仲容與孫皓書〉
曹丕〈與楊德祖書〉 （附：楊德祖〈答臨淄侯牋〉）	趙至〈與嵇茂齊書〉
	謝朓〈拜中軍記室辭隋王牋〉
曹植〈與吳季重書〉 （附：吳質〈答東阿王書〉）	孔稚珪〈北山移文〉
	丘遲〈與陳伯之書〉
	任昉〈到大司馬記室牋〉
	任昉〈百辟勸進今上牋〉
應璩〈與滿公琰書〉	劉峻〈重答劉秣陵沼書〉

---

42 駱鴻凱：《文選學・文選分體研究舉例──書牋》，頁490。

《文選學》所舉篇目	《文選學》未舉篇目
應璩〈與侍郎曹長思書〉	
應璩〈與廣川長岑文瑜書〉	
應璩〈與從弟君苗君冑書〉	
繁欽〈與魏文帝牋〉 　　（附：文帝〈答繁欽書〉）	
吳質〈答魏太子牋〉	
吳質〈在元城與魏太子牋〉	
陳琳〈答東阿王牋〉	
阮瑀〈為曹公作書與孫權〉	

　　《昭明文選》「牋」體文收錄九篇，「書」體文收錄二十四篇。駱鴻凱舉出「牋」體文四篇、「書」體文十四篇進行分體教學。從上表中，可以看到「書」體文十四篇，曹丕、應璩各選了四篇，合計八篇，超過一半的篇幅，筆者推斷駱鴻凱看待曹丕、應璩二人的文章，當不同於其他的「書」、「牋」體作家。應璩，字休璉，三國時曹魏文學家。鍾嶸謂其：「祖襲魏文，善為古語，指事殷勤，雅意深篤，得詩人激刺之旨。至於濟濟今日所，華靡可諷味焉。」[43] 認為應璩〈百一詩〉承襲了魏文清麗的詩風，作詩善用典故，不作空泛之語，能夠一語中的，表達諷喻之意。而其「華靡」則如劉師培所言，源自建安文學。至若張溥云：「休璉書最多，俱秀絕時表。」[44] 應璩的書信流傳於後世是最多的，顯示其書體文在當時已經具備一定的地位。應璩書信的優點有三項，一為性情純正，二為典故用得恰當、不空泛，能夠切中

---

43 〔南朝梁〕鍾嶸撰，陳延傑注：《詩品注》（臺北：臺灣開明書店，1995年4月），頁22。

44 〔明〕張溥著，殷孟倫注：《漢魏六朝百三家集題辭注》（北京：中華書局，2007年5月），頁113。

要點，三為用典雖多，風格清麗，而不沉滯，這正是鍾嶸所言「雅意深篤」、「華靡可諷味」即張溥所謂「秀絕時表」。

駱鴻凱直接將《文選》所選錄應璩的四篇「書」體文，全部放入教材中，他對應璩的評價是：

> 休璉長於書記，而時乖運蹇，懷才不遇，沉淪之歎，情見乎辭。《文選》所錄〈與曹長思書〉，自傷寡助。〈與君苗君胄書〉，志在歸田。皆可以覘其身世。至於諸書文體，整而兼儷。復好引事類，以佐敷陳。雖不免失之拘制，然周旋之態，俯仰之情，亦自成風格。當時以書記擅名，豈無故哉。[45]

應璩的文章裡面，書體文寫得最好。《文選》所選錄的〈與曹長思書〉、〈與君苗君胄書〉，使作者的經歷得以保存。應璩的書體文，形式工整而辭采華美，內容用典好徵故實，雖然文章流於拘束，但應璩長於書記是時人所公認的。劉勰曾云：「休璉好事，留意辭翰。」[46]好用典故是應璩的文章特點。《文選》收錄四篇應璩書體文；〈侍郎曹長思書〉、〈與從弟君苗君胄書〉、〈與廣川長岑文瑜書〉、〈與滿公琰書〉，以下分別說明。

〈與侍郎曹長思書〉一文為應璩寫給曹長思的書信，他和曹長思應是好友，所以除了在信中，提及自己的思念之情，也將己意與好友分享。應璩認為古人淡泊生活的志向，全是迫於無奈，而自己的情況，也跟這些不遇的文人相仿。他以自我解嘲的口吻說自己才疏學淺，比較適合淡泊生活，用大自然的四季變化作為精神安慰之語作結。駱鴻凱云：

---

45 駱鴻凱：《文選學·文選分體研究舉例——書牋》，頁502。
46 〔南朝梁〕劉勰著，王更生注譯：《文心雕龍讀本上篇·書記第二十五》，頁462。

首敘別後之情懷，次自傷其寡助。王肅四語，興感之由。蒲援助二語，自喻。塊然二句，為全書主意。汲黯以下，引古自況。其有由也一頓。德非陳平下，又博徵古人，以反形其落莫。悲風以下，敘袁生見過。首狀境，次述見過，又次相見時之情狀。末引古作結。夫皮朽者已下，又引物理為喻。以莞枯之數歸之自然，用以自慰。而鬱抑之情，溢於言外矣。[47]

駱氏認為此文用典、修辭甚佳，也能充分呈現情感。

〈與從弟君苗君冑書〉一文是寫給君苗、君冑的家書，旨在勸止二弟出仕之心。應璩此信寫得自然灑脫，信中對自然景物的描寫與對官場環境的厭惡，流露出對人生的積極追求，雖自言想要歸田隱居，但依舊能看出用世之心。尋求解脫的老莊思想，對應璩來說，也算一種安慰自己的方式。駱鴻凱云：「此書乃欲歸田，先報從二弟也。首敘北遊之樂。次言還京師追想北遊之樂，而歸隱志愈決。次戒二弟絕意仕進。幸賴先君之靈已下，皆言歸隱。」[48] 此文用典恰當，感情真摯，是一封相當優秀的家書。

〈與廣川長岑文瑜書〉一文，為應璩寫給廣川縣令岑文瑜的信，應璩跟岑文瑜應是好友，所以這封信的筆調是較為詼諧輕鬆。駱鴻凱云：「全書本意只炎旱日甚，祈雨不驗二語，餘文皆為此而發。觀其正反相形，引類譬喻，可之為文鋪張之術。」[49] 廣川大旱，全縣上下都在祈雨，應璩用了誇張的文辭來描寫祈雨之狀，最後告訴岑文瑜，求雨的最好方法，並不是求神問卜，而是好好培養自身品德，讓吏治清明，就能感動上天降雨。駱氏認為此文用典恰當、鋪張之術也用得

---

47 駱鴻凱：《文選學・文選分體研究舉例——書牋》，頁502。
48 駱鴻凱：《文選學・文選分體研究舉例——書牋》，頁504。
49 駱鴻凱：《文選學・文選分體研究舉例——書牋》，頁503。

很好。

〈與滿公琰書〉是一封應酬書信，應璩與滿公琰才剛見過面，滿公琰又欲再見，應璩不想，故寫此書回拒。〈與滿公琰書〉一文，用典頻密，如：「陽晝喻於詹何，楊倩說於范武。」[50]「陽晝」一詞用了「陽晝與宓子賤」的事典，「詹何」則指善於釣魚之人；「楊倩」一詞用了《韓非子・外儲說右上》「問楊倩酒酸不售」的事典，「范武」應是指古代善飲之人。駱氏云：「陽晝句喻求魚，楊倩句喻沽酒，二句皆以二事合為一，此修辭之病也。」[51]用「陽晝」與「詹何」表示求魚，「楊倩」與「范武」表示沽酒，將兩個事典合於一句，駱氏認為不恰當。

應璩長於書記為時人所共認，文章形式工整、辭采華美。應璩之文好用典故卻不沈滯，情思展現有度不浮誇，雖偶有修辭之暇，卻不影響駱氏對應璩書體文的肯定。鍾嶸稱應璩作品「雅意深篤」，可見猶存儒家性情之正；又因其善於屬對隸事而目為華靡。又因其繼承魏文清麗文風，且瓣香於正始玄風，具有「俯仰之情」故明代張溥稱應璩之文「秀絕時表」，所言非虛。統而言之，以「雅秀華靡」四字概括應璩書牋之風格，庶無大謬。

三　散朗遒勁：任昉駢文探研

駢文是特有的文學形式，流行於六朝，由於強調形式特徵，往往遭人詬病。蓋駢文特徵有五：一曰多用對句，二曰以四字與六字之句調作基本，三曰力求音調之諧和，四曰繁用典故，五曰務求文辭之華

50　〔魏〕應璩：〈與滿公琰書〉，引見〔南朝梁〕蕭統編、〔唐〕李善注：《文選》，頁597。

51　駱鴻凱：《文選學・文選分體研究舉例──書牋》，頁502。

美。[52] 而駱鴻凱云：「駢文之成，先之以調整句度，是曰裁對。繼之以鋪張典故，是曰隸事。進之渲染色澤，是曰敷藻。終之以協諧音律，是曰調聲。持此四者，可以考跡斯體演進之序。」[53] 又以《文選》中的篇章為例，列舉秦代李斯〈諫逐客書〉、西漢鄒陽〈獄中上書自明〉、西漢王褒〈聖主得賢臣頌〉、魏曹植〈七啟〉、西晉陸機〈豪士賦序〉、劉宋顏延之〈三月三日曲水詩序〉數篇，視作駢文演進之里程碑。關於駢散優劣，駱氏的看法為：

> 嘗謂駢之與散，形式雖異，內涵則同，故較量優劣，宜於其本質課之。苟削去文中代語，一切譯為質言，仍非費如許之辭不能宣意，或譯為質言，而其辭反增多於前者，則此類駢文，必為上乘。[54]

駱氏認為駢文與散文的差異在形式上，內涵上則差別不大，主要還是看作者行文時，所使用的文辭與表達的意涵，最簡單的方法，就是直接將文句中的代語去除，剩下就是作者要表達的內容，倘若少用代語，這類的駢文必屬佳作。

駱鴻凱認為學習六朝文章，不可不知「潛氣內轉」的概念，於是根據朱一新的「潛氣內轉」說法，總結了「潛氣內轉」三項要點：

其一，寓轉折之意於上下相對詞內。據筆者的理解，駱氏論點應為：不使用轉折連接詞也能表現轉折之意。以駱氏引用的任昉文為例：「弊帷毀蓋，未蓐螻蟻；珠襦玉匣，遽飾幽泉。」[55] 僅用「轉折

---

52 張仁青：《駢文學》（臺北：文史哲出版社，1984年3月），頁33。
53 駱鴻凱：《文選學・讀選導言第九・導言六》，頁311。
54 駱鴻凱：《文選學・文選專家研究舉例——任彥昇》，頁561。
55 〔南朝梁〕任昉：〈為范始興作求立太宰碑表〉，引見〔南朝梁〕蕭統編、〔唐〕李善注：《文選》，頁543。

之意即寓『未』、『遽』兩對詞內」。[56] 筆者竊以駱氏陳述,可能讓讀者產生混淆。駱氏認為「未」字、「遽」字已經包含了轉折的意思,這樣的說明還不夠清晰。駱氏認為「未」字、「遽」字為不含轉折之意的字,二個不具備轉折之意的字,放在同一個句子裡使用,就能營造出轉折的落差。「未」字本身沒有轉折之意,而「遽」字本身為「快速、倉促」的意思,意即打破既有的狀態,出現轉折的語氣。以現代口語舉例:「我在工作,你在旅遊。」敘述兩件不同的事情,中間不使用連接詞,也能體現轉折的意思。

其二,相關連詞省其一。駱鴻凱認為連接詞的使用,能省則省。如任昉:「雖德漸往賢,業優前事。」[57] 駱氏認為:「上用雖字而下並無而字為轉筆,一若下文仍接上而言,不知其氣已轉也。」[58] 相關連詞如:「自、於」、「雖、而」。適當省略相關連詞,並不會影響句意的理解。

其三,滅轉折之跡而以意自周旋。轉折之跡如:「雖然」、「但是」之語。駱氏云:「字面似承上文,而細繹其意,則已轉下,第痕跡滅盡耳。」[59] 筆者認為減少轉折的痕跡,意思自然,就可以自圓其說。如魯迅〈秋夜〉:「在我的後園,可以看見牆外有兩株樹,一株是棗樹,還有一株也是棗樹。」[60] 讀者當下的感受是,為何需要重複提及兩株棗樹?並不能直接理解作者之意,但讀者一旦了解作者當時的情況,就會明白魯迅為什麼這樣進行書寫。人在孤單的時候,很容易注意到平時沒有留意到的小細節,當時魯迅在病中,透過作者的眼睛

---

56 駱鴻凱:《文選學・文選專家研究舉例——任彥昇》,頁562。

57 〔南朝梁〕任昉:〈天監三年策秀才文〉,引見〔南朝梁〕蕭統編、〔唐〕李善注:《文選》,頁513。

58 駱鴻凱:《文選學・文選專家研究舉例——任彥昇》,頁562。

59 駱鴻凱:《文選學・文選專家研究舉例——任彥昇》,頁562。

60 魯迅:〈秋夜〉,《魯迅全集・野草》,頁7。

往窗外，目光呈現呆滯的狀態，對作者來說，這兩株棗樹是有先後之別，於是在寫作時，不自覺得將自身的感受化作文字。

創作手法與氣韻之間仍然存在著某種程度上的因果關係，亦即氣韻仍可藉由一些句式以達致。如巧用虛字，穿插於句中調節，能添搖宕之美；駢散兼用，活絡純粹駢體的僵滯體式，可以暢疏逸之氣；潛氣內轉，使文理於內在的開合轉折中，依然銜承自如，故文氣自能舒緩而不迫促。[61] 余祖坤認為「潛氣內轉」表現形式有二：一是在行文發生承接或轉折時，不用虛詞作過渡。二是通過硬轉陡接的筆法，使語言之鏈發生斷裂，而文章的意脈卻似斷實連，若隱若現。[62]「潛氣內轉」的表現方式，筆者試以韓愈文為例。韓愈〈答李翊書〉云：「氣水也，言浮物也；水大而物之浮者大小畢浮。氣之與言猶是也，氣盛則言之長短與聲之高下者畢宜。」[63] 所謂「潛氣」之「氣」，筆者認為有兩層內涵。其一是指作者的氣質修養，其二則指由氣質修養呈現於作品中的辭氣。兩者皆影響其作品的風格及形式。駢文的書寫，常會使用華麗工整的詞藻，使人詬病。駢文餖飣，拆下來可能不成片段，但若能以意貫串全文，華麗工整的詞藻相互之間，就會產生有機關聯，使文意更加圓融，使文章更富有變化。

駱鴻凱認為欲審駢文之優劣，可以如此進行檢驗：

> 駢偶之文往往應以一言蔽之者，輒足為二言，應以兩句成文者，必分為四句，此其弊也。故閱者欲審駢文之優劣，宜將偶

---

61 溫光華：〈《六朝麗指》氣韻論及其與駢文創作關係之考察〉，《東吳中文學報》第26期，2013年11月，頁208。

62 余祖坤：〈論古典文章學中的「潛氣內轉」〉，《中南民族大學學報（人文社會科學版）》，2012年第1期，頁157。

63 〔唐〕韓愈：〈答李翊書〉，《昌黎先生文集》（上海：上海古籍出版社，2013年11月），頁423-424。

語去其一端，僅存單行。若其文仍相連貫，則可去者皆為浮
辭，此一法也。或每聯併為單行，若意無大殊，則一以□兩，
繁而無謂，亦浮詞之類也，此又一法也。[64]

駱氏認為駢偶之文，文辭應當簡練，本應用一句話表示文意，卻硬拆
為兩句，即是駢偶文常出現的毛病。駢文從單句看是散文，兩句散文
放在一起變成駢文，其句式多為四六，會盡量避開五、七之句，以免
與詩體混淆，如要檢驗駢文的優劣，方法有二：其一，原為相對的兩
句，只看一句；其二，將一段文句合併成一行。駱氏認為當駢偶文只
看單句或合併為單行時，就能看出有無浮詞。

　　駱鴻凱推齊梁之際的任昉為駢文大家，表、奏、書、啟等文體皆
其所擅長，文風壯麗，頗為值得後學參考觀摩。故其採用任昉之作，
傳授駢文之法。如〈為褚諮議蓁讓代兄襲封表〉一文，駱氏便稱其沒
有浮詞之弊，「簡質清剛」[65]，是一篇良好的駢文範本。文章的謀篇之
法是骨幹，最重要的是作家神思的展現，這才是作品的靈魂。

　　此外，駱氏節錄《梁書》與《南史》的任昉本傳，將兩書的本傳
內容合而為一，其曰：

（昉）博學，於書無所不見，家雖貧，聚書至萬餘卷，率多異
本。既以文才見知。時人云「任筆沈詩」。昉聞甚以為病。晚
節轉好著詩，欲以傾沈，用事過多，屬辭不得流便，自爾都下
士子慕之，轉為穿鑿，於是有才盡之談矣。[66]

---

64 駱鴻凱：《文選學‧文選專家研究舉例——任彥昇》，頁561。
65 駱鴻凱：《文選學‧文選專家研究舉例——任彥昇》，頁561。
66 駱鴻凱：《文選學‧文選專家研究舉例——任彥昇》，頁556。

駱氏對任昉兩書本傳的節錄重點有六，一為任昉的早慧善文，二為當時文壇名人對任昉文章推崇的情況，如：王儉、王融等人，三為任昉任官清廉，四為任昉對後進的提拔，不遺餘力，五為任昉著作存情況，六為時人對任昉的評論。「任筆沈詩」之說，早在鍾嶸《詩品》就作出了評價：

> 彥昇少年為詩不工，故世稱沈詩任筆，昉深恨之。晚節愛好既篤，文亦遒變。善銓事理，拓體淵雅，得國士之風，故擢居中品。但昉既博物，動輒用事，所以詩不得奇。少年士子，效其如此，弊矣。[67]

鍾嶸認為任昉的文章寫得比詩好，所以時人稱「沈（約）詩任筆」，任昉對這樣的評語感到不平，為了要證明自己的詩也是跟文寫得一樣好，所以專力攻寫詩，詩風有了改變，所以得以列入中品。但任昉的學問淵博，喜用典故，導致詩作過於匠氣而風神不彰。當時學子效仿文辭雕琢的任昉作詩，鍾嶸認為是弊病，必須改正。至於任昉之文，晚明張溥云：「違時抗往，則聲華不立；投俗取妍，則爾雅中絕。求其儷體行文，無傷逸氣者，江文通、任彥昇庶幾近之。」[68] 違背時代精神風尚、一味標舉往古，則無法樹立名聲；如果隨波逐流、取媚時俗，又會讓古代《爾雅》的傳統斷絕。張溥指出，齊梁之世能融合古今，從事駢文寫作而無害於超逸之氣格的作家，大概只有江淹和任昉，評價頗高。駱鴻凱亦云：「彥昇博物洽聞，所為文章，皆極精深典實，字字凝鍊。沈約稱其心為學府，辭同錦肆，非過譽也。當時倫輩堪與彥昇比肩者，惟沈一人。沈長於詩，任長於筆，二子之才分既

---

67 〔南朝梁〕鍾嶸撰，陳延傑注：《詩品注》，頁29。
68 〔明〕張溥著，殷孟倫注：《漢魏六朝百三家集題辭注》，頁293。

殊，故所造各有獨至。」[69] 同樣強調任昉駢文之獨步當時。清代朱一新云：

> 至永明則變而日密，故駢文之有任、沈，猶詩家之有李、杜也。李存古意，杜開今體，任、沈亦然。任體疏，沈體密，梁、陳尤密，遂日趨於綺靡。[70]

有趣的是，朱氏「任疏沈密」之說，似乎與駱鴻凱所引意見相左。駱氏云：

> 而後論之者或以彥升隸事過多，致傷質重，不及休文之時有逸氣。或以沈文字必求儷，聲必求諧，而任則未嘗拘執於此。因謂一密一疏，密者遂開今體，疏者猶存古意。[71]

實際上，朱一新之疏密，主要就聲律而言。如《南齊書‧陸厥傳》所云：「永明時，盛為文章，吳興沈約、陳郡謝朓、瑯琊王融，以氣類相推轂。汝南周顒善識聲韻。約等文皆用宮商，將平上去入四聲，以此制韻，有平頭、上尾、蜂腰、鶴膝。五字之中，音韻悉異；兩句之內，角徵不同；不可增減。世呼為永明體。」[72]「永明體」將音律應用於文辭之中，逐漸形成格律，其說以沈約所創「四聲八病」為代表。沈約對聲律的強調，不僅適用於詩歌，更遍及文章，此朱氏所謂密也。而駱氏所引意見，主要就駢文用典而言：任昉隸事富於沈約，

---

69 駱鴻凱：《文選學‧文選專家研究舉例——任彥昇》，頁558-559。

70 〔清〕朱一新著，呂鴻儒、張長法點校：《無邪堂答問》（北京：中華書局，2000年12月），頁90。

71 駱鴻凱：《文選學‧文選專家研究舉例——任彥昇》，頁558-559。

72 〔南朝梁〕蕭子顯撰：《南齊書‧陸厥傳》（北京：中華書局，1972年1月），頁898。

故論者以其「致傷質重，不及休文之時有逸氣」，有「任密沈疏」之說。然而，所謂「疏密」之考察不僅局限於音律、用典、詞藻、句式一隅，而應合而觀之。駱氏又云：

> 間嘗取任文誦之，覺其隸事繁富，而善於點竄翦裁，有同己出，無堆砌壅遏之病。又其徵引事類，必以精切為歸，不涉浮泛。此固非後世文家活剝數典，不解鎔治，或濫填故實，意在鋪張者，所可同日語也。魏晉文散朗之致，遒勁之骨，觀於任文，猶存髣髴。是故齊梁作者多矣，其卓然為二代弁冕者，其惟任彥升乎！[73]

任昉隸事雖豐，非僅不率爾堆砌，更以精切為歸，剪裁有如己出，故猶有魏晉文章蕭散疏朗之致，這正是駱鴻凱對任昉駢文的閱讀體會。

　　對於任昉的駢文作品，駱鴻凱每有討論。除前文所論〈為褚諮議蓁讓代兄襲封表〉外，還有〈為范始興作求立太宰碑表〉一文，係為竟陵王蕭子良而寫。齊武帝將崩，中書郎王融欲立蕭子良與武帝之孫蕭昭業爭為帝，被西昌侯蕭鸞挫敗而未能登基。蕭昭業在蕭鸞幫助下稱帝，蕭子良和蕭鸞共同輔政，然大權掌握在蕭鸞之手，蕭子良抑鬱而終，年僅三十五，謚文宣。任昉遂作〈齊竟陵文宣王行狀〉，對蕭子良作出全面介紹，多有褒美。不久蕭鸞篡位，是為齊明帝。任昉自忖受過蕭子良恩惠，為了舊情而代范雲上表明帝，懇求立碑紀念蕭子良，表中極力稱頌其功勳，展現知遇之情。故駱鴻凱稱賞此文「層層遞進，愈逼愈緊，此文之富於細意者也」。[74] 今人楊賽〈論任昉筆〉亦云：

---

73 駱鴻凱：《文選學・文選專家研究舉例——任彥昇》，頁558-559。
74 駱鴻凱：《文選學・文選專家研究舉例——任彥昇》，頁559。

> 任昉以筆著稱於世，筆是任昉的代表文體，也是一個時代的文
> 學典範。任昉之筆，用詞工巧駢麗，用典圓潤貼切，行文委婉
> 周密，講究感情與氣勢的配合，在當時和後世都產生了深遠的
> 影響。[75]

以為任氏琢詞自工，用事圓潤，委婉周密，情與氣偕，所言非虛。

　　附帶一提，任昉生前欣賞到溉、到洽兩兄弟的文才，極力揄揚二
人聲名，到氏兄弟憑藉任昉得到貴顯地位。任昉死後，家人窮困潦
倒，無人相助。劉孝標作〈廣絕交論〉諷刺二人忘恩負義，歷數現實
社會中人與人均以利相交的醜惡現象。駱鴻凱云：「此篇刺到溉兄弟
而作。尋溉洽之貴顯，實借彥昇吹噓之力。身歿之後，即忘舊恩，孝
標著論斥之，宜公論之同然也。」[76] 此篇以鋪排見長，有戰國縱橫家
遺風，又使用南朝駢儷句式，深於刻畫，讀來音調鏗鏘，氣勢淩厲，
辭采精工，情致淋漓，與任筆可謂一脈相承。

四　作家齊名：以「潘陸」、「顏謝」為例

　　駱鴻凱〈導言十四〉云：

> 馬工枚速，異翮同飛。任筆沈詩，殊聲合響。後來論定，取以
> 並稱，宜矣。然夷考其實，諸家或遲速懸絕，短長互見。才雖
> 相埒，文自不同。是則六代文家有並世齊名者，宜取而通校讀
> 之。《文選》所載，若阮籍與嵇康、潘岳與陸機、謝客與顏延

---

75 楊賽：《任昉與南朝文風》（上海：上海古籍出版社，2011年12月），頁327。
76 駱鴻凱：《文選學・文選分體研究舉例──論》，頁427。

之、任昉與沈約，前史嘗以相況矣。[77]

駱氏認為作家的精神情調接近或是作家本身經歷相似，皆可能出現作家齊名的現象。本節論述作家風格的形成，先後涉及曹丕、陳琳、應瑒、任昉諸人，每一位作家風格之形成，皆關乎各自獨特的閱歷，這些作家又因風格及其他因素，而常為世人所並稱。如三曹、二應因血緣而齊名，風格異同不一；七子以時代及交遊齊名，皆有慷慨之風，而仔細比較又各有特色；又如任昉、沈約名列竟陵八友，然經歷、個性、所擅文體皆不相同，時人卻有「沈詩任筆」之稱，蓋兩人當時分別在詩歌、駢文方面的寫作，各居巔峰。詩歌、駢文體類不同，難以比較，卻又相互影響，如詩歌之用典方法當受駢文影響，駢文之聲律蓋為詩歌餘波，故沈、任二人之齊名，又非完全不可比擬。此外，潘岳、陸機（潘陸）並稱太康之英，顏延之、謝靈運（顏謝）皆為元嘉之雄，並世齊名之餘，風格相通，頗有可比較處，故本小節遂以潘陸為主、顏謝為輔，就作家因風格相通而齊名的現象展開討論。

　　駱鴻凱研閱「潘」、「陸」二家作品後，從五方面比較「潘」、「陸」之作。一為淵源，二為材性，三為天才學力，四為文體，五為流派。駱氏論作家，選陸機不選潘岳，可能是因為潘岳的人格與文格不相類。在作品的意識和理性的層面，作者是完全可以進行自我調控的，即他可以隱瞞自己的觀點，也可以誇大自己的觀點。[78] 作者人格與文章風格可能出現不相類的情況。駱鴻凱選用了〈演連珠〉五十首、〈豪士賦序〉、〈謝平原內史表〉、〈弔魏武帝文〉、〈文賦〉五篇，觀察陸機的文章的特色。駱鴻凱認為陸機之文的優點為：「士衡文細

---

77 駱鴻凱：《文選學・讀選導言第九・導言十四》，頁328。
78 童慶炳：〈《文心雕龍》「因內符外」說〉，《福建論壇（人文社會科學版）》2001年第5期，頁95。

意極富，襯筆即多，而又運以潛氣，織以琦辭，自非靜至研尋，不能得其脈絡。」[79] 缺點一如陸雲所論：其兄作品雖然「清新相接，不以為病」，然為文嫌多。換言之，不無繁蕪之失。故駱氏認為：

> 知此則氣韻聲調，最為文中之要。於斯有得，雖偶然以多為患，究之易於掩護，此一說也。然為文之義，本以達意傳言為職。意既明察，宜去浮詞。榛楛勿翦，實累術阡。故作文斤斤於刪繁，則條理易於齊整，意義易於昭晰。儻好取華言，苟助聲采，則蕪音實眾，正意轉湮，其為疵累，誠非細也。[80]

所見亦承於陸雲。

「顏、謝」是南朝宋詩人顏延之與謝靈運的並稱。《宋書》云：「延之與陳郡謝靈運俱以詞彩齊名，自潘岳、陸機之後，文士莫及也，江左稱顏謝焉。」[81] 鍾嶸《詩品》云：「光祿大夫顏延之其源出於陸機。」[82]《文選》收錄〈三月三日曲水詩序〉、〈陶徵士誄〉、〈弔屈原文〉，駱氏以其「無不辭理詳明，意藻綺密」；又云：「明密二字以觀延年之文，亦可作定評。」[83] 前文謂陸機之作，意既明察，然有繁蕪之失，可見陸、顏風格之相承，要在「明密」二字。上部分論沈詩任筆，已談及疏密之異同，在於音律、用典、詞藻、句式諸端，而陸、顏之世，聲律論固未興起，然二人對用典、詞藻、句式，無不措意矣。辭章之密，雖有雕琢之美，然作者性情容易遭到掩蓋，故《詩

---

79 駱鴻凱：《文選學‧文選專家研究舉例──陸士衡》，頁455。

80 駱鴻凱：《文選學‧文選分體研究舉例──史論》，頁519。

81 〔南朝梁〕沈約撰：《宋書‧顏延之傳》，頁1904。

82 〔南朝梁〕鍾嶸撰、陳延傑注：《詩品注》，頁25-26。

83 駱鴻凱：《文選學‧文選專家研究舉例──顏延年》，頁550。

品》論顏氏「喜用古事，彌見拘束」，有「乖秀逸」；復引湯惠休曰：
「謝詩如芙蓉出水，顏如錯彩鏤金。」[84] 蓋因謝靈運作品視顏延之為
「疏」，反有標舉之興會，顏氏不及焉。

　　有學者指出，從文學史整個脈絡上來看，作家並稱現象的出現、
增多以至蔚為大觀，與文人自我獨立意識的不斷覺醒、文學創作意識
的逐步加強的發展趨勢是基本一致的。可以說，作家並稱，其本身在
一定程度上就代表了一個歷史時期文學發展的程度和狀況。而不同時
期的作家並稱既有共性又有一些細微差異，對於具體文學階段中這種
現象的探討，對其特點、形成機制，及其與文學發展中諸要素如文學
創作、流派形成和文學批評的互動影響的研究，也就具有了重要的意
義。[85] 本小節考察駱鴻凱對陸機、顏延之的論述，兼涉「潘、陸」、
「顏、謝」齊名之現象，可見作家間之共相與別相，與其風格形成之
過程關係至大。

84　〔南朝梁〕鍾嶸撰、陳延傑注：《詩品注》，頁25-26。
85　齊凱：〈千古文士並風流——魏晉南北朝作家並稱現象論析〉《綿陽師範學院學報》
　　第33卷第3期，2014年3月，頁52。

第五章

從《中國大學講義》再探駱鴻凱之作家論與文學體裁論

第一節　引言：抒情小賦的典範意義

　　2016年春，筆者在上海圖書館發現駱鴻凱著作一種，書名為《中國大學講義》，係駱氏賦選課之講義。其正編為清人王芑孫《讀賦卮言》，「賦選附錄」以清人劉熙載《藝概》之〈賦概〉為首，次以元人陳繹曾《文筌》之〈楚賦譜〉，次為江淹〈別賦〉、謝莊〈月賦〉，次為《文心雕龍・物色篇》。觀此書之版式與武大本《文選學講義》頗似，皆線裝、鉛字排印，有版框、四邊烏絲雙欄，版心單魚尾、象鼻，有「中國大學講義」及諸編字樣，且〈別賦〉更有「寰宇印刷公司代印」幾字，而〈別賦〉部分及〈月賦〉首頁之版框略低於其他頁面，則全書似因準備講義而臨時由印刷公司拼接而成。值得注意的是，〈別賦〉及〈月賦〉皆綴有駱氏之論析文字，與馬積高所補之湖南大學講義類近，為他書所未見，彌足珍貴。

　　總觀《文選學・附編一・文選分體研究舉例》，探討之文體僅有論、書牘、史論、對問、設論等寥寥數種，《文選》中所占比例最重之賦、詩二類卻未有涉及。從「文筆之辨」的角度而言，所論篇章有「筆」而無「文」。〈附編二・文選專家研究舉例〉縱列舉陸機〈文賦〉，也只是作為作家論之輔助資料，雖於此篇「鉤稽群籍，就加沾

益，注有未暢，並為詮釋」，[1] 但並未作進一步之篇章分析。而《中國大學講義》所錄之江淹〈別賦〉及謝莊〈月賦〉，恰好補充了這個不足。固然，無論《中國大學講義》中〈別賦〉、〈月賦〉兩篇的分析和評論，還是馬積高編訂《文選學》北京本時所補充的附編，皆為授課筆記性質。至於王芑孫、陳繹曾、劉熙載等前人之著作，則屬於參考資料。然而由於戰火、動亂，駱氏不少著作已不復存。馬積高發現之駱氏任教湖南大學時關於若干《文選》篇章之文體論講義，原稿已佚，錯字、脫字頗多，顯非生前定稿，仍「斟酌文義、以意校定」，[2] 附於《文選學》書末，足見資料之可寶。而《中國大學講義》之編纂恰在駱鴻凱轉任湖南大學之前，年代接近，且已印行，文字訛誤較少，實為難得。

　　查馬積高所補《文選學・附編一》，舉作品為例論述各體前，多冠以總論，為史論一體無總論，蓋因前文「論」體已有涉及。而《中國大學講義》在〈別賦〉、〈月賦〉之前，亦並未自撰總論，然此二篇之分析觀點乃建基於前文所錄王芑孫《讀賦卮言》、劉熙載〈賦槩〉及陳繹曾〈楚賦譜〉而益以己見，殆前賢著作可視為賦體之總論。陳繹曾謂「楚賦之法，以情為本，以理輔之」，[3]「漢賦之法，以事物為實，以理輔之。」[4] 將賦分為楚、漢兩體，似乎未有軒輊。王芑孫云：「論賦者務觀千製，勿奉一家，胚於周造、鴻以漢風，蕭寥乎江左清言，簡鍊以鄴臺數子，擷齊梁之新色，抽陳隋之妍心，合唐製之精堅，借宋聯以極巧。」[5] 更以歷朝賦皆有可師法之處。而劉熙載則認

1　駱鴻凱：《文選學》，頁461。

2　馬積高：〈後記〉，載駱鴻凱：《文選學》，頁575。

3　〔元〕陳繹曾：〈楚賦譜〉，載駱鴻凱：《中國大學講義》（民國鉛印本，1931？年），頁22a。

4　〔元〕陳繹曾：〈楚賦譜〉，載駱鴻凱：《中國大學講義》，頁25a-b。

5　〔清〕王芑孫：〈讀賦卮言〉，載駱鴻凱：《中國大學講義》，頁3a。

為：「賦之不朽，全在意勝。《楚辭‧招魂》言賦先之『結撰至思』，真乃千古篤論。」[6] 仍以學賦者當奉《楚辭》為圭臬。三家之說，可知亦各有不同。考《文選》收賦52首，而《中國大學講義》僅選錄〈別賦〉（哀傷類）和〈月賦〉（物色類），論體式則皆為抒情小賦，未有大賦，論時代則僅及齊梁，未錄前代，似乎不無偏頗。此實因駱氏亦推崇楚賦體，且認為其抒情特徵為漢賦體所無，若能掌握楚賦體，則漢賦體亦不在話下。故對於入門者而言，〈別賦〉、〈月賦〉乃研習之最佳範本。

誠如今人王立群所言，駱鴻凱《文選學》是文選學現代化進程的豐碑，談及現代文選學對清代文選學得總結、繼承，不能不首談此書。[7]深入探討駱鴻凱《文選學》乃至其文體論，意義甚大。當然，駱氏生前論述《文選》篇章之數量幾何，今已難考，遑論建構一完備之文體論體系。然結合《文選學‧附編一》及《中國大學講義》中〈別賦〉、〈月賦〉之論析資料，當可具體而微地就駱氏之作家論與文學體裁論觀點作一管窺。觀《文選學‧附編一》探討之文體僅有論、書牘、史論、設論、對問等寥寥數種，《文選》中所占比例最重之賦、詩二類卻未有涉及。而《中國大學講義》所錄之江淹〈別賦〉及謝莊〈月賦〉，一定程度上恰好補充了這個缺憾。有見及此，筆者嘗試以此二賦為例，進一步探析駱鴻凱之作家論與文體論。

第二節　從〈別賦〉、〈月賦〉看駱鴻凱之作家論

駱鴻凱生前論述《文選》篇章之數量幾何，今已難考，遑論建構一完備之文體論體系。然結合《文選學》及《中國大學講義》中〈別

6　〔清〕劉熙載：〈賦槩〉，載駱鴻凱：《中國大學講義》，頁18b。
7　王立群：《現代《文選》學史》（鄭州：大象出版社，2014年8月），頁46。

賦〉、〈月賦〉之論析資料，當可具體而微地就駱氏之作家論觀點作一
管窺。有見及此，筆者嘗試以此二篇為例，進一步探析駱鴻凱之作家
論。茲將《文選學》和《中國大學講義》中作者論之相關內容表列如
下：

表一：《文選學》與《中國大學講義》中作者論之內容

	陸機	顏延之	任昉	賈誼	江淹	謝莊
傳略	√	√	√	√	√	√
生卒				√		
著述				√	√	√
文評	√	√	√	√	√	√
選文	〈演連珠五十首〉、〈豪士賦序〉、〈謝平原內史表〉、〈弔魏武帝文〉、〈文賦〉	〈陶徵士誄〉、〈祭屈原文〉、〈三月三日曲水詩序〉	〈為范始興求作立太宰碑表〉、〈為褚諮議蓁讓代兄襲封表〉、〈天監三年冊秀才文〉	〈弔屈原文〉、〈鵩鳥賦〉	〈別賦〉	〈月賦〉

如前章所言，駱鴻凱在教授《文選》作家時，通常會先列出相關史書
材料，作為了解作者生平的入門方式，接著羅列考證該作者的重要著
作，其次將歷代對該作者的詩評、文評一一輯出，最後才會選錄該作
者的文章作為範例，以指導寫作，並將自身對該作者的評論，夾雜其
中。駱氏認為作家所處的時代環境與政治背景，會影響作家文風的呈
現，另外，作家的性情、學識也是形塑作家文風的關鍵。故其選錄陸
機的五種體類文章、顏延之三種體類、任昉兩種、賈誼兩種，對陸機、
顏延之的研究方式有三：傳略、文評、作品分析。對任昉的研究方式

以傳略、作品分析為主，文評後附，並未獨立。對賈誼的研究方式為：
從事跡、生卒、著述、評論四方面切入，評論方面又細分為「文」、
「賦」兩類，進行分析。進而言之，若不設置標題，蓋因內容篇幅未
廣。又賈誼之傳略並未如他人一般全文錄入，僅云「詳《史記・屈原
賈生列傳》、《漢書・賈誼列傳》」，[8]此蓋賈誼事蹟學者皆熟悉、而
《史記》、《漢書》亦常見之書故。然而，節省篇幅之餘，為求讀者明
瞭，駱氏此處遂列出生卒一欄，以便考索。至於江淹、謝莊二者，傳
略雖有，然亦並無標題，此蓋諸部分非成於一時，故體例未能一致。

　　駱氏對於江淹、謝莊之生平，除臚列前人資料外，亦時有補充。
如其節錄《南史・江淹傳》，內文云謂江淹「濟陽考城人」，駱氏夾註
云：

　　　在今江蘇徐州。[9]

《宋書・謝莊傳》稱謝莊為「陳郡陽夏人」，駱氏夾註云：

　　　今河南太康縣。[10]

此為古今地名之考證。本傳云江淹「改封醴陵侯卒」，駱氏夾註云：

　　　《歷代名人年譜》：淹於宋元嘉廿一年生，梁天監四年卒，年
　　　六十一（公元四四四至〔四〕五六）。[11]

8　駱鴻凱：《文選學》（北京：中華書局，1989年11月），頁563。
9　駱鴻凱：《中國大學講義・賦選附錄》，頁1a。
10　駱鴻凱：《中國大學講義・賦選附錄》，9a。
11　駱鴻凱：《中國大學講義・賦選附錄》，1b。

蓋本傳未明言其生卒年分，故駱氏於此引《歷代名人年譜》以作補充。又〈謝莊傳〉謂其「泰始二年卒，年四十六」，駱氏夾註云：

> 案：莊生於宋武帝永初二年，當公元四二一年，卒年當公元四六六。[12]

駱氏亦標出生年及西元年分。

至於作者的個性，駱氏亦會點出，以資讀者參考。如〈江淹傳〉云：「江性文雅，不以著述在懷。」駱氏夾註云：

> 按文通性行，可於其自序〈與交友論隱書〉及〈〔恨表〕（報袁）叔明書〉諸篇見之。論隱書云「性有所短，不可韋絃者五：一則體本疲緩，臥不肯起；二則人間應修，酷懶作書；三則賓客相對，口不能言；四則性甚畏動，事絕不行；五則愚婞妄發，輒被口語」云云。[13]

〈報袁叔明書〉之文，駱氏未列出，然如其言云：「容貌不能動人，智謀不足自遠，竟慚君子之恩，卒離飢寒之禍，近親不言，左右莫教，涼秋陰陰，獨立閒館，輕塵入戶，飛鳥無跡，命保琴書，而守妻子，其可得哉？故國史小官也，而子長為之，執戟下位也，而子雲居之。僕非有輕車驃騎之略，交河雲險之功，幸以盜竊文史之末，因循卜祝之閒，故免首求衣，斂眉寄食耳。」確然可見江淹生性疏狂簡傲、懷才不遇的狀況。

---

12 駱鴻凱：《中國大學講義・賦選附錄》，9b。
13 駱鴻凱：《中國大學講義・賦選附錄》，1b。

對作者之著述進行考察，是知人論世的一環。如其移錄《隋書・經籍志》之著錄云：「梁金紫光祿大夫江淹集九卷（梁二十卷），江淹後集十卷。」「梁有江淹《齊史》十三卷，亡。」駱氏補充云：

今存集十卷，四部叢刊本。[14]

關於謝莊，亦引《隋志》云：「宋金紫光祿大夫謝莊集十九卷（梁十五卷）。」[15]然考諸《隋志》，謝莊尚有《讚集》五卷、《誄集》十五卷（亡）、《碑集》十卷，駱氏不錄，蓋亦一時失檢耳。

至於文評方面，駱鴻凱對謝莊之論述甚少，僅引鍾嶸《詩品》及張惠言《七十家賦鈔・目錄序》之言而已。然其對於江淹之討論，則較為深入。駱氏引鍾嶸《詩品》云：「文通詩體總雜，善於摹擬，筋力於王微，成就於謝朓。」復夾註曰：

案：今存集中之〈雜體〉三十首、〈效阮公詩〉十五首、〈應謝主簿騷體〉、〈山中楚辭〉六首，皆擬古之作也。[16]

列舉諸作，以證成鍾嶸所言「詩體總雜、善於摹擬」之特色。又引張惠言《七十家賦鈔・目錄序》云：「以情為裡，以物為襮，鑱雕雲風，琢削支鄂，其懷永而不可忘也，坒乎其氣，煊乎其華，則謝莊、鮑照之為也。江淹為最賢，其原出於屈平〈九歌〉，其掩抑沈怨、泠泠輕輕，其縱脫浮宕，而歸大常，鮑照、江淹，其體則非也，其意則是也。」又引張溥《漢魏六朝百三家集》卷八十五《江淹集題詞》

---

14 駱鴻凱：《中國大學講義・賦選附錄》，11a。

15 駱鴻凱：《中國大學講義・賦選附錄》，9b。

16 駱鴻凱：《中國大學講義・賦選附錄》，11a。

云：「文通之學，華少於宋，壯盛於齊，及梁則為老成人矣。身歷三朝，辭該眾體，〈恨〉、〈別〉二賦，音制一變，長短篇章，能寫胸臆。即為文字，亦《詩》、《騷》之意居多。余為私論江、任昉二子，縱衡駢偶，不受羈靮，若是生逢漢代，奮其才，果上可為枚叔、谷雲，次亦不失馮敬通、孔北海。而晚際江左，馳逐華采，卓爾不群，誠有未盡。世猶傳文通暮年才退，張載問錦、郭璞索筆，則幾妬口矣。」駱氏復案云：

> 文通歷仕三朝，入梁始卒，以晚節才思減退，故不與於永明聲氣之中。然其文雕藻絕豔，傾炫心魂，在齊梁時獨成一派，同時輩流惟鮑照文體與之相近。故世稱江鮑，惟鮑質實而江疏逸，此其稍異耳。[17]

又云：

> 至文通所作〈恨〉、〈別〉二賦，實開駢賦之格調，故後人或以俗筆誚之。然文體久則變而趨新，亦自然之勢，未可厚非也。則《詩》、《騷》之意居多，張氏推其原出於屈平〈九歌〉，蓋確有所見也。[18]

復引何焯評〈恨〉、〈別〉二賦之語為證：「文通之賦，自為傑作絕思。若必拘限聲調，以為異于屈宋，何以異于三百篇也？」「賦家至齊梁，變態已盡，至文通已幾幾乎唐人之律賦矣。特其秀色非後人所及也。」相對漢代大賦而言，駢賦篇幅較為精短，多工於儷語，喜用

---

17 駱鴻凱：《中國大學講義·賦選附錄》，2a。
18 駱鴻凱：《中國大學講義·賦選附錄》，2b-3a。

典故，江淹實導其先路。若以漢賦為正體，駢賦即為其流變之體。元代劉壎《隱居通議》卷五論〈別賦〉：「惜其通篇，止是齊梁光景，殊欠古氣。」祝堯《古賦辨體》亦云：「遣辭猶未脫顏、謝之精工，用事亦未如徐、庾之堆垛，按月露之形、風雲之狀，江左末年，日甚一日，宜為昔人所厭棄。〔……〕如此等賦，豈復有拙、樸、粗之患邪？殊不知已流於巧，巧而華，華而弱矣。」[19]前人崇正卑變，故或將〈恨〉、〈別〉二賦，實開駢賦之格調，故後人或以俗筆誚之。然正如蕭子顯所言，「若無新變，不能代雄」，[20]駱鴻凱亦持通變的角度，認為文體流行日久，自然有變而趨新的態勢，不宜妄加菲薄。

第三節　從〈別賦〉、〈月賦〉看駱鴻凱之文章選材觀

從《文選學》一書可知，駱鴻凱對於體裁作法之指導有具體切要的觀點，大致可分為「文章選材」、「文章作法」、「寫作要領」三方面，本節即以《中國大學講義》所錄〈別賦〉、〈月賦〉為中心，分節而論之。

駱氏以為，文章選材之目的有二：一是能讓學習者能夠了解文體的特色與作法，一是能夠指導創作。駱氏為了讓學習者分辨文體的特色與作法，在選錄教材時，首重「識偽」。為了不讓學習者空勞費力，誤讀偽作，將歷代學者的考證過程放入，讓學習者知道如何判別仿製與偽製的文章，並在此過程中，精熟文體作法。其次為「習範」，駱氏根據學習者的程度，挑選適合的教材，選錄了具有教學價

---

19 見劉志偉主編：《文選資料彙編·賦類卷》（北京：中華書局，2013年8月），頁574-575。

20 〔梁〕蕭子顯撰：《南齊書·文學傳論》（北京：中華書局，1972年1月），頁908。

值與摹擬價值的文章，用以講解文章謀篇布局之法，提供學習者可摹
擬的範本，進而學習如何進行創作。駱鴻凱在〈導言十一〉中，提供
分體研究的五項綱領，讓學習者知曉研究的法門。然而，僅有方法是
不夠的，需要輔以範文作例子，故《文選學》之《附編》中，駱氏選
了「論」體十三篇、「書」體十四篇、「牋」體四篇、「史論」體四
篇、「對問」體一篇、「設論」體三篇。除了「論」、「對問」、「設論」
三體皆承襲昭明所錄，而「書」、「牋」、「史論」三體僅選取蕭書篇章
之半數，這一方面蓋因囿於篇幅，無法一一細說，一方面又要符合教
學條件，故選錄易於仿作的文章。

根據傅剛統計，《文選》所收之賦是按類分別，共分15類，收錄
先秦、兩漢、魏、兩晉、宋、梁31家52首作品。[21] 而駱鴻凱《中國大
學講義》僅選錄〈別賦〉（哀傷類）和〈月賦〉（物色類），相對《文
選》原書而言，數量比例頗小。厥因為何？蓋可從賦之起源談起。關
於賦的起源，歷來主要有四種說法：一為源於《詩》的不歌而誦，二
為出於《詩》六義，三為源本於《詩》、《騷》，四為本於縱橫家之言。[22]
《漢書》云：「屈原，楚賢臣也，被讒放逐，作〈離騷賦〉。」[23] 為屈
原的〈離騷〉冠上「賦」的名稱。大賦的作者受《楚辭》，尤其是屈
原的作品影響甚深。[24] 如：賈誼弔屈原之作為騷體，作品稱為〈弔屈
原賦〉。賦的形成途徑，可能由楚歌演變而來，或者由諸子問答體和
遊士的說辭演變而來，另外則由《詩三百篇》演變而來。[25] 許又方認

---

21 傅剛：〈從《文選》選賦看蕭統的賦文學觀〉，《北京大學學報（哲學社會科學版）》
　2000年第1期，頁85。

22 馬積高：《賦史》（上海：上海古籍出版社，1987年7月），頁2。

23 〔漢〕班固撰、〔唐〕顏師古注：《漢書・賈誼傳》（北京：中華書局，1962年6
　月），頁2222。

24 許又方：《楚辭雜論》（臺北：文津出版社，2014年5月），頁170。

25 馬積高：《賦史》，頁4-6。

為漢人視〈騷〉猶賦，「漢賦」跟「楚辭」除了在形式上有其傳承的痕跡外，兩者思維的共通點在於皆具備諷諫的作用。[26] 別騷於賦，蓋始於梁蕭統的《昭明文選》，劉勰《文心雕龍》雖有〈辨騷〉、〈詮賦〉兩篇，然〈辨騷〉為正原之論，似尚未以騷賦為二。[27] 宋玉賦中，「騷體賦」已有與「文體賦」合流的現象。[28] 以上可以得知「騷」、「賦」二者的關係相當密切，「騷」、「賦」二者皆具備了諷諫的功能，早在宋玉之時，「騷」、「賦」已出現名稱混用的跡象。駱鴻凱也認為，屈原的《楚辭》是辭賦之祖。[29]《中國大學講義》所論即為賦體，其中元人陳繹曾〈楚賦譜・楚賦體〉論楚賦之法云：

> 楚賦之法，以情為本，以理輔之。先清神澄思，將題目中合說事物一一了然在心目中，卻都放下，只於其中取出喜怒愛惡欲之真情，又縱而發至情之極處，把出第一第二重；易得之浮辭一一革去，待其清虛玄遠者至，便以此情就此事此物而寫之。寫情欲極真，寫物欲極活，寫事欲極超詣。以身體之則情真，以意使之則物活，以理釋之則事超詣。[30]

又論漢賦之法云：

> 漢賦之法，以事物為實，以理輔之。先將題目中合說事物一一鋪陳時，然在心便立間架、搞意緒、收材料、措文辭，布置得

26　許又方：《楚辭雜論》，頁170。

27　馬積高：《賦史》，頁5。

28　馬積高：《賦史》，頁5。

29　駱鴻凱：《文選學・義例第二》，頁26-27。

30　〔元〕陳繹曾：〈楚賦譜〉，載駱鴻凱：《中國大學講義》，頁22a。

所則間架明朗，思索巧妙則意緒深穩，博覽慎擇則材料詳備，
煅煉圓潔則文辭典雅。寫景物如畫，制器物如巧工，說軍陣如
良將，論政事如老吏，說道理、通神聖、言鬼神，極幽明之
故，事事物物，必須造極，處事欲巧，造語貴拙。[31]

換言之，陳繹曾認為楚賦兼有抒情、說理、體物、言事之特色，漢賦
則並不注重抒情。而講義中，駱鴻凱於諸賦中唯獨選取〈別賦〉、〈月
賦〉二篇，除因二者知名度高、篇幅較短而適合學子研習外，更重要
的是二者的抒情色彩皆很突出。駱氏論江淹諸賦「詩騷之意居多，張
氏（惠言）推其原出於屈平〈九歌〉，蓋確有所見也」。[32] 又就謝莊
〈月賦〉篇首虛設陳王、王粲之答問曰：

凡文章有寄興，然後意味深遠。詩騷之中，興體之為觸物起
情，固無論矣。即賦、比二者，亦必敘物以言懷，或索物以託
意，故能使人反覆詠歎，多所興感。此賦若徒寫月，而不設此
一段情事，則前無怨遙傷遠之意，後乏美人月沒之歌刻畫，雖
工寄興全絕，亦奚足以動人深感哉！[33]

陳繹曾所謂楚漢賦之區別，主要在抒情興寄之多寡，而駱鴻凱此論，
足見其亦以江、謝二賦為楚賦之流亞也。進而言之，〈別賦〉、〈月
賦〉就篇幅而言非鉅製，就題材而言亦僅為一端，然抒情、說理、體
物、言事四種特色，卻兼而有之，具體而微，於初學者研習尤為事半
功倍。

---

31 〔元〕陳繹曾：〈楚賦譜〉，載駱鴻凱：《中國大學講義》，頁25a-b。
32 駱鴻凱：《中國大學講義‧賦選附錄》，頁3a。
33 駱鴻凱：《中國大學講義‧賦選附錄》，頁10a。

第四節　從〈別賦〉、〈月賦〉看駱鴻凱之文章作法觀

　　「立意」決定文章的謀篇布局。為表意而謀求最佳的結構布局，以貫徹作者的創作意圖。[34]「立意」是貫穿全篇，統攝全文的中心思想，可說是文章的靈魂，布局則是文章的寫作手法。黃侃指出：「作文之術，誠非一二言能盡，然挈其綱維，不外命意、修詞二者而已。」[35]可見謀篇與辭采，實為寫作要領，而要能透顯其妙，可從修辭著眼。駱鴻凱對於〈別賦〉、〈月賦〉之分析，如何呈現其文章作法觀，本節將分目探討之。

一　論〈別賦〉之命意與疏失

　　江淹〈別賦〉可歸入小賦，全賦採用抒情的筆觸、駢偶的句式，語言清麗，音調諧和。作者透過情緒的渲染、心理的刻畫、環境的烘托等手法，逐一刻畫戍人、富豪、俠客、游宦、道士、情人等各種類型之別離，透過這些別相總和成別離之共相，所謂「別雖一緒，事乃萬族」，最後歸結出「別方不定，別理千名，有別必怨，有怨必盈」、「使人意奪神駭，心折骨驚」的痛苦，深情意婉，言有盡而意無窮。[36]對於〈別賦〉之修辭，駱鴻凱分別從命意、造句及用字幾方面展開討論。本目先分論〈別賦〉之命意、疏失兩端，造句及用字方面，則俟後文關於駱氏文章要領觀一節另行探析。

34　馮永敏：《散文鑑賞藝術探微》（臺北：文史哲出版社，1998年2月），頁146。

35　黃侃：《文心雕龍札記・鎔裁第三十二》（臺北：五南圖書出版公司，2013年12月），頁138。

36　〔南朝梁〕蕭統編、〔唐〕李善註、〔明〕孫鑛評點：《昭明文選》（臺北：文友書店，1971年6月），頁86-87。

駱鴻凱對〈別賦〉命意之討論，包括狀物、寫景、設想之妙三點。其論狀物之妙曰：

> 為別之人既不同，則別之光景與別之情緒自各異。此賦能各如分際，曲曲寫出，而無不黯然銷魂，是故上士之與佳人，一忘情、一鍾情也。而別時之纏綿悱惻，各極其致，良家之閨禧與私眤之佳麗，同一巾幗也。而形容之面目，顯然有別，此非善於摹寫，安能如是之盡態窮形耶？[37]

駱氏此言，亦承明代孫鑛之說：「方外忘情，佳人情種，而至別時，情致亦各有黯然者。」「同是閨人，有良家與狹邪之別，各不同也。」[38] 觀江淹原文有云：「儻有華陰上士，服食還山。術既妙而猶學，道已寂而未傳。守丹灶而不顧，煉金鼎而方堅，駕鶴上漢，驂鸞騰天。暫遊萬里，少別千年。惟世間兮重別，謝主人兮依然。」曲盡忘情之狀。又如：「觀下有芍藥之詩，佳人之歌。桑中衛女，上宮陳娥。春草碧色，春水淥波，送君南浦，傷如之何！」此即鍾情之貌，而佳人之約與桑中之事，又各有不同耳。

駱氏又論寫景之妙曰：

> 情以景幽，單情則露。是故善述情者，多述之於景。此賦寫景之妙，即以其能述別情也。如：「春草碧色，春水綠波，送君南浦，傷如之何？至乃秋露如珠，秋月如珪。明月白露，光陰往來。與子之別，思心徘徊。」諸語取諸目前，不假雕琢而自

---

37 駱鴻凱：《中國大學講義·賦選附錄》，頁3a。

38 見〔梁〕蕭統編、〔唐〕李善註、〔明〕孫鑛評點：《昭明文選》，頁86-87。

工，可謂天然佳句。[39]

參清初沈雄《古今詞話・詞品》卷下引宋徵璧語云：「情以景幽，單情則露；景以情妍，獨景則滯。」[40]又明人楊慎《升庵詩話》卷三云：「江淹〈別賦〉：『春草碧色，春水綠波。送君南浦，傷如之何！』取諸目前，不雕琢而自工，可謂天然之句。」[41]駱氏實承其說。此外，其又列舉單寫春景、[42] 單寫秋景、[43] 兼寫四序之景的語句，[44] 以廣論述。最後復引賀裳《詞筌》之言而收結云：

> 昔人論詞有云：凡寫迷離之況者，止須述景。如「小熁斜日到芭蕉」、「半牀斜月疎鐘後」，不言愁而愁自見。因思韓致光「空樓雁一聲，遠屏燈半減」，已足色悲涼，何必又贅「眉山正愁絕」耶？覺首篇「時復見殘燈，和煙墜金穗」如此結句，自含情無限。（見賀裳《詞筌》）觀文通此賦寫景，而別恨愈顯，益信斯言之有徵矣。[45]

誠如王國維所說，「一切景語皆情語」，[46]文學作品之寫景，大率皆欲

---

39 駱鴻凱：《中國大學講義・賦選附錄》，頁3b。

40 見唐圭璋：《詞話叢編》（臺北：新文豐出版公司，1988年2月）第一冊，頁849。

41 見〔明〕楊慎：《升庵全集》（上海：商務印書館，1937年）第二冊，頁759。

42 駱氏舉例為：或乃邊郡未和，負羽從軍。遼水無極，雁山參雲。閨中風暖，陌上草薰。日出天而曜景，露下地而騰文。鏡朱塵之照爛，襲青氣之烟溫。攀桃李兮不忍別，送愛子分〔兮〕霑羅裙。

43 駱氏舉例為：值秋雁兮飛日，當白露兮下時。

44 駱氏舉例為：春宮闥此青苔色，秋帳含茲明月光。夏簟清兮晝不暮，冬缸凝兮夜何長。以上皆見駱鴻凱：《中國大學講義・賦選附錄》，頁3b。

45 駱鴻凱：《中國大學講義・賦選附錄》，頁4a。參〔清〕賀裳：《皺水軒詞筌》，收入《叢書集成續編》（臺北：新文豐出版公司，1989年6月）第210冊，頁3。

46 王國維著、施議對譯注：《人間詞話譯注》（上海：上海古籍出版社，2016年11月），頁163。

收借景抒情、寓情於景之效，蓋作者對於客觀景物之描寫，往往帶有自身之強烈的主觀感情。此景此物，實乃此心此情之所寄託、憑依。所謂「單情則露」，直抒胸臆未免失之直白淺陋，而援景入情，情景交融相生，自富於弦外之音，能收渾然一體的含蓄之妙。

　　至於設想之妙，駱鴻凱則分為以此推彼、以物擬人、以人之憂戚而感晝夜之長等三點。所謂以此推彼，亦即設身處地的同情同理之心。駱氏拈出「知離夢之躑躅，意別魂之飛揚」二句論道：

　　　　此言居人既涕泣相思，因設想行子亦如是也。[47]

亦即閨中之婦思念遠行之夫，涕泣之際，亦料到對方之思己，亦復如是也。參韓愈〈與孟東野書〉：「與足下別久矣，以吾心之思足下，知足下懸懸於吾也。」[48]辛棄疾〈賀新郎〉：「我見青山多嫵媚，料青山見我應如是。」[49]皆可謂以此推彼。唯韓、辛之作皆著眼於人我，而江淹則置身於思婦遊子之外，作抽離之第三身描繪也。

　　以物擬人一點，駱氏則引「是以行子腸斷，百感悽惻，風蕭蕭而異響，雲漫漫而奇色，舟凝滯於水濱，車逶遲於山側，棹容與而詎前，馬寒鳴而不息」一節曰：

　　　　此因寫人之帳（悵）別，並寫別時之風雲，舟車皆失其常態，
　　　　為之傷惋。以見物尚如此，人何以堪，是則寫物者，正所以極

---

47 駱鴻凱：《中國大學講義‧賦選附錄》，頁4a。

48 〔唐〕韓愈著、馬通伯校注：《韓昌黎文集校注》（上海：古典文學出版社，1957年12月），頁80。

49 〔宋〕辛棄疾著、鄧廣銘箋注：《稼軒詞編年箋注》（上海：上海古籍出版社，1993年10月），頁338。

寫人之情感也。[50]

又云：

> 自來文士設想措詞，往往以一己中情之憂戚，而視周圍之物，
> 皆若與有同一之感，其寫歡愉之情者，亦然。[51]

復云：

> 又此賦「慚幽閨之琴瑟，晦高臺之流黃」二語，其設想亦與上
> 同。琴瑟、流黃如故也，見者中情歡戚有殊，遂若昔悅而今
> 慚、昔明而今晦矣。[52]

同時，駱氏又指出「馬寒鳴而不息」語出〈離騷〉「僕夫悲余馬懷
兮，蜷局顧而不行」，「舟凝滯於水濱」、「櫂容與而詎前」二語出自
〈涉江〉「船容與而不進兮，淹回水而疑滯」。此外又點出潘岳〈哀永
逝文〉、孔稚圭〈北山移文〉、杜甫〈乾元中寓居同谷縣作歌〉諸篇為
證，指出「詩詞中設想類此者甚多，學者觸類觀之可矣」，茲不贅。
所謂以物擬人，蓋有移情作用在焉，亦即「一己中情之憂戚，而視周
圍之物，皆若與有同一之感」。而駱氏在此基礎上，更點出「寫物
者，正所以極寫人之情感」，更能收「樹猶如此，人何以堪」之效，
則所論尤為深至。

　　以人之憂戚而感晝夜之長，如駱氏論〈別賦〉「夏簟清兮晝不

---

50 駱鴻凱：《中國大學講義・賦選附錄》，頁4a-b。
51 駱鴻凱：《中國大學講義・賦選附錄》，頁4b。
52 駱鴻凱：《中國大學講義・賦選附錄》，頁5a。

暮，冬釭凝兮夜何長」兩句云：

> 不暮，言日長也。為歡者恆怨日促，而在戚者每苦夜遙，自來
> 文士，設想類然。[53]

又引《詩・唐風・葛生》「夏之日，冬之夜。百歲之後，歸於其居」、
屈原〈悲回風〉「惟佳人之獨懷兮，折若椒以自處。曾歔欷之嗟嗟
兮，獨隱伏而思慮。涕泣交而淒淒兮，思不眠以至曙。終長夜之曼曼
兮，掩此哀而不去」等為證。復指出江淹此語，與古詩「愁多知夜
長」、張華〈情詩〉「在戚怨宵長」造意相同。[54]觀察者的參考座標
系，對於觀察者對時間流逝的感知有很大的影響，觀察者的心理狀態
可能也會影響感知。因此，所謂「為歡者恆怨日促，而在戚者每苦夜
遙」，正是對於這種感知的狀述。

　　對於〈別賦〉之疏失，駱鴻凱則點出兩端，一為命意之疏失，二
為隸事之疏失。命意之疏失方面，駱氏論曰：

> 別之所以可悲者，由有一種極可傷之情事在也。若情事本無可
> 傷，而但說其別之可悲，則亦不見其可悲之如何也。此賦寫俠
> 客之別、從軍之別及異國之別，三段情事，均極可傷。寫遠宦
> 之別及私眤之別兩段情事、雖輕於別，尚切「至若龍馬銀鞍」
> 一段，據所云東都、金谷，俱是得意之別，豈亦黯然銷魂耶？
> 又「華陰上士」一段，豈以駕鶴驂鸞之仙，猶未能擺脫世網，
> 而亦黯然銷魂耶？此則本篇用意之疏失者。[55]

---

53 駱鴻凱：《中國大學講義・賦選附錄》。
54 駱鴻凱：《中國大學講義・賦選附錄》，頁5b。
55 駱鴻凱：《中國大學講義・賦選附錄》，頁7b-8a。

誠然，江淹欲窮搜各種離別之情狀，而鋪陳於一賦之中，貪多務得，故選材有不盡恰於主題者。故得意之別、登仙之別，雖非黯然銷魂，卻亦羅致於篇內，情調自然不協。隸事之疏失方面，駱氏復論曰：

> 俠客之別一段，據所指聶政、豫讓、專諸、荊軻四人，惟荊軻入秦，餞送易水上，可云別耳。至聶政不聞與姊別，豫讓不聞與妻別，專諸則子胥進於公子光，不聞與光別也。隸事如此，未免支離影響，且末只及武陽與政姊，按之上面，次敘不倫，亦為偏罣。[56]

指出四位俠客中，史載僅荊軻有別離之事，硬拉其餘三位作陪，未免牽強。而且此段末二句，「金石震而色變」出自《燕丹子》：「荊軻與武陽入秦，秦王陛戟而見燕使，鼓鐘併發，群臣皆呼萬歲，武陽大恐，面如死灰色。」[57]「骨肉悲而心死」語出《史記・刺客列傳》，謂聶政行刺成功後自殺，以免牽連他人。韓國當政者將他暴屍於市，懸賞千金。其姊聶嫈說：「妾其奈何畏歿身之誅，終滅賢弟之名！」於是伏屍而哭，在屍旁自殺，以宣揚其弟之義舉。[58]此處既為收結，卻不能總攝前文四典，故曰「偏罣」。此外駱氏又云：

> 上宮陳娥句，用事牽率亦疏失之一。[59]

查江淹原文為：「桑中衛女，上宮陳娥。」〈桑中〉隸屬鄘風，有「期

---

56 駱鴻凱：《中國大學講義・賦選附錄》，頁8a。

57 無名氏：《燕丹子》（北京：中華書局，1985年1月），頁15。

58 〔漢〕司馬遷：《史記》（北京：中華書局，1959年9月），頁2525。

59 駱鴻凱：《中國大學講義・賦選附錄》，頁8a。

我乎桑中，要我乎上宮」之句，桑中、上宮皆幽會之所。而所謂陳娥，典出邶風之〈燕燕〉。《毛詩序》云：「衛莊姜送歸妾也。」鄭玄箋曰：「莊姜無子，陳女戴媯生子名完，莊姜以為己子。莊公薨，完立，而州吁殺之。戴媯於是大歸，莊姜遠送之于野，作詩見己志。」[60]戴媯固是陳娥、固有別離之事，然其別離無關男女之情，而其行事也無淫放之舉，僅因戴媯嫁至衛國，而上宮又係邶鄘衛民間青年男女幽會之所，故強稱曰「上宮陳娥」，實為率率。正如胡曉明所論，〈別賦〉並不是作者抒發自己的離愁別緒，而是描寫人間種種離別的情景。實際上，其寫法屬於鋪陳離別其事其情的詠物賦，不僅描寫，而且議論。作者的情感，與其說是傷感的同情，不如說是無奈的感慨，而且相當清醒，可謂刻意抒情、刻意悲歌。所以在創作思上，作者把人間的離別悲傷當作一種普遍人性存在，因此只是著眼於敘述不同的離別現象，鋪寫不同的悲傷情緒，渲染不同的氣氛和情景，以悲為美；而並不對離別的原因、背景或結果做出任何政治的或社會的褒貶。在這方面，它具有齊梁同時期作品的一般特質，即感慨多於不平，議論止於人情，氣格較為委婉軟弱。而在藝術方面，則又力求精湛，講究駢麗、融典、聲韻和辭藻。[61] 所論極是。進而言之，〈別賦〉雖是描寫人間種種離別的情景，在羅致典故之時卻未能進一步披沙揀金；講究駢麗、融典，卻難免以詞害意之失。

二 論〈月賦〉之命意、布局與寫景

謝莊〈月賦〉亦為小賦，全篇假設曹植與王粲月夜吟遊的問答，

---

60 〔漢〕鄭玄箋、〔唐〕孔穎達疏：《毛詩正義》（臺北：藝文印書館據1815年阮元刻本影印），頁77。

61 胡曉明：《文選講讀》（上海：華東師範大學出版社，2005年12月），頁83。

描寫了月夜的清麗之景、悵惘之情。文章先寫陳思王曹植因文友應瑒、劉楨初喪，思念不已，因而在月夜宴請王粲，邀其作賦。王粲所賦，對月亮之綺麗極描摹之能事，以月相之變幻隱喻預示人事的悲歡。當明月西沉，所有人皆惶然若失。篇末感嘆月已沒、歲已暮，知音難求，並規勸君王善自珍攝。[62]全篇善於融攝典故，又多用渲染烘托之法，令人玩賞不已。對於〈月賦〉之修辭，駱鴻凱分別從命意、布局、寫景、鍊字、造句、代語、用韻等方面著眼。本目僅先探討前三方面，其餘則待下節更論。

〈月賦〉為楚賦之流，具有強烈的抒情性質，此亦其命意之根本。明人孫鑛即謂其「略無形似之語，只寫月夜之情，非為賦月也」。[63]在駱鴻凱看來，謝莊羅列各種典故，描摹諸種悲歡，乃至虛設曹植、王粲之主客對問，也是基於此抒情之命意的：

> 此賦序述陳王與仲宣之事，無非假設往事，以為點綴，顧氏論之詳矣。（顧炎武《日知錄》十九曰：「王粲以建安二十一年從征吳，二十二年道卒。徐彬、陳幹、應、劉，一時俱逝，亦是歲也。至明帝太和六年，植封陳王，豈可掎摭史傳，以議其不合哉！」）夫賦月則寫月可耳，何必虛構此一段情事？此蓋因文有渲染之法，辭賦之作，尤貴曲意渲染。此賦寫月之淒清，乃先言「陳王初喪應劉，端居多暇」以起賦端，繼於玩月之頃又言「穎〔親〕懿莫從，羈孤遞進」，夫以念往傷逝之人，而玩秋夜之月，加之懿親之侶遠離，羈旅之孤迭進，於斯時也，情以物遷，物以情觀，蕭瑟淒涼之況，自有百倍於尋常者矣。

---

62 見〔梁〕蕭統編、〔唐〕李善註、〔明〕孫鑛評點：《昭明文選》，頁69。

63 〔梁〕蕭統編、〔唐〕李善註、〔明〕孫鑛評點：《昭明文選》。

以是寫月之淒清，豈不較愈於僅賦月者乎？此賦命意之妙，即在於斯也。抑又有說焉。凡文章有寄興，然後意味深遠。詩騷之中興，體之為觸物起情，固無論矣。即賦此二者，亦必敘物以言懷，或索物以託意，故能使人反覆詠歎，多所興感。此賦若徒寫月，而不設此一段情事，則前無怨遙傷遠之意，後乏美人月沒之歌，刻畫雖工，寄興全絕，亦奚足以動人深感哉？明乎此，則相如〈長門〉，託名陳后；子山〈枯樹〉，假借桓溫、殷浩。揆其杜撰之由，亦無非欲寄其興耳。斯尤讀此賦者所不可不知也。[64]

根據顧炎武的考證，王粲與應瑒、劉楨同卒於建安二十二年（217），且王粲於年前即離開京師隨軍南征，卒於途中。因此，即便王粲卒於應、劉之後，亦不可能回京師為曹植解憂。且曹植受封陳王，在魏明帝太和六年（232），乃是十五年後之事。故〈月賦〉所言純為虛構可知。[65]而在駱鴻凱看來，如此虛構乃是渲染之法：正因為秋月往往予人以蕭瑟淒涼之感，若能切中念往傷逝、羈旅離別之情，自比單純地排比鋪陳與月亮有關的典故更為優勝。且正因有這段傷逝的文字作起引，以為寄興之開端，故後文之諸種悲歡的描寫才得以開展，而篇末增入美人、月沒二歌，亦不嫌突兀冗贅矣。正如孫鑛所言：「假陳王立局……端憂多暇，生出全篇情致。」[66]採用這種虛構的方法者，前有司馬相如〈長門賦〉，後有庾信〈枯樹賦〉，謝莊〈月賦〉亦可謂承上啟下爾。

　　駱鴻凱繼而指出，〈月賦〉之布局，即基於寄興之命意：「此賦假

64 駱鴻凱：《中國大學講義‧賦選附錄》，頁9b-10a。

65 〔清〕顧炎武：《日知錄》（上海：商務印書館，1929年10月），頁460。

66 見〔梁〕蕭統編、〔唐〕李善註、〔明〕孫鑛評點：《昭明文選》，頁69。

陳王、仲宣，立局合觀。」又將全篇結構大略解析如下：

> 「陳王初喪應劉」至「以命仲宣」一段。從「中夜不怡，忽思
> 及遊，因而登山玩月」為作賦緣起。

> 「仲宣跪而稱曰」至「淪精而漢道融」述月之故實（中分月之
> 來歷、功用及瑞應三層）。

> 「若夫氣霽地表」至「周除冰淨」寫月景。

> 「君王乃厭晨懽」至「鳴琴薦」敘玩月為樂，「若乃涼夜自
> 淒」至「愬皓月而長歌」敘玩月興感。以「親懿莫從」二語引
> 起興感之情，以「情紆軫其何託」二語領起二歌。

> 二歌中先傷其遠，次望其還，託意美人，寫出懷賢慕友之意，
> 以結全局。（何義門云：怨遙傷遠，已伏二歌之意，愬月長
> 歌，與前怨遙傷遠意，兩兩相應。）[67]

駱氏此言，蓋亦參考過孫鑛之語：「前寫月之故實，次入即景之語，後
言興感之情，大意全在二歌。」[68] 總而觀之，王粲之賦（「仲宣跪而
稱曰」以下）除篇末美人、月沒二歌外，尚可歸納為兩大部分，月典
月景及人事人情。月典之故實，「日以陽德，月以陰靈」至「集素娥
於後庭」為來歷一層，「脁警闕」至「揚采軒宮」為功用一層，「委
照而吳業昌，淪精而漢道融」為瑞應一層。然月典月景，實為人事人

---

67 駱鴻凱：《中國大學講義·賦選附錄》，頁10a-b。
68 見〔南朝梁〕蕭統編、〔唐〕李善注、〔明〕孫鑛評點：《昭明文選》，頁69。

情之鋪墊。而君王之玩月,則先樂而後興感,亦「興盡悲來,識盈虛之有數」之意。而二歌其一傷遠,其二望還,內容正相配合,而託意美人,不僅寫出友人之賢俊,亦體現出自身之高潔,可謂曲終奏雅。

　　駱氏論〈別賦〉之命意,分為狀物、寫景、設想三方面,而論〈月賦〉則將寫景與命意、布局而並置。蓋二賦雖抒情性皆強,然就篇題而觀之,〈別賦〉扣人事,〈月賦〉狀物色,故前者之景莫非因情而生,後者則尚有獨立寫景之篇幅也。然正如孫鑛所云:「寫月處只幾語,後乃以月夜風景多作旁襯,以引人入勝。」[69]寫景篇幅非巨,且亦為旁襯烘托爾。駱氏此處,先列出寫景佳句,復擇而論之。如「白露曖空,素月流天」,駱氏論曰:

> 「白露曖空」二語,出於自然,是神化之筆。李德裕《文箴》云:「文之為物,自然靈氣,惚恍而來,不思而至。杼軸得之,澹而無味。琢刻藻繪,彌不足貴。」斯言誠然,觀此賦,二語益足信矣。[70]

霜露為地面之物,不可能「曖空」,二句當合觀之,即月色潔白如露,滿空遍照,如張若虛「空裡流霜不覺飛」是也。蘇軾「白露橫江,水光接天」化用〈月賦〉,露、光並舉,亦承謝莊之意。換言之,白露實乃比喻,並非實物,然其皎潔清寒之感,作為月光之喻體,真可謂自然神來之筆,非常熨貼。再如「若夫氣霽地表,雲斂天末。洞庭始波,木葉微脫。菊散芳於山椒,雁流哀於江瀨。升清質之悠悠,降澄暉之藹藹。列宿掩縟,長河韜映。柔祇雪凝,圓靈水鏡。連觀霜縞,周除冰淨」一段,駱氏論曰:

---

69 〔南朝梁〕蕭統編、〔唐〕李善注、〔明〕孫鑛評點:《昭明文選》,頁69。

70 駱鴻凱:《中國大學講義・賦選附錄》,頁11a。

數語不寫月，而寫月下之景，便字裡行間覺無一字非月，此則
體狀物態，能遺貌取神，可謂造微入妙者矣。[71]

可見謝莊不僅以月典月景旁襯人事人情，而月下之景，復為秋月本身
之渲染烘托之語。且駱氏採用「體狀物態」一語，可知其以〈月賦〉
自有狀物之處，唯其所寫之景、所狀之物皆以月為中心，故不另分
出，以免瑣碎。再如歌中「隔千里兮共明月」一語，駱氏論曰：

情景交融，道盡人意中所欲言而不能言者，自是千古佳句。[72]

又引葛立方《韻語陽秋》曰：

月輪當空，天下之所共視，故謝莊有「隔千里兮共明月」之
句，蓋言人雖異處，而月則同瞻也。老杜當兵戈騷屑之際，與
其妻各居一方，自人情觀之，豈能免閨門之念，而他詩未嘗一
及之。至於明月之夕，則遲思長想，屢形詩什。〈月夜詩〉
云：「今夜鄜州月，閨中只獨看。」繼之曰：「香霧雲鬟濕，清
輝玉臂寒。」〈一百五日夜對月〉云：「無家對寒食，有淚如金
波。」繼之曰：「仳離放紅蕊，想像嚬青蛾。」〈江月詩〉云：
「江月光如水，高樓思殺人。」繼之曰云：「誰家挑錦字，滅
燭翠眉嚬。」其數致意於閨門如此，其亦謝莊之意乎？顏延之
對孝武，乃有莊始知「隔千里兮共明月」之說，是莊才情到
處，延之未能曉也。[73]

---

71 駱鴻凱：《中國大學講義・賦選附錄》，頁11a。
72 駱鴻凱：《中國大學講義・賦選附錄》。
73 駱鴻凱：《中國大學講義・賦選附錄》。

葛立方以為杜甫詩中閨門之念，皆因明月而觸發，實承自謝莊。顏延之在宋孝武帝面前以為謝莊唯有「隔千里兮共明月」一語知名，頗有不屑，不知此正謝莊才情所到處，「人雖異處，月則同瞻」之意，誠開後世詩題。如張若虛「願逐月華流照君」、張九齡「海上生明月，天涯共此時」，李白「我寄愁心與明月，隨風直到夜郎西」、蘇軾「千里共嬋娟」，可謂皆自「隔千里兮共明月」一語化成。

第五節　從〈別賦〉、〈月賦〉看駱鴻凱之文章要領觀

駱鴻凱嘗云：「文選分體三十有八，七代文體略備。讀者宜於每體之緣起流變與特殊之質性，及彼此之間易涉朦溷者，先能識別。而後知古人辭尚體要，苟非作者。」[74] 認為學習《文選》，需先知曉文體的流變與文體特質，並將容易混淆的體類判斷清楚，如賦與頌、頌與讚、讚與箴、箴與銘、碑與行狀、碑與誄體，[75] 每種文體皆具備固定的寫作規範，需要遵守。在仿作前，學習古人好的文章，學習作者思考的方式，一旦領悟寫作要領，就能寫出具備獨有的風貌與想法的好作品。駱氏認為，文章寫作要領有二，一是先摹擬後變化，一是避免「代語」的濫用，這在他對〈別賦〉與〈月賦〉的論述中亦可得見。

一　先摹擬後變化

作家才性雖難以摹仿，文章技法卻可透過模仿而學習。學大家作品，後人雖無法複製作家的經歷，但可透過摹擬大家的作品，掌握其

---

74 駱鴻凱：《文選學》，頁297。
75 駱鴻凱：《文選學》，頁326-327。

文章要領，進而學習創作。駱鴻凱認為文章的摹擬，可從「題」、「體」、「句」、「意」四方面著手。此處僅以「體」的摹擬與「句」的摹擬作為舉例：

1 「體」的摹擬

劉勰《文心雕龍・通變》云：「夫設文之體有常，變文之數無方。何以明其然耶？凡詩、賦、書、記，名理相因，此有常之體也；文辭氣力，通變則久，此無方之數也。名理有常，體必資於故實；通變無方，數必酌於新聲：故能騁無窮之路，飲不竭之源。」[76] 對於文體的演變抱持著較為通達的態度，認為作者在體裁上借鑑過去的著作，推陳出新就可無限量。而如本章引言所論，駱鴻凱以為江淹諸賦「詩騷之意居多」、「推其原出於屈平〈九歌〉」，此即通論「體」之摹擬。其言復云：

> 至文通所作〈恨〉、〈別〉二賦，實開駢賦之格調，故後人或以俗筆誚之。然文體久則變而趨新，亦自然之勢，未可厚非也。[77]

相對漢代大賦而言，駢賦篇幅較為精短，多工於儷語，喜用典故，江淹實導其先路。若以漢賦為正體，駢賦即為其流變之體。元代劉壎《隱居通議》卷五論〈別賦〉：「惜其通篇，止是齊梁光景，殊欠古氣。」祝堯亦《古賦辨體》亦云：「遣辭猶未脫顏、謝之精工，用事亦未如徐、庾之堆垛，按月露之形、風雲之狀，江左末年，日甚一日，宜為昔人所厭棄。〔……〕如此等賦，豈復有拙、樸、粗之患

76　〔南朝梁〕劉勰著、范文瀾註：《文心雕龍註》（北京：人民文學出版社，1958年9月），頁159。

77　駱鴻凱：《中國大學講義・賦選附錄》，頁3a。

邪？殊不知已流於巧，巧而華，華而弱矣。」[78] 前人崇正卑變，故或
將〈恨〉、〈別〉二賦，實開駢賦之格調，故後人或以俗筆誚之。然正
如蕭子顯所言，「若無新變，不能代雄」，[79] 駱鴻凱亦持通變的角度，
認為文體流行日久，自然有變而趨新的態勢，不宜妄加菲薄。

其次，對於「體」之摹擬，駱鴻凱還舉出了反面的例子：

> 初生微月，若無若有。出城中兮才廣於眉，入堂上兮不盈於
> 手。若乃金壺稍滴，銀漢將流。暗鵲驚夜，寒蜇送秋。天清暈
> 滅，露白光浮。臨皓壁而添粉，映珠簾而半鉤。纖光潤海，重
> 明表壑。的的飛上，娟娟未落。銜破鏡而飛斜，抱彎弓而勢
> 卻。葉稀葉少，桂短花新。無篋笥之團扇，有虛空之半輪。悵
> 徘徊以將失，情鬱結而莫伸。命後車之文雅，恭進牘於詞人。

此為唐人鄭遙所作〈初月賦〉，駱氏持以與謝莊〈月賦〉比較，而頗
有批評之詞：

> 此賦猶寫月景，刻畫之工過謝賦遠甚，然讀之無復餘味。此則
> 因氣體卑薄，寫貌不如寫神故也。[80]

雖然駱氏承認鄭遙此賦刻畫遠較謝莊之作為精工，然只是描摹形貌，
少有神韻，故而氣骨卑下、體格薄弱，反不及謝莊〈月賦〉遠甚。進
而言之，陸機〈文賦〉即云：「詩緣情而綺靡，賦體物而瀏亮。」楊

---

78 見劉志偉主編：《文選資料彙編・賦類卷》，頁574-575。

79 〔梁〕蕭子顯撰：《南齊書・文學傳論》，頁908。

80 駱鴻凱：《中國大學講義・賦選附錄》，頁14a。

明謂緣情即循順人之性情，體物則為陳事。[81] 由此可見傳統對詩、賦二體分野的認知。然而駱鴻凱以陳繹曾之說為基礎，強調楚賦以情為本、漢賦以事物為實。換句話說，他認為賦體縱然體物（寫貌），仍應不失緣情之旨（寫神），故鄭賦純粹體物雖然工巧，卻畢竟不如謝賦體物、緣情兼而有之。因此，駱氏關於「體」之摹擬的論述，與其尚神思、重緣情、尊楚賦的宗旨正相符合，吾人由此亦可進一步了解其講義獨選〈別賦〉、〈月賦〉之因由。

2 「句」的摹擬

對於〈別賦〉造句的探討，駱鴻凱分為「句之長短及句式（構造）之變換」、「句之對偶與貫注（句偶而意義則一貫）之參錯」、「生造句」、「烹鍊句」及「句中夾字用法」五點來開展。其論「句之長短及句式（構造）之變換」云：

> 從軍之別一段，如「或乃邊郡未和，負羽從軍。遼水無極，雁山參雲。閨中風暖，陌上草薰」，皆短句也。而下文自「日出天而曜景」盡段末，則全作長句。且全段之中，句之構造皆逐對變換，無一重沓。以上二事，推之全賦，莫不皆然。[82]

句式之變換，可以避免節奏之重複冗沓，令行文的情調有所變化，也可使讀者產生耳目一新之感。舉例而言，如《詩經・鄭風・子衿》篇，前二段以四言為主，末段轉為兮字句，類似楚歌體，更富於抒情性，與內容章法相配合。又如《楚辭・九章・抽思》，雖全篇皆為騷

---

81 〔晉〕陸機著、楊明校箋：《陸機集校箋》（上海：上海古籍出版社，2016年7月），頁19。

82 駱鴻凱：《中國大學講義・賦選附錄》，頁5b。

體句,然「亂曰」前多為六七言句,亂詞則以四言為主,此亦句式之變化也。江淹賦瓣香《楚辭》,句式運用上自然得其三昧。

駱氏又論「句之對偶與貫注(句偶而意義則一貫)之參錯」:

> 貴游之別一段,如「龍馬銀鞍,朱軒繡軸;帳飲東都,送客金谷」及「朱與玉兮艷暮秋,羅與綺兮嬌上春。驚駒馬之仰秣,聳淵魚之赤麟」,皆對偶句,而中間「琴羽張兮蕭鼓陳,燕趙歌兮傷美人」及段末「造分手而銜涕,咸寂寞而傷神」諸語,則貫注句矣。又俠客之別一段,若「劍客慚恩,少年報士。韓國趙廁,吳宮燕市。割慈忍愛,離邦去里。瀝泣共訣,杖血相視」及段末「金時震而色變,骨肉悲而心死」,皆對偶句也。而中間「驅征馬而不顧,見行塵之時起。方銜感於一劍,非買價於泉裡」諸語,則貫注句矣。凡為駢偶之體,有時以意思單奇不能成對者,若用貫注之句,則辭義既軒爽,而對偶之中間以此種句法,其文氣亦覺流動。細味此賦,自可知斯義也。[83]

對偶句因其結構整齊、形式勻稱、音節和諧,故文氣充沛、情韻洋溢、表現力強,不僅予人印象深刻,而且讀來琅琅上口,便於記誦。然而正如駱氏所言,並非所有文意都能成對,此時採用貫注句,把一意分拆至兩個對偶句中,則能令辭義軒爽。貫注句與普通對偶句相間,亦能使文氣流動。

與論述文體一樣,駱氏對於句式的創新也持正面態度,故特舉出〈別賦〉之「生造句」兩例:「可班荊兮贈恨,惟樽酒兮敘悲」、「心折骨驚」,且論曰:

---

83 駱鴻凱:《中國大學講義‧賦選附錄》,頁5b-6a。

恨當云敘，悲當云贈，此則互易之。骨當云折。心當云驚。此
亦互易之。〈恨賦〉「孤臣危涕孽子墜心。」李善注曰：「孟子
曰：孤臣孽子，其操心也危，其慮患也深。登樓賦曰：涕橫墜
而弗禁，然則心當云危。涕當云墜，江氏愛奇，故互文以見
義。」斯說得之。[84]

胡曉明則將這種修辭手法歸入互文類，又云：「這種出奇的構思，從
情理常識上令人難以理解，但從實際閱讀效果來看，卻也給人留下新
鮮的印象。[85] 而佘汝豐教授指出，《文心雕龍》所謂「宋初訛而新」，
即就「生造句」而言。如《世說新語·排調》云：「孫子荊年少時，
欲隱，語王武子當枕石漱流，誤曰枕流漱石，王曰：『流可枕，石可
漱乎？』孫曰：『所以枕流，欲洗其耳；所以漱石，欲礪其齒。』」如
「贈恨敘悲」、「心折骨驚」，正屬「枕流漱石」之類。這種文字相
錯、以訛為新的方法，在不過度影響閱讀理解的情況下，能營造出一
種新異的美感。江淹活動時間久，受到文學風尚的影響，亦屬自然。

　　所謂「烹鍊句」，亦即文字濃縮之句，也多係江淹自鑄偉詞。如
駱氏註「劍客慚恩，少年報士」云：「慚恩，愧未報人之恩。報士，
為人報仇之士。」若純就語法角度而言，所謂「慚恩」、「報士」，殆
貽不詞之譏。然江淹此處為營造緊張激越的氣氛，不惜將文字高度濃
縮，誠然特異。又如「韓國趙廁，吳宮燕市」，駱氏註曰：「八字四
事。」韓國，指聶政為韓國嚴仲子報仇，刺殺韓相俠累事。趙廁，指
豫讓入宮塗廁，欲刺殺趙襄子事。吳宮，指專諸魚腸劍刺殺吳王僚
事。燕市，指荊軻與高漸離飲於燕國街市，以圖殺秦王事。此八字所
含藏的訊息，可謂極為豐富。他如「方銜感於一劍，非買價於泉

---

84 駱鴻凱：《中國大學講義·賦選附錄》，頁6a。
85 胡曉明：《文選講讀》，頁83-84。

裡」、「金石震而色變，骨月悲而心死」，亦屬此類，茲不一一。

　　至若「句中兮字用法」，駱氏先論曰：

> 「兮」，《說文》：「語所稽也。」稽，留也。語於此少駐也。
> （通作猗。《書‧秦誓》曰：「斷斷猗。」《禮記‧大學》「猗」
> 作「兮」，《詩‧伐壇》曰：「坎坎伐壇兮，寘之河之干兮，河
> 水清且漣猗。」猗猶兮也。故漢《魯詩》殘碑猗作兮。）詩騷
> 用之，或入於句限，或出於句外，皆僅寫聲氣，充助詞之用而
> 已。此賦「兮」字用法，則似兼攝動詞、介詞、連詞諸性質者。

援《說文》以證「兮」字有稍作停頓、延長語氣之作用，且謂〈別
賦〉之「兮」字用途更為廣泛，復逐一論證之。如「況秦吳兮絕國，
復燕宋兮千里」，曰：「此用兼動詞也。動詞省略，似含於『兮』
字。」「值秋雁兮飛日，當白露兮下時」，註：「有『之』字意。」「可
班荊兮贈恨，唯樽酒兮敘悲」，註：「有『以』字意。」復總之曰：
「此用同介詞。」「攀桃李兮不忍別，送愛子兮霑羅裙」、「琴羽張兮
簫鼓陳」，皆註：「有『而』字意。」復總之曰：「此用似連詞也。」
末補論云：「至『左右兮魂動，親朋兮淚滋』及『或春苔兮始生，乍
秋風兮暫起』諸『兮』字，則係用為助詞而位於句中者，與詩騷中
『兮』字之用法固無異也。」[86] 分析甚為細緻。然而，其謂《楚辭》
中「兮」字僅寫聲氣、充助詞之用，而無〈別賦〉兼攝動詞、介詞、
連詞諸性質，則尚可商榷。

　　用字方面，駱鴻凱則主要從連詞、動詞及狀詞進行探討。連詞一
端，駱氏針對賦體的特徵，拈出「各段承接處所用之連詞」，如「至
若龍馬銀鞍，朱軒繡軸」、「乃有劍客慚恩，少年報士」、「或乃邊郡未

---

86 駱鴻凱：《中國大學講義‧賦選附錄》，頁5b-6a。

和，負羽從軍」、「至如一去絕國，詎相見期」、「又若君居淄右，妾家
河陽」等。動詞及狀詞一端，則先點出：「六朝之文，工於練字，
江、鮑兩家，尤推傑出。」[87] 再分別從動詞類及狀詞類舉出〈別賦〉
練字之佳者，茲表列如下：

表二：〈別賦〉動詞與狀詞練字之佳者

動詞	銷魂、腸斷、掩金觴、誰御、橫玉柱、霑軾、沉彩、飛光、艷暮秋、嬌上春、驚駟馬、聳淵魚、造分手、割慈、忍愛、買價、金石震、骨肉悲、色變、心死、鏡朱塵、襲青氣、魄動、淚滋、慚幽閨、晦高臺、閟此青苔色、含此明月光、意奪、神駭、心折、骨驚
狀詞	或春苔兮始生、乍秋風兮暫起、蕭蕭、漫漫寒夜鳴、黯然、依然、暫遊、少別

　　至若〈月賦〉之造句，駱鴻凱分為省字句、脫化句、生動句三
類。省字句方面，如「日以陽德，月以陰靈」句，駱氏云：「并省
『為』字。」「雁流哀于江瀨」，駱氏云：「哀下省『音』字。」脫化
句方面，舉「洞庭始波，木葉微脫」二句，論曰：

　　吳氏《林下偶談》云：「文字有江湖之思，起於《楚辭》。『嫋
　　嫋兮秋風，洞庭波兮木葉下。』模想無窮之趣，如在目前，後
　　人多傚之者。」按二語狀寫景物，如在目前，天然佳句，終古
　　見寶。此賦化用之，既為全篇增色，後庾信〈哀江南賦〉曰：
　　「辭洞庭兮落木。」王勃〈七夕賦〉曰：「洞庭波兮秋水
　　急。」許渾〈送韋明府南遊詩〉曰：「木葉洞庭波。」蓋又踵

---

87 駱鴻凱：《中國大學講義・賦選附錄》，頁7b。

　　希逸而脫化《楚辭》者也。[88]

引宋人吳子良《林下偶談》之說，點出謝莊此二句如何自《楚辭·九歌·湘夫人》脫化，而後世庾信、王勃、許渾諸人又如何繼踵謝莊。此外，駱氏生動句仍引「白露曖空，素月流天」二語，凝重句則引「柔祇雪凝，圓靈水淨，連觀霜縞，周除冰淨」四語。所謂生動句及凝重句，當是對舉。蓋白露設想新奇，「曖空」、「流天」則輕盈翩躚，故云生動。而「柔祇」、「圓靈」作為月之代語，風格典雅，而「雪凝」、「水淨」、「霜縞」、「冰淨」四語皆主謂結構，語感端重，故駱氏目為凝重句也。

　　對於〈月賦〉之鍊字，駱氏論曰：

　　　狀寫景物之文，練〔鍊〕字最要。而練〔鍊〕字又以動詞與形容詞為要。物之動作百端，能以最確切之詞敘述之，物之形狀各殊，能運用相當之形容詞以形容之，刻畫物情，自可盡態極妍矣。[89]

復舉動詞為例，如「凝榭、曖空、流天、增華、揚采、委照、淪精、氣霽、雲斂、始波、微脫、散芳、流哀、掩縟、韜映、虛籟、滅波」等，以其皆新異而工穩。再如「既義」、「既經」、「澤風」，指出其皆借名詞為動詞，別出心裁。此外用韻方面，駱鴻凱僅將全賦韻腳依次歸納為禡、阮、先、元、青、東、曷泰、敬、霰、問軫、歌、月、質、微、陌諸韻部，並無進一步分析，茲亦不贅。

88　駱鴻凱：《中國大學講義·賦選附錄》，頁12a。
89　駱鴻凱：《中國大學講義·賦選附錄》，頁11b。

二　避免「代語」濫用

　　以〈月賦〉之代語為例，駱鴻凱點出「沈潛」、「高明」、「柔祇」、「圓靈」四語皆代月之詞。且如前節所論，他認為「柔祇」、「圓靈」之代語，風格典雅，且目之為「凝重」。然而，對於代語之運用，駱氏仍以為應當適可而止，其論云：

> 文章之用代語由來已舊，魏晉六朝人能類引申之，而斯風彌廣。揆厥其故，太氏〔大抵〕因厭黷舊語，欲避陳而趨新，故課虛以成實。抑或嫌文辭之坦率，故用替代之詞，以期化直為曲，易徑成迂。此雖非文章之常軌，然亦修辭之妙訣也。惟用之既久，訛體隨興，至乃割裂陳句，為之有似歇後。斯則文辭之流弊未可傚效者也。[90]

復舉〈月賦〉以外之例云：

> 指孔子為尼山，字老珥為苦賴，此以地域代人。
> 稱竹馬為篠驂，名龍門為蚪戶，此以訓詁代本字。
> 號匈奴以熏鬻，斥中國為神州，此假故名代今名。
> 稱人之孝曰曾閔，稱人之勇曰賁育，稱人之富曰陶猗，稱人之辨曰蘇張，此以古方今。
> 以頒白（孟子）二毛（左傳）稱年老者，以粲者（詩・唐風）絕色稱美人，此以狀貌代人。
> 稱善為文者曰大手筆，稱善於其事者曰老斲輪，此以事物代人。

---

90 駱鴻凱：《中國大學講義・賦選附錄》，頁12a-b。

又舉割裂陳句之例云：

> 以孔懷或友于為兄弟。（陶淵明詩「再喜見友于」）
> 以則哲為知人。（任彥昇〈為范尚書讓吏部封侯第一表〉云「遠惟則哲，在帝猶難」）
> 以貽厥作孫稱。（《南史》劉蓋從武帝登樓賦詩，受詔輒成，帝謂其祖溉曰：「蓋實才子，卻恐卿文章得無假手於貽厥乎？」）
> 以曾是作在位。（陸士衡文）
> 他如以居諸為日月，以倚伏代禍福，稱師曰在三之義，稱子曰則百之祥，皆是類也。[91]

以上諸代語，確須熟讀典籍者方解其義，否則一如啞謎，不知所云。故駱鴻凱譏其為「割裂陳句，為之有似歇後」的文辭流弊。

第六節　綜論

《中國大學講義》編印於1930年代初，乃駱氏辭賦課程講義，版式與武大版《文選學講義》相似。這份講義既含前人之作，亦有駱鴻凱自著。其以江淹〈別賦〉、謝莊〈月賦〉為選材，條分縷析，論述得宜，對入門者頗有引領之功。該講義既以辭賦為主題，於賦體特徵亦有宏觀之歸納：

> 體物之作，隨世變遷。自其命意之言，則由渾以趨析；自其綴辭之言，則由簡以之繁。二者蓋有相因之勢焉。觀夫《詩經》

---

91 駱鴻凱：《中國大學講義‧賦選附錄》，頁12b-13a。

之文，一言窮理，兩字盡態。《楚辭》既作，聲貌始廣。逮漢代辭賦興，詭勢瑰聲，模山範水，千彙萬狀，窮極雕鏤，而篇章之郭廓恢宏極矣。魏晉以還，斯體之作漸歸清雋，不事苦鏤而物貌無遺，不假鋪張而形容盡致，沖淡之趣味彌永，若謝莊此賦，蓋絕佳之代表也。唐宋以後，屬文之士，形月露而狀風雲，詠山水而寫花木，雕繪之工愈趨愈巧，回視六代，又有渾融與刻畫之別矣。[92]

如前文所論，該講義所錄王芑孫《讀賦卮言》、劉熙載〈賦槩〉及陳繹曾〈楚賦譜〉，固可視為賦體之總論，而駱鴻凱本人則推崇兼具抒情、說理、體物、言事特色之楚賦體，講義獨選〈別賦〉與〈月賦〉，而不及其他作品，一方面建基於三家成說而折衷己意，吾人亦可由是窺知其課導諸生辭賦學之次第緩急。而此處更進一步觀照賦體從先秦發展至兩漢，在命意由渾以趨析，在綴辭上由簡以之繁，但駱氏卻並不將「千彙萬狀，窮極雕鏤」的漢代大賦奉為賦體之典範，而是推崇魏晉以降清雋沖淡、「不事苦鏤而物貌無遺，不假鋪張而形容盡致」的作品。蓋詩、賦兩體發展之六朝，緣情、體物之特徵相互影響滲透。駱氏推謝莊〈月賦〉為賦體中絕佳之代表，正因其篇幅較短而不事鋪張揚厲、情懷紆軫含蓄而非表露無遺之故。故在駱鴻凱看來，兩漢之郭廓恢宏、唐宋之雕繪精巧，皆難脫刻畫之痕跡，唯有以〈月賦〉為代表之六朝諸賦，緣情體物兩不相礙、情理並融，故能首屈一指。至於江淹，駱氏論云：

> 文通歷仕三朝，入梁始卒，以晚節才思減退，故不與於永明聲

---

92 駱鴻凱：《中國大學講義・賦選附錄》，頁13b。

氣之中。然其文雕藻絕豔，傾炫心魂，在齊梁時獨成一派，同
時輩流惟鮑照文體與之相近。故世稱江鮑，惟鮑質實而江疏
逸，此其稍異耳。[93]

評價雖不如謝莊，然其〈別賦〉仍因「詩騷之意居多」，又創駢賦之
格調，故收錄於講義而析論之。進而言之，駱氏斟酌王芑孫對歷代賦
作風格之掌握，而有所抑揚而非一視同仁；承襲陳繹曾楚賦、漢賦之
分類，而以楚賦之抒情為漢賦所無。肯定劉熙載對《楚辭》之崇高評
價，而討論賦體時卻尚六朝而非先秦。由此可見，縱然駱氏講義之自
撰文字篇幅不廣，且主要著眼於〈月賦〉、〈別賦〉，然其就此二篇之
評論，實可視為對賦體之通論。

　　駱鴻凱云：「六朝論文，最嚴文筆之辨。」[94]今人楊賽將南朝文
章家對文筆的區分方法歸結為目錄、音韻和情感三方面，又指出各種
文體遠近關係不一，相互影響，發展極不平衡，這些情況無法在文與
筆二級目錄中得到體現。[95]然如蕭繹《金樓子》云：「筆退則非謂成
篇，進則不云取義，神其巧惠，筆端而已。至如文者，惟須綺縠紛
披，宮徵靡曼，唇吻遒會，情靈搖蕩。而古之文筆，今之文筆，其源
又異。」[96]駱鴻凱謂「綺縠紛披」即蕭統所謂義歸翰藻，「情靈搖
蕩」即蕭統所謂事出沉思，「宮徵靡曼，唇吻遒會」言有韻，繼而點
出：「古之文筆以體裁分，今之文筆以聲律分。」[97]又云：「若夫文章
之初，實先韻語；傳行久遠，實貴偶詞；修飾潤色，實為文事；敷文

93　駱鴻凱：《中國大學講義・賦選附錄》，頁2a。
94　駱鴻凱：《文選學》，頁19。
95　楊賽：〈南朝文筆之辨〉，《浙江師範大學學報（社會科學版）》2011年第4期，頁78。
96　〔南朝梁〕蕭繹撰、許逸民校箋：《金樓子校箋》（北京：中華書局，2011年1月），
　　頁966。
97　駱鴻凱：《文選學》，頁19。

摛藻，實異質言。」[98] 如就《文選》所收篇章而言，於體裁、聲律上皆能符合文筆之辨者，自然以賦、詩、騷三體為主。故《文選》雖未明確點出文筆之辨，但將此三體置為前三卷，其餘三十餘體縱大抵亦是「沉思翰藻、錯比文華」的集部作品，卻殿於後，也有細分文筆之意。故此，《文選學・附編一》所錄作品有論、書牋、史論、對問──設論數種，要皆屬於實用性相對較強的「筆」類，而〈別賦〉、〈月賦〉則屬於純文學性較強的「文」類。

對於「文」、「筆」兩類之析論，駱鴻凱固有異同之處。《文選學・附編一》其分析王褒〈四子講德論〉，亦分別從布局（問答體、賓主法）、遣辭（排偶體、連珠體）、作法（比喻、事類）諸方面入手；分析劉孝標〈廣絕交論〉，於分段歸納段旨後，又從問答體、賓主法、分類敘述法、刻畫形容法、取喻法，本質語變易法幾方面探討該篇作法，這與其對〈別賦〉、〈月賦〉之分析頗有類似之處。然如分析李康〈運命論〉，除以類似評點之方式，引用黃侃之語揭示章句之旨外，又大篇幅徵引儒經、諸子、王充等之說而平議之，論述運命之涵義。此外又如分析曹丕《典論・論文》、陸機〈五等諸侯論〉，更就篇中若干文句加以訓釋、勘校。此固因各篇之內容性質、寫作動機、作者背景有所不同，不可以一例而相量。然駱氏認為「文」類尚虛構（沉思翰藻）、以「情靈搖蕩」為依歸，故在論析〈別賦〉時較注重其設想，又以「綺縠紛披」為方法，故較關注二篇寫景之梗概。尤其是設想一端，如前文所論，指作品所流露同情同理之心、移情作用以及對時間流逝的感知，可謂意境建構。即如析論〈月賦〉時並未拈出設想一端，然其論布局設計，亦可見設想之妙。如其云陳王「中夜不怡，忽思及遊，因而登山玩月」，即以此推彼；「若乃涼夜自淒」至

---

98 駱鴻凱：《文選學》。

「愬皓月而長歌」敘玩月興感,即以物擬人;以「情紓軫其何託」二語領起二歌,而歌中有「月既沒兮露欲晞,歲方晏兮無與歸」之語,即以人之憂戚而感晝夜之長等三點。然因〈月賦〉整體命意布局與〈別賦〉不同,故於論布局時合觀之,不另列條目。反觀《文選學‧附編一》雖有虛構性較強之對問──設論一體,然作品仍以說理為宗,不以抒情為主,故駱氏於此體亦不就論其設想矣。至於「筆」類,既以言事、說理為主,故駱鴻凱更強調其寫作之背景、理念之內涵。如曹植〈與吳質書〉、劉孝標〈廣絕交論〉皆考據其本事,李康〈運命論〉、嵇康〈養生論〉皆探析運命、養生之內涵即是。若其因〈月賦〉而論及王粲生平,無非證明此賦所記之事出於虛構,用意已有所不同。

美中不足的是,〈別賦〉、〈月賦〉之探討文字雖或成於同時,然架構猶有不一致處。如〈別賦〉之討論分為命意、造句及用字三方面,而命意又包括狀物、寫景、設想之妙三點。〈月賦〉之討論則分為命意、布局、寫景、鍊字、造句、代語、用韻七方面。如前節所言,〈月賦〉雖未單獨論及設想,然已於布局中合觀之,此係因其整體命意布局與〈別賦〉不同之故。且如《文選學‧附編一》所錄諸篇,析論方式亦各有不同,此固受各篇內容性質、寫作動機、作者背景之制約。且觀寫景,於〈別賦〉僅為命意之一端,至〈月賦〉卻與命意並列,此雖可解釋為兩篇之主題不同,以致寫景至〈月賦〉出附庸而為大國,但從文學批評的角度而言,命意與寫景究竟為對等抑或主從之關係,則未必明顯矣。如前節所論,二賦雖抒情性皆強,然〈別賦〉扣人事而〈月賦〉狀物色,故前者之景皆因情而生,後者尚有獨立寫景之篇幅,故論析架構有所不同。

再如〈月賦〉之布局,如何由月典月景導入人事人情,駱鴻凱論之甚詳。而〈別賦〉之諸種別離之間,是否有邏輯推演之關聯,其間

如何起承轉合，卻不見論析。又如〈月賦〉之韻腳，駱氏皆一一列出，而〈別賦〉亦韻文，卻未有歸納。復次，如論〈別賦〉之疏失，駱鴻凱從命意與隸事兩方面分別拈出。而〈月賦〉卻無「論本篇疏失」部分。然如「委照而吳業昌」一語，李善註引《吳錄》謂孫策「母吳氏有身，夢月入懷」。[99]何焯即指出：「既假託於仲宣，不應用吳事。亦失於點勘也。」[100] 蓋吳魏敵國，此賦假託曹植、王粲，則不宜用此典也。

　　《中國大學講義》與《文選學‧附編一》皆係駱鴻凱生前未有作最後修訂之講義著作，兩種講義對《文選》作品之探討、解讀雖頗具篇幅，體例卻頗不相同。換言之，駱氏對單一作品之論析雖較細緻，但整體觀之，卻並未建構、歸結出一套相對劃一的論析方法。回觀《文選學》正編也是由授課講義屢次修訂而成，卻更偏向於宏觀論述，對於作品之探討、解讀較少涉及，此蓋其當時仍有待於來年之故。無論如何，《中國大學講義》長年以來不為世人所知，乃至馬積高編纂《文選學》附編，納入駱氏選篇分析若干，亦未及此書。由此可見，此書對於進一步研究駱鴻凱之文體論、辭賦論乃至整體文學思想，都有不可低估的價值。

99　〔梁〕蕭統編、〔唐〕李善註、〔明〕孫鑛評點：《昭明文選》，頁69。
100　〔清〕何焯：《義門讀書記》（北京：中華書局，1987年6月），頁875。

第六章
結論

第一節　研究成果之回顧

綜合本書研究主題的探討，可突顯駱鴻凱《文選學》一書的內容要旨及特點，將主要研究成果歸結如下三項：

一　駱鴻凱之學術淵源與《文選學》之成書

傳統「選學」研究範圍不出注釋、辭章、評論三方面，而駱鴻凱在此基礎上，進一步對《文選》深入研究，除了將《文選》疏漏之處進行校正，更指出了研習《文選》的門徑。

駱鴻凱為近代《文選》學、《楚辭》學、經史小學大家，著有《文選學》、《楚辭通論》、《聲韻學》、《文始箋》、《爾雅論略》及相關論文多篇。駱氏在北大求學期間，成為黃侃的門生，亦曾向章太炎與劉師培問學。從《黃侃日記》的記載可以看到，駱氏和黃侃師生情誼深厚，在學術思想、治學方法上深受黃侃的影響，以《選》學主張來說，繼承關係最顯著的部分，就是《金樓子》與《文心雕龍》皆為《文選》翼衛的說法，駱氏承繼師說，將《文心雕龍》論文之語與《文選》篇章相互參照，並加以評述。《文選》與《文心雕龍》相互影響研究的說法，使後世研究者皆在駱鴻凱的說法上踵事增華。駱氏身為章黃學派的後人，在治學門徑上，文字研究奉行許慎《說文解

字》；聲韻研究奉本師黃侃之說為圭臬；訓詁研究遵循《爾雅》等字
書為主；《楚辭》研究推崇王逸的《楚辭章句》；《文選》研究尊李善
注，並發明昭明「沉思翰藻」之說。駱氏著作部分因戰亂而散失，部
分則僅在個別授課學校通行，《文選學》一書在出版前，駱氏先後在
武漢大學、北平師範大學與湖南大學等處講授《文選》，為了《文
選》課程所製的講義，應是《文選學》一書的前身，此書經過十年的
寫作與修訂，在修訂的過程至少產生六種版本，即油印本、武大本、
中國大學本、北師大本、湘大本、上海本。駱氏前往武漢大學任教
前，曾在南京史語所油印《文選學》，文字與今本頗有差異，此後未
久駱氏將油印本進行修改，交由武大排印。王慶元先生根據武漢大學
現存周貞亮的開課表，云：「駱氏執教武漢大學的時間早於周貞亮，
駱氏離開武大，周貞亮才接手《文選》課程。」[1]故筆者認為周氏所
編的《文選學講義》應是參考了駱氏《文選學》的編纂體例。王立群
曾將湘大本與已出版的《文選學》進行比對，內容並無太大出入；而
經王慶元初步比對，推斷武大本應早於湘大本；筆者比對武大本與出
版之書，內容刪改的痕跡相當明顯，雖然此書並無出版字樣，但根據
駱氏任教的時序推斷，武大本應是駱氏在自敘中所言的《文選講
疏》。民國二十六年（1937）駱氏將全書定稿後交由上海中華書局正
式出版，此後兩岸翻印本大抵以上海本為底本。駱氏逝世後，門人馬
積高增補駱氏《文選學》內容，交由北京中華書局再版。

二　文學體裁論研究方面

　　駱鴻凱認為〈文選序〉是研究《文選》的重要基石，並認為〈文

1　按：此乃根據王先生於2014年鄭州《文選》學會議上對筆者所言。

選序〉所言的文章去取標準，後世在「文」的解釋上沒有問題，而是在「筆」的解釋上出現了歧異，「有韻之文」、「無韻之筆」的界定固然有其必要性，但不能忽略《文選》編纂的本意。駱鴻凱《文選》分體看法有三，一為「分體沿革」，先是認為應分為三十九體，而後又認為是三十八體，先後差別在「難」體上；二為「騷賦離合」，駱氏認為《楚辭》為辭賦之祖，而《文選》卻將「騷」體放置於「賦」後，似乎有「矮化」「騷」體之嫌，故批評昭明編次「失當」；三為「書檄異同」，《文選》的分體，有些異同之處，一類文體面貌，可能兼及其他體類特色。〈文選序〉中，雖已言明不收經史子，但仍讓後世研究者質疑昭明選文的標準。駱氏則進而揭舉《文選》編纂有五項缺失：一為增刪古人之文，二為割裂古人之文代造題目，三為誤析賦首或摘史辭為序，四為標題之誤，五為敘次之失。在分體作法指導上，駱氏在《文選學》正編中，以〈詩〉、〈賦〉兩類為主要示例核心。本章的文學體裁研究是以駱鴻凱《文選學》再版〈附編〉補充之史論體、對問體、設論體作為示例，從〈附編〉中所選擇的體類，可以觀察到兩方面：一、被放在〈附編〉之中的文體比正編之中的文體實用性強。二、〈附編〉中文體的文學性，比起正編中的〈詩〉、〈賦〉，描述手法變化更加多元。駱氏根據學習者的程度，挑選適合的教材，選錄了具有教學價值與摹擬價值的文章，用以講解文章謀篇布局之法，提供學習者可摹擬的範本，教導創作。每種文體皆需要遵守寫作規範，在仿作時，多看好的範文，學習作者的謀篇造句，一旦領悟寫作要領，就能加以應用。

三　作家論研究方面

　　時代風氣與政治環境會影響作家的思想。曹魏時，社會動盪，儒

家思想衰落及隱逸思想的流行，進而促使文學脫離經學的附庸，「建安文學」開始重視個人情懷的書寫。曹氏父子三人與七子為「建安文學」代表人物，他如繁欽、禰衡、楊修等人也多以文名，活躍年代涵蓋了建安年間與曹魏前期。進而言之，「建安文學」及「建安體」的命名，不單為斷代之用，也非僅作文體之辨，更標誌著一種獨特的時代風格。建安時期的作家，處於戰亂的年代，文章所流露的思想、感情，時有慷慨激昂之氣。七子大率經歷漢末離亂，心聲形之於詩文，乃有慷慨之氣，曹丕、曹植兄弟，並無曹操及七子之經歷，因此曹丕詩風不同於乃父以及七子，不難想見。金人元好問曾將曹植與七子之一的劉楨並稱，許其坐嘯生風，足見曹植的風格仍與七子一以貫之。而曹丕之魏響，則以清麗而婉約之新變為主，下開正始、太康之音。文章體類眾多，作家的生命、經歷有限，難以精通每一種文體。作品之字詞、文勢、聲韻，與作家的才性、生活、思想，血脈相通，故作家各有所長。駱鴻凱認為學習寫文章的人，首先要找到適合自己「情性」的文體，才能發揮最大的優勢，因此提供學習者歷代作家的優點與長處，使學習文體可達事半功倍之效。作家的風格養成，受到先天才氣與後天學習的影響。作者的文章特長，先天上受到天才學力的影響，後天根據其情性發展所擅長的文體，先天因素無法預測，而後天因素可以努力。歷來評論者多以曹植作品在曹丕之上，而駱氏繼王夫之之後揚丕抑植，認為曹丕不如曹植，但在文學創作上，嘗試的文體類型明顯多於曹植。以詩歌而言，四、五、六、七、雜言諸體皆有嘗試，曹植喜愛創作詩賦，發於天性，寫詩以五言居多，辭采精美，多有巧思。可見駱鴻凱對於作家評價並不囿於成見，而是以才力學識及創作實績務實看待。

　　駱氏認為「書牘之文」是判斷作家文章風格的重要指標，由於「書體文」具備一定程度的私密性，書信往往能表現作者的真實性

情。應璩書信的優點有三項，一為性情純正，二為典故用得恰當、不空泛，能夠切中要點，三為用典雖多，風格清麗，而不沉滯，這正是鍾嶸所言「雅意深篤」、「華靡可諷味」即張溥所謂「秀絕時表」。駱氏認為應璩書信之作，形式工整而辭采華美，內容用典好徵故實，雖然文章流於拘束，但應璩的書信流傳於後世是最多的，表示應璩之書信在當時，已經具備一定的地位。

　　駢文是特有的文體，流行於六朝，其強調形式特徵，往往遭人詬病。駱鴻凱推任昉為駢文大家，以為表、奏、書、啟等文體皆其所擅長，頗為值得後學參考觀摩，故採用任昉之作，傳授駢文之法。如〈為褚諮議蓁讓代兄襲封表〉一文，駱氏便稱其沒有浮詞之弊，是一篇良好的駢文範本。文章的謀篇之法是骨幹，最重要的是作家神思的展現，這才是作品的靈魂。任昉隸事雖豐，非僅不率爾堆砌，更以精切為歸，剪裁有如己出，故猶有魏晉文章蕭散疏朗之致，這正是駱鴻凱對任昉駢文的閱讀體會。

　　駱氏認為作家的精神情調接近或是作家本身經歷相似，皆可能出現作家齊名的現象。如三曹、二應因血緣而齊名，風格異同不一；七子以時代及交遊齊名，皆有慷慨之風，而仔細比較又各有特色；又如任昉、沈約名列竟陵八友，然經歷、個性、所擅文體皆不相同，時人卻有「沈詩任筆」之稱，蓋兩人當時分別在詩歌、駢文方面的寫作，各居巔峰。詩歌、駢文體類不同，難以比較，卻又相互影響，如詩歌之用典方法當受駢文影響，駢文之聲律蓋為詩歌餘波，故沈、任二人之齊名，又非完全不可比擬。此外，潘岳、陸機（潘陸）並稱太康之英，顏延之、謝靈運（顏謝）皆為元嘉之雄，並世齊名之餘，風格相通，頗有可比較處。陸機之作，意既明察，然有繁蕪之失，可見陸、顏風格之相承，要在「明密」二字。陸、顏之世，聲律論固未興起，然二人對用典、詞藻、句式，無不措意矣，辭章之密，雖有雕琢之

美，然作者性情容易遭到掩蓋。齊名之現象，可見作家間之共相與別相，與其風格形成之過程關係至大。

駱鴻凱對作家與作品的選擇，可從〈讀選導言〉觀其選錄標準：在〈導言十四〉中提到作家齊名的問題，如阮籍與嵇康、潘岳與陸機、謝靈運與顏延之、任昉與沈約。齊名的作家只要提及一人，就可以充分展現二人的特色，故陸機、顏延之、任昉得以中選。〈導言十五〉中提到作家的資質問題，作家是否了解自身書寫強項，並妥善發揮。駱鴻凱選了陸機〈演連珠五十首〉、〈豪士賦序〉、〈謝平原內史表〉、〈弔魏武帝文〉、〈文賦〉等不同文類來進行作品分析，一方面使學生得以了解不同種類之佳作，另一方面則是認為這五種文體是陸機的代表作，從五種文類的順序亦可看出駱鴻凱的喜好。〈導言十六〉談論文體的因與變，駱鴻凱認為摹擬前人之作，必須加入作者自身的創新元素，才能使文章的神韻充分展現。以陸機的〈演連珠五十首〉為例，〈連珠〉此文體興起於東漢，陸機稱此篇為〈演連珠〉，就是擴大原本連珠體篇幅之意。舊的文體加上作者的巧思，創造新穎的效果，〈演連珠〉便是此例作品的模範之作。

四　作家論與文體論結合研究方面

上海圖書館所藏發現駱鴻凱《中國大學講義》，為駱氏賦選課之講義。「賦選附錄」部分選取江淹〈別賦〉及謝莊〈月賦〉，且皆綴有駱氏之論析文字，與馬積高所補之湖南大學講義類近，為他書所未見。

作家論方面，駱氏對於江淹、謝莊之生平，除臚列前人資料外，亦時有補充。兩人的個性亦會點出，以資讀者參考。此外又對作者之著述進行考察，以利知人論世。駱氏選取此二作，從其於收錄陳繹曾、王芑孫、劉熙載諸人之說可以尋繹原因。此實因駱氏亦推崇楚賦

體，且認為其抒情特徵為漢賦體所無，若能掌握楚賦體，則漢賦體亦不在話下。故對於入門者而言，〈別賦〉、〈月賦〉乃研習之最佳範本。

駱鴻凱以江淹〈別賦〉、謝莊〈月賦〉為選材，條分縷析，論述得宜，對入門者頗有引領之功。該講義既以辭賦為主題，於賦體特徵亦有宏觀之歸納。其觀照賦體從先秦發展至兩漢，在命意由渾以趨析，在綴辭上由簡以之繁，但駱氏卻並不將「千彙萬狀，窮極雕鏤」的漢代大賦奉為賦體之典範，而是推崇魏晉以降清雋沖淡、「不事苦鏤而物貌無遺，不假鋪張而形容盡致」的作品。以〈月賦〉為代表之六朝諸賦，緣情體物兩不相礙、情理並融，故能首屈一指。至於江淹，駱氏評價雖不如謝莊，然其〈別賦〉仍因「詩騷之意居多」，又創駢賦之格調，故收錄於講義而析論之。縱然駱氏講義之自撰文字篇幅不廣，且主要著眼於〈月賦〉、〈別賦〉，然其就此二篇之評論，實可視為對賦體之通論。

第二節　未來研究之展望

本書主要從駱鴻凱生平及學術、文學體裁論及作家論等方面進行《文選學》中「讀選導言」的初步研究，唯駱氏治學博通，全書奧義頗多，筆者學識能力均有未逮，掘發深度有限，疏漏也仍難避免。

關於駱氏生平與交遊的考察方面，筆者受限於時間、能力、圖書資源等條件，只能將陳垣、楊樹達、劉善澤、黎錦熙、張舜徽、郭晉稀、倉石五四郎等人與駱氏的交遊進行初步的梳理，仍有多數學者的回憶錄與書信尚未考察，目前僅將可信的人物關係列表進行保存，若有機會可以訪談駱氏的後人，應可使駱氏生平研究更為完整。其次，駱氏大部分的著作，已在本書進行述要分析。而《文選學》油印本、《語原》、《聲韻學》等書筆者尚未得見或詳閱，無法進一步展開討

論。另外，駱氏新舊版本《文選學》的細部比對亦是相當值得開展論述的議題。

本書涉及《文選學》的部分，尚可以進一步深化研究的有：文體的研究、作家的研究、選家的研究。文體與作家研究，筆者受限篇幅，皆舉例論述之：文體的研究尚未深入探研，如論體、書牋體研究；作家的研究僅提了曹丕、應璩、任昉、「潘陸」、「顏謝」，其他尚有賈誼、孔融、繁欽、嵇康、阮籍等人可以進行研究。駱氏梳理了歷代《選》家研究，並加以評論，是相當珍貴的治《選》材料，若能展開研究，可使《文選》學史更加清晰。

本書涉及《文選》篇目，如《楚辭》、《漢書》等書，其相關外延研究有：《楚辭》學研究、注本研究。《文選》收錄了《楚辭》的「騷」體文，可以說《楚辭》是《文選》的一部分。《文選》為分體總集，《楚辭》作為文體的一種與分體總集的組成部分，所以觀照駱氏《楚辭》學也是相當重要的課題，如此才能構成駱氏《文選》學的整體。駱氏之《楚辭》學，在研究方法上，遵循王逸《楚辭章句》，對《楚辭》的注解、語法、句法、評論皆有新見，筆者在本書僅將已蒐羅到的《楚辭》論著進行初步評析，囿於篇幅與寫作方向，難以進一步展開討論，駱氏的《楚辭》學成就並不亞於《文選》學，是可以進一步探研的研究方向。在注本研究方面，駱鴻凱雖尊李善注，但對李善注的內容並不是全盤接受，曾多次在《文選學》一書中指出李善注謬誤之處；而駱氏亦曾指出《漢書》顏師古注的用字與斷句之繆，筆者認為《漢書》所錄之《文選》篇目，可將顏師古注與李善注進行比觀，除了可發現篇目異文，二注的意見應能對《文選》篇目作者進行更深入的了解，而駱氏對李善注與顏師古注的意見，是相當珍貴的研究心得。

駱氏認為評騭之語宜取當代之言，故《文選》一書應與《文心雕

龍》、《詩品》及當代史書合觀，《文選》與《文心雕龍》相互關係之
說，雖非駱氏首創，而是承繼黃侃之說，並加以發明，對後世《文
選》研究，開拓新的方向。《文選》之學並不囿於注釋、辭章、考
據，如何培養讀《選》的能力，進行文學的研究，是駱氏相當關注的
議題。駱氏《文選學》一書，注重《選》學源流，對《文選》學史研
究，提供後學者研究的門徑；駱氏對《文選》的編次、選錄篇目、分
體等議題提出看法，在《文選》研究上，駱氏應是首位將歷代《文
選》學進行系統性歸納的研究者，雖然研究的範疇在今日看來，已顯
得陳舊，但筆者認為在《文選》學史上，駱氏是新舊《選》學發展和
演變歷程的一個中繼者，具有承上啟下的重要貢獻，其《文選學》一
書開展出不少可能的研究面向，仍然值得重視。

附錄：駱鴻凱年譜簡編[1]

一八九二年（光緒十八年壬辰）未逾歲。

　　是年陽曆九月八日（陰曆十月二十八日）生於湖南省長沙市望城縣新康鄉沱市村。有云生於沱市「駱天信」商行中。

一八九三年（光緒十九年癸巳）年一歲。

　　居湖南。

一八九四年（光緒二十年甲午）年二歲。

　　清廷戰敗於日本，史稱「甲午戰爭」。

　　居湖南。

一八九五年（光緒二十一年乙未）年三歲。

　　清廷戰敗於日本，簽訂「馬關條約」。

　　居湖南。

一八九六年（光緒二十二年丙申）年四歲。

　　居湖南。

一八九七年（光緒二十三年丁酉）年五歲。

　　居湖南。

1　筆者依從馬積高〈駱鴻凱先生傳略〉中的年齡算法，撰成駱氏年譜資料簡編。

一八九八年（光緒二十四年戊戌）年六歲。

　　德宗與康有為、梁啟超實施「百日維新」。

　　居湖南。

一八九九年（光緒二十五年己亥）年七歲。

　　居湖南。

一九〇〇年（光緒二十六年庚子）年八歲。

　　庚子事變，八國聯軍攻占北京。

　　居湖南。

一九〇一年（光緒二十七年辛丑）年九歲。

　　清廷簽訂「辛丑合約」。

　　居湖南。

一九〇二年（光緒二十八年壬寅）年十歲。

　　清廷頒布壬寅學制。

　　約於此年前後入讀長沙明倫中學。

一九〇三年（光緒二十九年癸卯）年十一歲。

　　居湖南。

一九〇四年（光緒三十年甲辰）年十二歲。

　　居湖南。

一九〇五年（光緒三十一年乙巳）年十三歲。

　　八月初四　清廷下詔廢科舉。

　　居湖南。

一九〇六年（光緒三十二年丙午）年十四歲。

　　清政府立憲改革。

　　居湖南。

一九〇七年（光緒三十三年丁未）年十五歲。

　　居湖南。

一九〇八年（光緒三十四年戊申）年十六歲。

　　居湖南。

一九〇九年（宣統元年己酉）年十七歲。

　　居湖南。

一九一〇年（宣統二年庚戌）年十八歲。

　　居湖南。

一九一一年（宣統三年辛亥）年十九歲。

　　八月十九日　武昌革命軍起義成功。

　　十月　民國湖南新政府（中華民國）成立。

　　十一月十三日　中華民國成立，宣布廢止舊年號，紀元定為「中
　　華民國」。

　　（以下開始使用中華民國國曆紀元）

　　居湖南。

一九一二年（民國元年壬子）年二十歲。

　　中華民國政府頒布壬子新學制。

　　居湖南。

一九一三年（民國二年癸丑）年二十一歲。

　　居湖南。

一九一四年（民國三年甲寅）年二十二歲。

　　第一次世界大戰爆發。（1914-1918）

　　是年考入北京高等師範學校英語部肄業。

一九一五年（民國四年乙卯）年二十三歲。

　　是年轉入北京大學文科中國文學門，師從黃侃。改名鴻凱。[2]

一九一六年（民國五年丙辰）年二十四歲。

　　居北京。

一九一七年（民國六年丁巳）年二十五歲。

　　五月十三日　　張勳擁戴溥儀復辟，重新稱帝，復用宣統年號，是

　　　　　　　　　為「宣統九年」。（國曆7月1日）

　　《黃侃日記》記載：

　　五月二十日　　紹賓書來。[3]

　　五月廿三日　　予以駱、陸二生事囑累之，並託買四部叢刊單

　　　　　　　　　行十四經。[4]

2　湖南師範大學檔案館藏駱鴻凱檔案。

3　黃侃著，黃延祖重輯：《黃侃日記》（北京：中華書局，2007年7月），頁290。

4　黃侃著，黃延祖重輯：《黃侃日記》，頁293。

七月廿八日　又得見若燮書、離明書、金梁書、紹賓書。[5]
八月十一日　與駱鴻凱片。[6]

一九一八年（民國七年戊午）年二十六歲。

是年駱鴻凱畢業於北京大學，旋返鄉。

十月　黃侃作詩一首贈與駱鴻凱，詩名為〈送紹賓〉：

洞庭秋波日夜起，有客京華憶鄉里。
臨行要我贈以言，攜來一幅宣城紙。
世事悠悠哪可論？姑溯與子論交始。
講堂肄業三十人，我於眾中識吾子。
狀貌溫溫兼肅肅，望表已可知其裡。
時論漸欲燒詩書，吾心何敢輕丘耳。
嗟餘專固守前說，抱殘守缺聊自喜。
寧敢抗顏為子師，特因一飯較年齒。
猶勞奇字問揚雄，草玄作賦皆倦矣！
田巴高拱避魯連，此口一杜無開理。
惟應攜酒弔荊高，且以歌聲動燕市。
橫術廣廣初無人，貴賤是非焉足紀？
折楊皇華方得職，莫問引商與流徵。
九流百家皆掃卻，誰能區區枕經史。
上庠三歲如一瞥，使換頭銜稱學士。
訝君磊落出儕輩，宛如白璧映泥滓。
逐俗隨聲病未能，道在何傷不吾以。

5　黃侃著，黃延祖重輯：《黃侃日記》，頁348。
6　黃侃著，黃延祖重輯：《黃侃日記》，頁565。

湘中近世號文林，歸采芳香襲蘭芷。

我亦楚人歸不得，方秋送歸情曷已！

願子屹然屬歲寒，當世橫流尚無底。

此後相思在何處，蒹蒼露白水中沚。[7]

一九一九年（民國八年己未）年二十七歲。

居湖南。

一九二〇年（民國九年庚申）年二十八歲。

再度入京。[8]

一九二一年（民國十年辛酉）年二十九歲。

是年夏，在同學李宗裕介紹下，應天津南開大學之聘，任文商二科國文科目。[9]

一九二二年（民國十一年壬戌）年三十歲。

居天津。

《黃侃年譜》記載：

駱鴻凱自南開大學回長沙，前去拜訪老師黃侃，討論張爾田、梁啟超、胡適等人的學問。[10]

《黃侃日記》記載：

駱鴻凱紹賓自南開大學歸長沙，便順道視余。紹賓于諸門人

---

7 司馬朝軍、王文暉：《黃侃年譜》（武漢：湖北人民出版社，2005年11月）頁128。

8 湖南師範大學檔案館藏駱鴻凱檔案。

9 湖南師範大學檔案館藏駱鴻凱檔案。

10 司馬朝軍、王文暉：《黃侃年譜》，頁166-167。

中，待余為至有禮，冬夏經過，未嘗不摳衣請業。[11]

紹賓云，南開大學擬延一文學師，詢余願往否。[12]

一九二三年（民國十二年癸亥）年三十一歲。

夏，辭去南開教職。

秋，錢玄同招任北京師範大學中文系講師，時校長為范源濂。[13]
同時受聘的還有張文舉、黃文弼、黎錦熙、錢玄同。[14]

冬末，丁父艱南歸。[15]

一九二四年（民國十三年甲子）年三十二歲。

夏，始回北師大工作。[16]

一九二五年（民國十四年乙丑）年三十三歲。

秋，兼任女師大及中國大學講師。女師大校長徐炳昶，中大中文
系主任吳承仕。[17]

一九二六年（民國十五年丙寅）年三十四歲。

在北京。

---

11 黃侃著，黃延祖重輯：《黃侃日記》，頁56。
12 黃侃著，黃延祖重輯：《黃侃日記》，頁56。
13 湖南師範大學檔案館藏駱鴻凱檔案。
14 彭丹華：〈駱鴻凱楚辭研究述評〉，頁5。
15 湖南師範大學檔案館藏駱鴻凱檔案。
16 湖南師範大學檔案館藏駱鴻凱檔案。
17 湖南師範大學檔案館藏駱鴻凱檔案。

一九二七年（民國十六年丁卯）年三十五歲。

　　秋，北師大、女師與中國大學合併。

　　因北京時局阢陧，請假赴滬，應黃建中教授之招任暨南大學中文系教授，校長鄭洪年。[18]

　　是年本師黃侃命駱鴻凱作〈九經文句集釋〉。[19]

　　是年應黃建中之邀，與陳中凡、劉賾、汪奠等受聘于暨南大學。[20]

一九二八年（民國十七年戊辰）年三十六歲。

　　秋，楊樹達招任武漢大學教授，代理校長劉樹杞，校長王世傑。開設《文選》課程。[21]

　　駱氏將《文選學》一書交由南京中研院史語所油印。（油印本）

　　駱氏將《文選學》一書交由武漢大學印行。（武大本）

　　駱氏與皮宗石、聞一多等同為國立武漢大學出版委員會委員，參與編輯《國立武漢大學週刊》。[22]

一九二九年（民國十八年己巳）年三十七歲。

　　夏，自武漢大學辭職。[23]

---

18 湖南師範大學檔案館藏駱鴻凱檔案。按：國立暨南大學的前身是1906年清朝政府創立於江寧府（現江蘇省南京市）的暨南學堂。為了適應學生的增多，並創建大學部，學校決定從南京遷到上海的真如。1923年，男生部首先遷至上海真如新落成的校舍，女生部仍留南京。同年9月，獨立開設國立暨南商科大學。1927年南京女生部併入上海真如，改組為國立暨南大學。

19 駱鴻凱：〈傳注箋疏語法錄總敘〉，《制言半月刊》1937年第35期（臺北：成文出版社，1985年3月影印），頁4009。

20 彭丹華：〈駱鴻凱楚辭研究述評〉，頁5。

21 湖南師範大學檔案館藏駱鴻凱檔案。

22 彭丹華：〈駱鴻凱楚辭研究述評〉，頁5。

23 湖南師範大學檔案館藏駱鴻凱檔案。

秋，孫人和招任河北大學教授（在天津，校長張仲蘇，繼任者張蓋臣）。又兼北平師範學院、女子師範學院及中國學院講席。[24]

一九三〇年（民國十九年庚午）年三十八歲。

是年執教於平津間。

駱鴻凱與日本學者倉石武四郎的交往，可見於《倉石五四郎中國留學記》中的七段記載：

> 二月二十三日　楊遇夫、駱紹賓兩先生來。紹賓先生借《見星廬賦話》去。雨變為雪，院中悉白。[25]
>
> 三月八日　駱紹賓來，借《雅倫》第三本。[26]
>
> 三月九日　駱紹賓又來借課藝六本。[27]
>
> 三月十二日　駱紹賓來。孫中山逝世紀念，放假一天。[28]
>
> 三月二十四日　駱紹賓來還《雅倫》。[29]
>
> 六月十二日　辭行到馬幼漁（不在）、瀨川、橋川、杉村、原、俞平伯、唐孟超、中江、加藤、玉井。赴慶林春蜀丞先生送宴。坐者檢齋、閬仙、遇夫、森玉、稻孫、斐雲、援庵、紹賓並宛亭。[30]
>
> 六月十三日　到東並春赴檢齋先生宴。坐者閬仙、遇夫、蜀丞、

---

24 湖南師範大學檔案館藏駱鴻凱檔案。

25 榮新江、朱玉麒輯注：《倉石武四郎中國留學記》（北京：中華書局，2002年4月）頁78。

26 榮新江、朱玉麒輯注：《倉石武四郎中國留學記》，頁89-90。

27 榮新江、朱玉麒輯注：《倉石武四郎中國留學記》，頁91。

28 榮新江、朱玉麒輯注：《倉石武四郎中國留學記》，頁93。

29 榮新江、朱玉麒輯注：《倉石武四郎中國留學記》，頁102。

30 榮新江、朱玉麒輯注：《倉石武四郎中國留學記》，頁163。

援庵、紹賓外，有李某，四川人，善諧謔。雨大，街道水溢，車
亦難行，一非常事也。過集部畢，夜將太半。

一九三一年（民國二十年辛未）年三十九歲。

　　是年〈文選學自敘〉一文發表於《國學叢編》。

　　是年〈楚辭章句徵引楚語考〉一文發表於《師大國學叢刊》。

　　《顧頡剛日記》記載了兩段駱鴻凱的行蹤：

八月八日星期六（六月廿五）　今午同席：張亮丞、張怡蓀、駱
鴻凱、潘介泉、丁山、范仲澐、齊樹平、臺靜農、予（以上客）
郝昺蘅（主）[31]

八月十一日星期二（六月廿八）　今晚同席：高閬仙、孫人和、
楊遇夫、張孟劬、黃晦聞、徐森玉、倫哲如、駱鴻凱、予（以上
客）馬幼魚（主）[32]

一九三二年（民國二十一年壬申）年四十歲。

　　日本占領淞滬鐵路防線，一二八事變爆發。

　　秋，南歸省親，自平津各校辭職。旋返湘，應湖南大學湖南大學
校長曹典球之聘，擔任中文系教授兼系主任。[33]

　　是年〈秋興賦〉一文發表於《國學叢編》。

　　《黃侃日記》記載多條駱氏與黃侃的相處情況：

---

31 顧頡剛：《顧頡剛日記‧第二卷》（臺北：聯經出版社，2007年5月），頁552。

32 顧頡剛：《顧頡剛日記‧第二卷》，頁552-553。

33 湖南師範大學檔案館藏駱鴻凱檔案。馬積高：〈駱鴻凱先生傳略〉，頁20。

二月五日　陸宗達來，駱鴻凱來，陳允鍊來。友人林損來。晚陸生邀食于東單牌樓三條胡同內俄國菜館紅樓，飲洋酒醺醉。[34]

二月六日　陸、駱二生來。[35]

二月八日　午飯後，偕陸生及田兒往訪林君于教場四條，尋駱君亦至，共詣陸家，遇朱家濟、劉國平、周復（莫生）三生，同出食於厚德福，駱生為主人，深夜酩酊，以汽車歸。[36]

二月十二日　晚與公鐸、紹賓飲于厚德福。[37]

二月十五日　楚珩、紹賓、徐孝寬來。穎民請講學。[38]

二月二十一日　病臥，紹賓先約是夕飲，聞又約二風，意欲為二風乞解，余既病，二風亦未至。（重輯注：二風即錢玄同中季。）

二月二十五日　紹賓久坐至夕。[39]

二月二十九日　陸生邀同楚珩、紹賓食于致美齋。[40]

三月三日　晨諸生九人來聽講學，今日發端，後此以禮拜、禮拜四兩日午前為常（鄢榮爵、謝震孚、沈仁堅、汪紹楹，皆新來者；駱鴻凱、陸宗達、朱家濟、周復、任化遠，皆昔已從遊者）。[41]

三月十七日　駱生來、陸生來、周生來，共飯，醉後劇談至深

---

34 黃侃著，黃延祖重輯：《黃侃日記》，頁773。

35 黃侃著，黃延祖重輯：《黃侃日記》，頁774。

36 黃侃著，黃延祖重輯：《黃侃日記》，頁775。

37 黃侃著，黃延祖重輯：《黃侃日記》，頁776。

38 黃侃著，黃延祖重輯：《黃侃日記》，頁776。

39 黃侃著，黃延祖重輯：《黃侃日記》，頁778。

40 黃侃著，黃延祖重輯：《黃侃日記》，頁779。

41 黃侃著，黃延祖重輯：《黃侃日記》，頁780-781。

夜。[42]

三月十八日　午，諸生請食豐澤園，予邀紹賓同往。[43]

三月二十日　紹賓來，送傳經室文集二冊。[44]

三月二十九日　晚諸生八人（汪紹楹、駱鴻凱、朱家齊、周復、沈仁堅、殷孟倫、謝震孚），請師飯于豐澤園，余與陸生往迎，遇朱、馬二人，晷談而解饞，上燈開宴，檢其同座，主客凡十二人。[45]

四月九日　紹賓來。[46]

四月十四日　公鐸來，延之飱（駱生亦在）。[47]

四月二十日　駱生留共飱。駱生夜來。與駱說漢書見士之見字用法。[48]

四月二十二日　陸生夜邀駱生為予餞，挈婦、子往。[49]

四月二十五日　馬宗薌來說東北大學延予講書事，遂留飯。飯後，駱生亦來，遂挈幼女偕兩人詣師，視其割鼻癤已瘥否，晷坐仍偕駱返。[50]

四月二十七日　夜，駱生來。[51]

五月四日　陸生禺中來（駱生亦來）。[52]

---

42 黃侃著，黃延祖重輯：《黃侃日記》，頁784。
43 黃侃著，黃延祖重輯：《黃侃日記》，頁784-785。
44 黃侃著，黃延祖重輯：《黃侃日記》，頁785。
45 黃侃著，黃延祖重輯：《黃侃日記》，頁786。
46 黃侃著，黃延祖重輯：《黃侃日記》，頁791。
47 黃侃著，黃延祖重輯：《黃侃日記》，頁792。
48 黃侃著，黃延祖重輯：《黃侃日記》，頁794。
49 黃侃著，黃延祖重輯：《黃侃日記》，頁795。
50 黃侃著，黃延祖重輯：《黃侃日記》，頁796。
51 黃侃著，黃延祖重輯：《黃侃日記》，頁796。
52 黃侃著，黃延祖重輯：《黃侃日記》，頁798。

五月十二日　留陸、駱、朱、周四人飧。[53]

五月十五日　夜，飯于豐澤園，飲醇酒致醉（鄭介石為主人，陸、駱兩生從）。」[54]

五月十八日　暮赴公園，陸、駱二生從，宇澄為主人。[55]

五月二十三日　駱生請飯于玉華臺。[56]

五月二十四日　午邀鄭、駱二生食。[57]

楊樹達回憶錄記載：

五月二十六日　遇駱紹賓（鴻凱），告黃季剛昨日南歸。渠向余道意，駱述黃語云：「北京治國學諸君，自吳檢齋、錢玄同外、余季豫、楊二君皆不愧為教授，其他則不敢知也。遇夫於漢書有發疑正讀之功，文章不及葵園，而學問過之。漢書補註若成遇夫之手，必當突過葵園也。」紹賓問黃新收門生誰最佳。黃曰：「楊伯峻第一，因渠有家學，故自不同也。」記日前陳寅恪謂余云：「湖南前輩多業漢書，而君所得讀多，過於諸前輩矣。」余於漢書治之頗勤，亦稍有自信。兩君當代學人，其言如出一口；足見真實之業自有真賞音，益喜吾道之不孤矣。[58]

《黃侃日記》又云：

---

53 黃侃著，黃延祖重輯：《黃侃日記》，頁801。
54 黃侃著，黃延祖重輯：《黃侃日記》，頁802。
55 黃侃著，黃延祖重輯：《黃侃日記》，頁803。
56 黃侃著，黃延祖重輯：《黃侃日記》，頁805。
57 黃侃著，黃延祖重輯：《黃侃日記》，頁805。
58 楊樹達：《積微翁回憶錄・積微居詩文鈔》，頁63-64。

五月二十七日　四時後發北平，……送行者……陸、朱、汪、沈、任、柴、楊、駱、謝、戴十生。以免票二等者畀駱生，免其挈眷南返之費。[59]

七月二日　駱鴻凱自燕齎來徐鴻寶所贈敦煌出刊本韻書殘紙影片十六張（又單次贈印）。[60]

七月七日　午與旭初、鷹若赴紹賓招，食于益州飯店，晚紹賓來食。[61]

七月十七日　午得駱鴻凱謀事書。[62]

七月二十四日　見紹賓與田書，言倭奴攻熱河，燕中訛言甚熾。[63]

八月七日　得紹賓書，言疑古亦欲踐前言，鈔韻目注記見與云。[64]

楊樹達回憶錄又云：

九月二十日　駱紹賓來，談小學，舉呂、旅訓眾義相告。余乃出余所貫串呂字一條示之，伊乃折服。益謂余：「君之所為，殆欲與章君並矣。」余云：「不必有此事，卻不可無此心。[65]

一九三三年（民國二十二年癸酉）年四十一歲。

居湖南。

是年〈楚辭連語釋例：附楚辭雙聲疊韻字譜〉一文發表於《湖南大學期刊》。

---

59 黃侃著，黃延祖重輯：《黃侃日記》，頁806-807。
60 黃侃著，黃延祖重輯：《黃侃日記》，頁815。
61 黃侃著，黃延祖重輯：《黃侃日記》，頁816。
62 黃侃著，黃延祖重輯：《黃侃日記》，頁819。
63 黃侃著，黃延祖重輯：《黃侃日記》，頁821。
64 黃侃著，黃延祖重輯：《黃侃日記》，頁825。
65 楊樹達：《積微翁回憶錄・積微居詩文鈔》，頁66。

是年〈讀選導言〉一文發表於《湖南大學期刊》。

一九三四年（民國二十三年甲戌）年四十二歲。
　　居湖南。
　　是年〈漢書嵒說〉一文發表於《湖南大學期刊》。

　　楊樹達回憶錄記載：

　　六月十九日　余季豫來，[66]見示駱鴻凱與余二人書云：「遇公寄
　　示聲韻文字，精義入神，殆駕高郵而上之。鴻凱驚駭，十駕不
　　及，然已啟發不少矣。[67]

一九三五年（民國二十四年乙亥）年四十三歲。
　　十月八日　黃侃逝世。
　　居湖南。夏，辭湖南大學中文系主任，僅任教授。[68]
　　是年〈讀選導言〉一文發表於《學術世界》。

一九三六年（民國二十五年丙子）年四十四歲。
　　六月十四日　章太炎今晨逝世。[69]
　　居湖南。
　　是年〈選學源流〉一文，分三次發表於《制言半月刊》。
　　是年〈選學書著錄〉、〈文選指瑕〉、〈雲悲海思廬詩鈔〉、〈楚辭義

---

66 余嘉錫（1883-1955），字季豫，湖南常德人，當代著名目錄學家，古文獻學家，曾
　　任輔仁大學文學院院長、國文系教授，中國科學院語言研究院士。
67 楊樹達：《積微翁回憶錄・積微居詩文鈔》，頁83。
68 湖南師範大學檔案館藏駱鴻凱檔案。
69 楊樹達：《積微翁回憶錄・積微居詩文鈔》，頁117。

類疏證〉、〈廣選〉、〈餘杭章公評校段氏說文解字注〉等文章發表
於《制言半月刊》。

是年〈楚辭義類疏證〉、〈廣選〉發表於《員輻》。

十月十日　駱鴻凱作〈傳注箋疏語法錄總敘〉。

十月十日　以後駱鴻凱作〈傳注箋疏語法錄尚書序例〉。[70]

一九三七年（民國二十六年丁丑）年四十五歲。

十一月二十四日　中華民國政府遷都重慶。

居湖南。

是年《文選學》一書由上海中華書局刊印發行。

是年〈楚辭舊注考〉、〈楚辭文句集釋〉、〈傳注箋疏語法錄總
敘〉、〈傳注箋疏語法錄尚書序例〉、〈傳注箋疏語法錄〉發表於
《制言半月刊》。

是年〈先師量守先生輓詞〉、〈蘄漢大師輓詞〉發表於《員輻第二
集》。

一九三八年（民國二十七年戊寅）年四十六歲。

居湖南。

一九三九年（民國二十八年己卯）年四十七歲。

居湖南。

駱氏曾與楊樹達、曾星笠等人共飲。

楊樹達詩作〈和星笠元夜招威謀紹熙紹賓嘯蘇茗飲原韻〉一九三
九年三月六日云：「春茗甘同夏飲冰，萬錢安用效何曾。今宵一室融

---

70 按：駱鴻凱文末落款，此文在十月完成，並無確切日期，筆者推斷此文書成在〈傳
　　注箋疏語法錄總敘〉之後。

融語，往歲千街步步燈。顧我銜杯偕婦子，多君孽果餉賓朋。傳柑何幸沾餘瀝，勝似山中後竹僧。」[71]

一九四〇年（民國二十九年庚辰）年四十八歲。

居湖南。

是年〈文始箋〉一文發表於《文哲叢刊》。

駱鴻凱寫給郭晉稀書信二封，一封為一月十八日，一封為八月二十五日所書。[72]馬宗霍寫給郭晉稀書信中提及駱鴻凱為郭職位奔走一事。[73]

晉稀吾弟足下：

別後承屢損書，疏懶未及作覆，然無時不在念也！頃奉手劄，併大著《斜母古讀考》均悉，甚佩！喻斜定三母相通，乃凱研求語根積十餘年所悟得者，唯以囿於方音，疑斜從兩母古讀亦通，以是牽制，未能寫定。今得足下是篇，以為斜與從無預，論自不刊。至凱所持喻斜定三母相通，固無疑義者，既為弟所習聞，大著似宜稱道及之，以見師承所自，未知足下以為何如也？此間定四月杪結束，凱不得不在此少羈，計明春三月半間可東還。師母及式昭、公望俱無恙，宋恪亦常得見，甚佳好，勿念。冬寒，唯珍攝不宣，此問教祉。

小兄駱制鴻凱頓一月十八日

陳蕙庭兄及譚君丕模夫婦並煩代候

---

71 楊樹達：《積微翁回憶錄・積微居詩文鈔》，頁27。

72 張士昉、郭令原：《郭晉稀紀念文集》，頁230-231。

73 張士昉、郭令原：《郭晉稀紀念文集》，頁231。

晉稀吾弟惠鑒：

頃來省，則黎君已赴京矣。民國學院下年度改為大學，力謀充實師資，已推薦弟講授音韻、《莊》、《荀子》等課，當無問題。斯院教授有張舜徽兼中文系主任、魯石先諸君，皆篤古好學士也。頃何以自娛？嘗謂斯文未喪，必有英絕領袖之者，它日不得不望於吾弟，幸自珍攝不一一。即問

文祺

鴻凱頓

八月廿五日

晉稀同學吾兄足下：

得書知貴院已遷回桂林。桂林以山水名，而足下與紹賓先生書似不以為勝，欲往之興大減。足下所學專邃，見猜同列，有移硯之意。聞紹賓先生已致書中大力加推轂，又得熊君為先容，想能有成！如其不諧，霍當向湖大胡校長言之。湖大為足下母校，遇夫先生又足下益師，度足下亦必樂往也。本院遷地衡陽雖有成議，然復員經費尚未核發。茂公昨由滬飛渝接洽，未審何時始能離漱。霍思歸頗切，或當先期返衡耳。　春寒瑟瑟，順頌

起居內豫

馬宗霍拜

三月廿六日

一九四一年（民國三十年辛巳）年四十九歲。

秋，由辰谿回長沙省親，適會倭寇犯湘，挈春避難藍田，就國立湖南師範學院教授之聘，院長廖世承。[74]

---

74 湖南師範大學檔案館藏駱鴻凱檔案。按：國立師範學院為湖南師範大學前身。

是年〈文始箋五則〉一文發表於《湖南大學期刊》。

錢基博十一月十七日寫給郭晉稀的書信中，提及駱鴻凱與錢基博會晤之時，諸多老師對郭晉稀的讚譽，錢基博替他感到高興。

> 晉稀仁賢如晤：
>
> 　　駱先生來院一談，道及賢同學精進，為諸師所重，聞之歡喜。得書知敵襲株洲，而家中無恙。喪亂薦臻，骨肉得以相保，聚此即人天護持，更何多求？殊為賢欣幸也。書兒已為友人留在上海，西南聯大給假一年。此間於本月初始□，博授課舌益蹇吃，辭苦不能達意，幸諸同學相會於語言文字之外，意氣洋溢然！衰朽終不能以久持，余生無可依戀，而世道不能無慢。附寄《歷史上焚書坑儒之理論與實踐》一文，此乃博中心之真實警惕，而非故危言激論，未曉賢以為如何？老夫偷生亦無幾時，或者得免於厄。賢以後會當思吾言耳。匆匆，惟為學字力。
>
> 　　　　　　　　　　　　　　　　　　　　　　　老泉
> 　　　　　　　　　　　　　　　　　　　　　　　十一月十七日[75]

一九四二年（民國三十一年壬午）年五十歲。

居湖南。

一九四三年（民國三十二年癸未）年五十一歲。

是年秋至明年夏，兼中山大學、湖南師範中文系主任，實際住校時間不足一月，校長金曾澄。[76]

---

75 張士昉、郭令原：《郭晉稀紀念文集》，頁228。

76 湖南師範大學檔案館藏駱鴻凱檔案。按：國立師範學院為湖南師範大學前身。

一九四四年（民國三十三年甲申）年五十二歲。
　　居湖南。

一九四五年（民國三十四年乙酉）年五十三歲。
　　居湖南。

一九四六年（民國三十五年丙戌）年五十四歲。
　　居湖南。

一九四七年（民國三十六年丁亥）年五十五歲。
　　居湖南。

一九四八年（民國三十七年戊子）年五十六歲。
　　居湖南。

一九四九年（民國三十八年己丑）年五十七歲。
　　十月一日　中共建政。
　　是年冬，國立師範併入湖南大學，駱鴻凱擔任湖大教授。[77]

一九五〇年（民國三十九年庚寅）年五十八歲。
　　是年駱鴻凱之女駱式昭與門人馬積高於此年初結婚。[78]

一九五一年（民國四十年辛卯）年五十九歲。
　　居湖南。

---

77 湖南師範大學檔案館藏駱鴻凱檔案。馬積高：〈駱鴻凱先生傳略〉，頁20。
78 馬積高：〈憶郭晉稀〉，張士昉、郭令原：《郭晉稀紀念文集》，頁15。

一九五二年（民國四十一年壬辰）年六十歲。

　　居湖南。

　　楊樹達在回憶錄載錄兩段關於駱鴻凱的事件：

　　五月一日　駱紹賓言：「章行嚴長司法部時，檢齋曾請太炎緘行嚴謀升司長。」檢齋治學篤實，不愧為其鄉先輩，而熱中仕宦，汲汲於名位如此，視程瑤田輩有愧色矣。倭寇難作，檢齋自以傾左，惼怯不安，發病而死。名位之害人，其甚如此。[79]

　　遇夫先生：

　　違教久。奉廿二日書，悅若覿面，欣慰何似。積微居金文說已由科學院送到，稍暇當細加鑽研，以答盛意。來示謙欲法高郵，高郵豈足為君學？況我公居近韶山，法高郵何如法韶山？前屢得駱君紹賓寄示近作，甚欲以此意諗之，不知尊見以為何如？專此復謝，即頌著安。

　　　　　　　　　　　　　　弟陳垣謹上。十二月二日。[80]

一九五三年（民國四十二年癸巳）年六十一歲。

　　居湖南。

一九五四年（民國四十三年甲午）年六十二歲。

　　居湖南。

一九五五年（民國四十四年乙未）年六十二歲。

79　楊樹達：《積微翁回憶錄・積微居詩文鈔》，頁344。
80　陳垣著、陳智超主編《陳垣全集第二十三冊》，頁329。

是年元月駱鴻凱逝世，安葬在岳麓山。[81]
駱氏未即度過此年生日，享年實歲六十二。

---

81 馬積高：〈駱鴻凱先生傳略〉，頁20。

參考書目

（一）文選版本

〔南朝梁〕蕭統編、〔唐〕李善注　《文選》　臺北：藝文印書館據
　　　嘉慶十四年二月鄱陽胡氏重刻宋淳熙本　1959年4月
〔南朝梁〕蕭統編、〔唐〕李善注、〔明〕孫鑛評點　《昭明文選》
　　　臺北：文友書店　1971年6月
〔南朝梁〕蕭統編、〔唐〕呂延濟等五臣注　《文選》　臺北：國立
　　　中央圖書館景印南宋陳八郎刻本　1981年
〔南朝梁〕蕭統編、〔唐〕李善注　《文選》　上海：上海古籍出版
　　　社　1986年6月
〔南朝梁〕蕭統編、不著撰人集注　《唐鈔文選集注彙存》　上海：
　　　上海古籍出版社　2000年7月

（二）駱鴻凱著述（專書及論文各依出版先後為序）

1 書籍

駱鴻凱　《文選學》　南京：史語所　1928年油印
駱鴻凱　《文選學》　武漢：武漢大學　1928年鉛印　為黃焯先生舊
　　　藏，王慶元先生現藏
駱鴻凱　《中國大學講義》　北京：中國大學　1931？年鉛印　上海
　　　圖書館藏

駱鴻凱　《漢魏六朝文文選學》　北京：中國大學　1929-1931年鉛印

駱鴻凱　《文選學》　北京：北平師範大學　1930-1931年鉛印

駱鴻凱　《文選學講義》　長沙：湖南大學　1932年鉛印

駱鴻凱　《文選學》　上海：中華書局　1937年6月發行　1939年11
　　月再版

駱鴻凱　《文選學》　北京：中華書局　1989年11月增補再版

駱鴻凱　《文選學》　臺北：華正書局　2004年10月

駱鴻凱　《文選學》　北京：知識產權出版社　2013年10月

駱鴻凱　《文選學》　北京：中華書局　2015年3月

駱鴻凱　《爾雅論略》　長沙：岳麓書社　1985年10月

駱鴻凱遺作　《毛詩傳箋疏語法錄》　長沙：湖南師範學院中文系出
　　版社　1980年3月

駱鴻凱　《楚辭通論》　《楚辭要籍選刊》　北京：燕山出版社
　　2008年10月　影印本

駱鴻凱　《楚辭論文》　《楚辭文獻彙刊》　北京：國家圖書館出版
　　社　2014年7月　影印本

2 期刊論文

駱鴻凱　〈文選學自敘〉　《國學叢編》1931年7月　第1卷第2期
　　頁2-4

駱鴻凱　〈楚辭章句徵引楚語考〉　《師大國學叢刊》1931年　第1
　　卷第2期　頁17-20

駱鴻凱　〈秋興賦〉　《國學叢編》1932年　第1卷第5期　頁1

駱紹賓　〈楚辭連語釋例：附楚辭雙聲疊韻字譜〉　《湖南大學期
　　刊》1933年4月　第8期　頁30-40

駱紹賓　〈讀選導言〉　《湖南大學期刊》1933年　第9期　頁117-
　　132

駱鴻凱　〈漢書嬻說〉　《湖南大學期刊》1934年　第2卷第5期　頁15-23

駱鴻凱　〈讀選導言〉　《學術世界》1935年12月　第1卷第7期　頁32-50

駱鴻凱　〈選學源流〉　《制言半月刊》1936年　第8期　臺北：成文出版社　1985年3月影印　頁795-821

駱鴻凱　〈選學源流〉　《制言半月刊》1936年　第9期　臺北：成文出版社　1985年3月影印　頁939-954

駱鴻凱　〈選學源流（續）〉　《制言半月刊》1936年　第10期　臺北：成文出版社　1985年3月影印　頁1019-1061

駱鴻凱　〈選學書著錄〉　《制言半月刊》1936年　第11期　臺北：成文出版社　1985年3月影印　頁1133-1140

駱鴻凱　〈文選指瑕〉　《制言半月刊》1936年　第11期　臺北：成文出版社　1985年3月影印　頁1141-1157

駱鴻凱錄　〈雲悲海思廬詩鈔〉　《制言半月刊》1936年　第16期　臺北：成文出版社　1985年3月影印　頁1657-1680

駱鴻凱　〈楚辭義類疏證〉　《制言半月刊》1936年　第19期　臺北：成文出版社　1985年3月影印　頁1995-2006

駱鴻凱　〈廣選〉　《制言半月刊》1936年　第20期　臺北：成文出版社　1985年3月影印　頁2091-2103

駱鴻凱錄　〈餘杭章公評校段氏說史解字注〉　《制言半月刊》1936年　第27期　臺北：成文出版社　1985年3月影印　頁3099-3104

駱鴻凱　〈楚辭義類疏證〉　《員輻》第1卷第1期　長沙：岳麓山湘嶽印刷公司　1936年7月　頁127-196

駱鴻凱　〈廣選〉　《員輻》第1卷第1期　長沙：岳麓山湘嶽印刷公司　1936年7月　頁141-196

駱鴻凱　〈楚辭舊注考〉　《制言半月刊》1937年　第34期　臺北：
　　　成文出版社　1985年3月影印　頁3905-3906

駱鴻凱　〈楚辭文句集釋敘〉　《制言半月刊》1937年　第34期　臺
　　　北：成文出版社　1985年3月影印　頁3907-3908

駱鴻凱　〈傳注箋疏語法錄總敘〉　《制言半月刊》1937年　第35期
　　　臺北：成文出版社　1985年3月影印　頁4009-4026

駱鴻凱　〈傳注箋疏語法錄〉　《制言半月刊》1937年　第36期　臺
　　　北：成文出版社　1985年3月影印　頁4087-4114

駱鴻凱　〈傳注箋疏語法錄〉　《制言半月刊》1937年　第40期　臺
　　　北：成文出版社　1985年3月影印　頁4673-4701

駱鴻凱　〈楚辭文句集釋〉　《制言半月刊》1937年　第44期　臺
　　　北：成文出版社　1985年3月影印　頁5103-5140

駱鴻凱　〈先師量守先生挽詞〉　《員輻第二集》1937年第2輯　長
　　　沙：岳麓山湘嶽印刷公司　1937年1月　頁68

駱鴻凱　〈薊漢大師挽詞〉　《員輻第二集》1937年第2輯　長沙：
　　　岳麓山湘嶽印刷公司　1937年1月　頁68

駱鴻凱　〈文始箋〉　《文哲叢刊》第1卷　長沙：湖南大學出版社
　　　1940年12月　頁181-240

駱鴻凱　〈文始箋五則〉　《湖南大學期刊》新一號　1941年6月
　　　頁96-99

駱紹賓　〈詩詞選：弔余熙農〉　《湖南大學期刊》新一號　1941年
　　　6月　頁260

駱鴻凱　〈楚辭小學〉　《師聲》1947年11月　第1期　頁28-36

（三）傳統文獻（依時代先後排列）

〔清〕阮元校刻　《十三經注疏：附校勘記》　北京：中華書局
　　　1980年9月

無名氏　《燕丹子》　北京：中華書局　1985年1月

〔漢〕司馬遷撰　〔南朝宋〕裴駰集解　〔唐〕司馬貞索隱　〔唐〕張守節正義　《史記》　北京：中華書局　1959年9月

〔漢〕班固著　〔唐〕顏師古注　《漢書》　北京：中華書局　1962年6月

〔晉〕陳壽著　〔南朝宋〕裴松之注　《三國志》　北京：中華書局　1959年12月

〔晉〕陸機著　楊明校箋　《陸機集校箋》　上海：上海古籍出版社　2016年7月

〔南朝宋〕范曄撰　〔唐〕李賢等注　《後漢書》　北京：中華書局　1965年5月

〔南朝梁〕沈約　《宋書》　北京：中華書局　1974年10月

〔南朝梁〕劉勰著　王更生注譯　《文心雕龍讀本》　臺北：文史哲出版社　2004年10月

〔南朝梁〕蕭子顯　《南齊書》　北京：中華書局　1972年1月

〔南朝梁〕蕭統撰　俞紹初校注　《昭明太子集校注》　鄭州：中州古籍出版社　2001年7月

〔南朝梁〕蕭繹著　許逸民校箋　《金樓子校箋》　北京：中華書局　2011年1月

〔北齊〕魏收　《魏書》　北京：中華書局　1974年6月

〔唐〕房玄齡等著　《晉書》　北京：中華書局　1974年11月

〔唐〕姚思廉　《梁書》　北京：中華書局　1973年5月

〔唐〕姚思廉　《陳書》　北京：中華書局　1972年3月

〔唐〕李延壽　《北史》　北京：中華書局　1974年10月

〔唐〕李延壽　《南史》　北京：中華書局　1975年6月

〔唐〕魏徵等著　《隋書》　北京：中華書局　1973年8月

〔唐〕韓愈著　馬通伯校注　《韓昌黎文集校注》　上海：古典文學
　　出版社　1957年12月

〔唐〕韓愈　《昌黎先生文集》　上海：上海古籍出版社　2013年11月

〔後晉〕劉昫等著　《舊唐書》　北京：中華書局　1975年5月

〔南朝梁〕劉勰著　范文瀾註　《文心雕龍註》　北京：人民文學出
　　版社　1958年9月

〔南朝梁〕鍾嶸撰　陳延傑注　《詩品注》　臺北：臺灣開明書店
　　1995年4月

〔宋〕歐陽修等著　《新唐書》　北京：中華書局　1975年2月

〔宋〕蘇軾著　張志烈等校注　《蘇軾全集校注》　石家莊：河北人
　　民出版社　2010年6月

〔宋〕洪邁著　孔凡禮點校　《容齋隨筆》　北京：中華書局　2005
　　年11月

〔宋〕陸游　《老學庵筆記》　臺北：廣文書局　1972年5月

〔宋〕朱熹集註　蔣伯潛廣解　《廣解四書》　臺北：東華書局
　　1981年7月

〔宋〕辛棄疾著　鄧廣銘箋注　《稼軒詞編年箋注》　上海：上海古
　　籍出版社　1993年10月

〔金〕元好問著　施國祁箋　《元遺山詩集注箋》　臺北：廣文出版
　　社　1973年6月

〔明〕吳訥等著　《文體序說三種》　臺北：大安出版社　1998年6月

〔明〕楊慎　《升庵全集》　上海：商務印書館　1937年　第2冊

〔明〕張溥　《漢魏六朝百三名家集》　臺北：文津出版社　1979年
　　8月

〔明〕張溥著　殷孟倫注　《漢魏六朝百三家集題辭注》　臺北：木
　　鐸出版社　1982年5月

〔明〕王夫之　《古詩評選》　長沙：岳麓書社　1996年2月

〔清〕顧炎武　《日知錄》　上海：商務印書館　1929年10月

〔清〕何焯著　崔高維點校　《義門讀書記》　北京：中華書局　1987年6月

〔清〕賀裳　《皺水軒詞筌》　收入《叢書集成續編》　臺北：新文豐出版公司　1989年6月　第210冊

〔清〕嚴可均　《全上古三代秦漢三國六朝文》　北京：中華書局　1958年12月

〔清〕張廷玉主編　《明史》　北京：中華書局　1974年4月

〔清〕沈德潛　《古詩源》　北京：中華書局　1963年6月

〔清〕永瑢等撰　《四庫全書總目》　北京：中華書局　1965年6月

〔清〕汪師韓著　《文選理學權輿》　〔清〕孫志祖輯　《文選理學權輿補》　臺北：廣文書局　1966年3月

〔清〕孫志祖　《文選考異》　臺北：廣文書局　1966年3月

〔清〕孫志祖　《文選李注補正》　臺北：廣文書局　1966年3月

〔清〕姚鼐纂輯　〔清〕李兆洛校勘　《古文辭類纂》　臺北：廣文書局　1995年10月

〔清〕張雲璈　《選學膠言》　臺北：廣文書局　1966年4月

〔清〕朱蘭坡　《文選集釋》　臺北：廣文書局　1966年4月

〔清〕胡紹煐　《文選箋證》　臺北：廣文書局　1966年4月

〔清〕梁章鉅著　穆克宏點校　《文選旁證》　福州：福建人民出版社　2000年1月

〔清〕許巽行　《文選筆記》　臺北：廣文書局　1966年4月

〔清〕朱一新著　呂鴻儒、張長法點校　《無邪堂答問》　北京：中華書局　2000年12月

〔清〕章學誠　《章學誠遺書》　北京：文物出版社　1985年8月

〔清〕陳廷焯　《白雨齋詞話》　臺北：河洛出版社　1978年1月

〔清〕王煦　《昭明文選李善注拾遺》　李之亮校點　《清代文選學
　　　珍本叢刊第一輯》　鄭州：中州古籍出版社　1998年10月

〔清〕徐攀鳳　《選注規李》　李之亮校點　《清代文選學珍本叢刊
　　　第一輯》　鄭州：中州古籍出版社　1998年10月

〔清〕徐攀鳳　《選學糾何》　李之亮校點　《清代文選學珍本叢刊
　　　第一輯》　鄭州：中州古籍出版社　1998年10月

〔清〕張之洞撰　司馬朝軍點校　《輶軒語詳註》　上海：華東師範
　　　大學出版社　2010年9月

〔清〕吳曾祺　《涵芬樓文談》　臺北：臺灣商務印書館　1998年11月

〔清〕李兆洛　楊家駱主編　《駢體文鈔》　臺北：世界書局　1966
　　　年5月

〔清〕許槤評選　黎經誥箋註　《六朝文絜箋註》　臺北：廣文書局
　　　1977年7月

趙爾巽　《清史稿》　北京：中華書局　1977年8月

高步瀛著　曹道衡、沈玉成點校　《文選李注義疏》　北京：中華書
　　　局　1985年11月

王國維著　滕咸惠校注　《人間詞話新注》　臺北：里仁書局　1987
　　　年8月

王國維著　施議對譯注　《人間詞話譯注》　上海：上海古籍出版社
　　　2016年11月

唐圭璋　《詞話叢編》　臺北：新文豐出版公司　1988年2月　第1冊

（四）近人著述（以姓氏筆劃為序）

〔日〕斯波六郎著　黃錦鋐、陳淑女譯　《文選諸本之研究》　臺
　　　北：法嚴出版社　2003年11月

中國文選學研究會、鄭州大學古籍整理研究所編　《文選學新論》
　　　鄭州：中州古籍出版社　1997年10月

中國文選研究會編　《文選與文選學：第五屆文選學國際學術研討會
　　　論文集》　北京：學苑出版社　2003年5月

中國文選研究會編　《中國文選學：第六屆文選學國際學術研討會論
　　　文集》　北京：學苑出版社　2007年9月

王小婷　《清代《文選》學研究》　上海：上海古籍出版社　2014年
　　　9月

王立群　《文選成書研究》　北京：北京商務出版社　2005年2月

王立群　《現代文選學史》　北京：中國社會科學出版社　2003年10
　　　月

王立群　《現代文選學史》　鄭州：大象出版社　2014年8月

王利器　《顏氏家訓集解》　北京：中華書局　1993年12月

王書才　《昭明文選研究發展史》　北京：學習出版社　2008年2月

王書才　《明清文選學述評》　上海：上海古籍出版社　2008年8月

王運熙、顧易生主編　《中國文學批評史》　臺北：五南圖書出版公
　　　司　1993年3月

王　瑤　《中古文學史論》　北京：北京大學出版社　2014年5月

司馬朝軍、王文暉　《黃侃年譜》　武漢：湖北人民出版社　2005年
　　　7月

朱漢民主編　《湖湘學術與文化研究》　長沙：湖南大學出版社
　　　2005年6月

吳承學　《中國古代文體學研究》　北京：人民出版社　2011年3月

吳承學　《中國古典文學風格學》　北京：北京大學出版社　2011年
　　　7月

呂雙偉　《清代駢文理論研究》　北京：人民出版社　2011年8月

李乃龍　《文選文研究》　桂林：廣西師範大學出版社　2013年2月

李士彪　《魏晉南北朝文體學》　上海：上海古籍出版社　2004年4月

李建誠　《《爾雅・釋訓》研究》　潘美月、杜潔祥主編　《古典文獻研究輯刊九編》第十五冊　臺北：花木蘭出版社　2009年9月

李華興　《民國教育史》　上海：上海教育出版社　1997年8月

束有春　《理學古文史》　鄭州：大象出版社　2011年11月

汪習波　《隋唐文選學研究》　上海：上海古籍出版社　2005年4月

汪辟疆　《目錄學研究》　臺北：文史哲出版社　1990年12月

屈守元　《昭明文選雜述及選講》　天津：天津古籍出版社　1988年6月

屈守元　《文選導讀》　成都：巴蜀書社　1993年9月

屈守元　《文選學纂要》　臺北：華正書局　2004年6月

屈守元　《國學經典導讀：文選》　北京：中國國際廣播出版社　2011年1月

屈萬里註釋　《尚書今註今譯》　臺北：臺灣商務印書館　2009年11月

昌彼得、潘美月　《中國目錄學》　臺北：文史哲出版社　1986年9月

林聰明　《昭明文選研究初稿》　臺北：文史哲出版社　1986年11月

俞紹初、許逸民　《中外學者文選學論集》　北京：中華書局　1998年8月

姚愛斌　《中國古代文體論思辨》　北京：北京大學出版社　2012年3月

胡大雷　《文選編纂研究》　桂林：廣西師範大學出版社　2009年4月

胡楚生　《訓詁學大綱》　臺北：華正書局　2007年9月

胡曉明　《文選講讀》　上海：華東師範大學出版社　2005年12月

范志新　《文選版本論稿》　南昌：江西人民出版社　2003年9月

袁行霈主編　《國學研究》　北京：北京大學出版社　2001年10月

馬曉坤　《清季淳儒：俞樾傳》　杭州：浙江人民出版社　2006年12月

馬積高　《賦史》　上海：上海古籍出版社　1987年7月

馬積高　《中國古代文學史》　臺北：萬卷樓圖書公司　1998年7月

馬積高　《清代學術思想的變遷與文學》　長沙：湖南文學出版社　2002年6月

國史館　《中華民國教育志》　臺北：國史館　1990年6月

張士昉、郭令原　《郭晉稀紀念文集》　蘭州：甘肅教育出版社　2000年7月

張仁青　《駢文學》　臺北：文史哲出版社　1984年3月

張少康　《中國古代文學創作論》　臺北：文史哲出版社　1991年6月

張舜徽　《舊學輯存》　武漢：華中師範大學出版社　2008年12月

曹道衡　《中古文學史論文集續編》　臺北：文津出版社　1994年7月

曹道衡、劉躍進　《南北朝文學編年史》　北京：人民文學出版社　2000年11月

曹道衡、傅剛　《蕭統評傳》　南京：南京大學出版社　2001年12月

曹道衡、沈玉成　《中古文學史料叢考》　北京：中華書局　2003年7月

曹道衡　《中古文史叢稿》　保定：河北大學出版社　2003年10月

梁啟超　《清代學術概論》　臺北：臺灣商務印書館　1939年4月

章太炎著　王小紅選編　《章太炎儒學論集》　成都：四川大學出版社　2010年4月

章氏國學講習會編印　《制言半月刊》　臺北：成文出版社　1985年3月

許又方　《楚辭雜論》　臺北：文津出版社　2014年5月

郭廷以　《近代中國史綱》　臺北：曉園出版社　1994年5月

郭英德　《中國古代文體學論稿》　北京：北京大學出版社　2005年
　　　　9月

郭紹虞　《中國文學批評史》　臺北：五南圖書出版公司　1994年8月

郭預衡　《中國散文史》　上海：上海古籍出版社　2000年3月

郭寶軍　《宋代文選學研究》　北京：中國社會科學出版社　2010年
　　　　9月

陳司直　《賈誼《新書》思想探究》　臺北：花木蘭出版社　2010年
　　　　9月

陳必祥　《古代散文文體概論》　臺北：文史哲出版社　1997年10月

陳延嘉　《文選李善注與五臣注比較研究》　長春：吉林出版社
　　　　2009年7月

陳延嘉　《錢鍾書文選學述評》　長春：吉林出版社　2011年8月

陳垣著、陳智超主編　《陳垣全集第二十三冊》　合肥：安徽大學出
　　　　版社　2009年12月

陳建初、吳澤順主編　《中國語言學人名大辭典》　長沙：岳麓書社
　　　　1997年7月

陳新雄、于大成主編　《昭明文選論文集：國學論文薈編第二輯》
　　　　臺北：木鐸出版社　1976年5月

傅　剛　《昭明文選研究》　北京：中國社會科學出版社　2000年1月

傅　剛　《文選版本研究》　北京：北京大學出版社　2000年9月

景蜀慧　《魏晉詩人與政治》　臺北：文津出版社　1991年11月

游志誠、徐正英　《昭明文選斠讀》　臺北：駱駝出版社　1995年7月

游志誠　《昭明文選學術論考》　臺北：臺灣學生書局　1996年3月

游志誠　《文選綜合學》　臺北：文史哲出版社　2010年4月

湖南省地方誌編纂委員會編　《湖南省志・第三十卷・人物志》下冊
　　（長沙：湖南出版社　1995年12月

童慶炳　《文體與文體的創造》　昆明：雲南人民出版社　1994年5月

舒蕪等編選　《近代文論選》　北京：人民文學出版社　1999年1月

逯欽立輯校　《先秦漢魏晉南北朝詩》　臺北：學海出版社　1991年
　　2月

馮永敏　《劉師培及其文學研究》　臺北：文史哲出版社　1992年11
　　月

馮永敏　《散文鑑賞藝術探微》　臺北：文史哲出版社　1998年2月

馮淑靜　《文選詮釋研究》　北京：中國社會科學出版社　2011年8月

黃水雲　《顏延之及其詩文研究》　臺北：文史哲出版社　1989年5月

黃季剛　《文選黃氏學》　臺北：文史哲出版社　1977年1月

黃侃平點　黃焯編次　《文選平點》　上海：上海古籍出版杜　1985
　　年7月

黃　侃　《量守廬學記：黃侃的生平與學術》　北京：新華書店
　　1985年8月

黃侃著　黃延祖重輯　《文選平點》　北京：中華書局　2006年5月

黃侃著　黃延祖重輯　《黃侃日記》　北京：中華書局　2007年7月

黃　侃　《文心雕龍札記》　臺北：五南圖書出版公司　2013年12月

黃慶萱　《修辭學》　臺北：三民書局　2004年1月

楊　明　《劉勰評傳》　南京：南京大學出版社　2001年5月

楊淑華　《《文選》選詩研究》　臺北：花木蘭出版社　2010年3月

楊清之　《《文心雕龍》與六朝文化思潮》　濟南：齊魯書社　2014
　　年1月

楊逢彬整理　《積微居友朋書札》　長沙：湖南教育出版社　1986年
　　7月

楊樹達 《積微翁回憶錄、積微居詩文鈔》 上海：上海古籍出版社 1986年11月

楊 賽 《任昉與南朝文風》 上海：上海古籍出版社 2011年12月

萬仕國 《劉申叔遺書補遺》 揚州：廣陵書社 2008年12月

鄒雲湖 《中國選本批評》 上海：上海三聯書店 2002年7月

廖蔚卿 《六朝文論》 臺北：聯經出版社 1978年4月

榮新江、朱玉麒輯注 《倉石武四郎中國留學記》 北京：中華書局 2002年4月

熊禮匯 《先唐散文藝術論》 北京：學苑出版社 1991年1月

裴普賢編 《詩經評註讀本》 臺北：三民書局 1990年10月

褚斌杰 《中國古代文體學》 臺北：臺灣學生書局 1991年4月

趙昌智、顧農主編 《李善文選學研究》 揚州：廣陵書社 2009年4月

趙昌智、顧農編 《第八屆文選學國際學術研討會論文集》 揚州：廣陵書社 2010年12月

趙福海主編 《文選學論集》 長春：時代文藝出版社 1992年6月

趙福海主編 《昭明文選與中國傳統文化：第四屆文選學國際學術研討會論文集》 長春：吉林文史出版社 2001年6月

劉大杰 《中國文學發展史》 臺北：華正書局 1980年4月

劉志偉主編 《文選資料彙編‧賦類卷》 北京：中華書局 2013年8月

劉師培 《漢魏六朝專家文研究》 臺北：普天出版社 1969年11月

劉師培 《中國中古文學史》 北京：商務印書館 2010年12月

劉師培著 劉躍進講評 《中古文學史講義》 南京：鳳凰出版社 2011年1月

劉善澤 《天隱廬詩集》 長沙：湖南大學出版社 1989年12月

蔣伯潛　《中學國文教學法》　昆明：中華書局　1941年8月

蔣伯潛　《文體論纂要》　臺北：正中書局　1948年2月

鄭婷尹　《《文選》五臣注詩之比興思維》　臺北：花木蘭出版社　2008年3月

魯　迅　《魯迅全集》　臺北：唐山書局　1989年9月

穆克宏　《昭明文選研究》　北京：人民文學出版社　1998年12月

穆克宏　《文選學研究》　廈門：鷺江出版社　2008年7月

穆克宏　《六朝文學論集》　北京：中華書局　2010年6月

錢基博　《現代中國文學史》　臺北：明倫出版社　1972年8月

錢　穆　《中國近三百年學術史》　臺北：臺灣商務印書館　1957年10月

謝櫻寧　《章太炎年譜摭遺》　北京：中國社會科學出版社　1987年12月

顏崑陽　《六朝文學觀念叢論》　臺北：正中書局　1993年2月

顏智英　《《昭明文選》與《玉臺新詠》之比較研究》　臺北：花木蘭出版社　2008年3月

羅宗強　《魏晉南北朝文學思想史》　北京：中華書局　1996年10月

羅根澤　《魏晉六朝文學批評史》　臺北：臺灣商務印書館　1996年3月

譚家健　《六朝文章新論》　北京：北京燕山出版社　2001年12月

顧　農　《文選論叢》　揚州：廣陵書社　2007年9月

顧頡剛　《顧頡剛日記》　臺北：聯經出版社　2007年5月

龔鵬程　《六經皆文：經學史/文學史》　臺北：臺灣學生書局　2008年12月

（五）期刊論文（依發表時間為序）

席啟駟　〈贈駱君紹賓四十二生日序〉　《員輯第二集》　長沙：岳
　　　　麓山湘嶽印刷公司　1937年1月　頁213-214

馬積高　〈駱鴻凱先生傳略〉　中國人民政治協商會議湖南省望城縣
　　　　委員會文史資料研究委員會《望城文史》第4輯　1988年12
　　　　月　頁20-22

宋緒連　〈從李善的《文選》注到駱鴻凱《文選學》──《昭明文
　　　　選》研究管窺〉　《遼寧大學學報（哲學社會科學版）》
　　　　1988年第6期　頁90-95

宋緒連　〈從李善的《文選》注到駱鴻凱《文選學》（續）──《昭
　　　　明文選》研究管窺〉　《遼寧大學學報（哲學社會科學
　　　　版）》1989年第1期　頁70-75

李正春　〈《文選》的選詩觀〉　《蘇州科技學院學報（社會科學
　　　　版）》1994年第1期　頁66-71

郭明道　〈阮元的文筆論〉　《揚州師院學報（社會科學版）》1994
　　　　年第2期　頁24-27

周奇文　〈關於《文選》的正名〉　《長春師範學院學報》1994年第
　　　　2期　頁32-36

顧　農　〈文選學新研二題〉　《南開學報（哲學社會科學版）》
　　　　1994年第2期　頁64-69

郭　丹　〈論《昭明文選》中的詠史詩〉　《福建師範大學學報（哲
　　　　學社會科學版）》1994年第3期　頁67-73

〔日〕清水凱夫、蔣寅譯　〈答顧農先生并論「新文選學」的課題與
　　　　方法〉　《職大學報》1994年第4期　頁12-20

江慶柏　〈《文選》五臣注平議〉　《鄭州大學學報（哲學社會科學
　　　　版）》1994年第4期　頁34-39

〔日〕清水凱夫著　周文海譯　〈《文選》編纂實況研究〉　《鄭州大學學報（哲學社會科學版）》1994年第4期　頁40-47

查屏球　〈由《文選》詩賦立目看蕭統情感意識及宮體詩審美機制〉《江海學刊》1994年第4期　頁152-158

馬健、吳宏　〈昭明太子與《昭明文選》〉　《齊齊哈爾大學學報（哲學社會科學版）》1994年第6期　頁43-46

蔣立甫　〈胡紹煐及其《文選箋證》〉　《江淮論壇》1994年第6期頁96-99

毛德富　〈近四十年《文選》研究概述〉　《文史知識》1994年第10期　頁94-100

顧　農　〈試論《昭明文選》與《文心雕龍》的關係〉　《南開學報（哲學社會科學版）》1995年第1期　頁40-46

伏俊連　〈重根柢之學　從實事求是——郭晉稀先生的學術成就述略〉　《古典文學知識》1996年第1期　頁87-112

穆克宏　〈《文選》文體分類再議〉　《江海學刊》1996年第1期　頁164-165

傅　剛　〈傳統「選學」和「新選學」〉　《文史知識》1998年第4期頁119-125

王立群　〈駱鴻凱《文選學》與20世紀現代《選》學〉　《河南大學學報（哲學社會科學版）》1999年11月第39卷第6期　頁24-30

傅　剛　〈從《文選》選賦看蕭統的賦文學觀〉　《北京大學學報（哲學社會科學版）》2000年第1期　頁82-92

姜維公　〈從《晉紀總論》看《文選》的史學價值〉　《長春師範學院學報》第19卷第3期　2000年5月　頁10-15

王立群　〈周貞亮《文選學》與駱鴻凱《文選學》〉　《文學遺產》2001年第3期　頁119-144

童慶炳 〈《文心雕龍》『因內符外』說〉《福建論壇（人文社會科學
　　　　版）》2001年第5期　頁91-95

王立群 〈20世紀現代《選》學對清代傳統《選》學的繼承與發
　　　　展──以20世紀前期為中心〉　《阜陽師範學院學報（哲學
　　　　社會科學版）》2002年第1期　頁1-5

穆克宏 〈20世紀中國《文選》學研究的回顧與展望〉　《福建師範
　　　　大學學報（哲學社會科學版）》2002年第3期　頁64-70

曹道衡 〈試論《文選》對作家順序的編排〉　《文學遺產》2003年
　　　　第2期　頁9-14

郭晉稀 〈關於《語原》的幾條疏證〉　《唐都學刊》2003年第19卷
　　　　第2期　頁111-113

胡　旭 〈梁武帝與《昭明文選》、《玉台新詠》的編纂〉　《古籍整
　　　　理研究學刊》2004年第5期　頁16-23

趙玉梅 〈從《國故論衡‧文學總略》看章太炎文學救國思想〉
　　　　《湖南科技學院學報》2005年第9期　頁119-121

躍　進 〈賈誼的學術背景及其文章風格的形成〉　《文史哲》2006
　　　　年第2期　頁94-101

張少康 〈《文心雕龍》的文體分類論──和《昭明文選》文體分類
　　　　的比較〉　《江蘇大學學報（社會科學版）》2007年1月第9
　　　　卷第1期　頁50-56

林伯謙 〈由　〈文選序〉辨析選學若干疑案〉　《東吳中文學報》
　　　　2007年5月第13期　頁75-107

郭建勳 〈「七體」的形成發展及其文體特徵〉　《北京大學學報
　　　　（哲學社會科學版）》第44卷第5期　2007年9月　頁53-59

郭晉稀 〈讀駱鴻凱先生《語原》所想起的〉　《甘肅社會科學》
　　　　2008年第5期　頁183-185

劉玉才　〈從學海堂策問看文筆之辨〉　《清華大學學報（哲學社會科學版）》2008年第2期　頁71-75

許逸民　〈「新文選學」界說〉　《鄭州大學學報（哲學社會科學版）》2010年第3期　頁101-104

傅　剛　〈「文選學」的發展與《文選》版本研究〉　《鄭州大學學報（哲學社會科學版）》2010年第3期　頁104-105

胡大雷　〈關於文選分體學、文選類型學的思考〉　《鄭州大學學報（哲學社會科學版）》2010年第3期　頁105-107

趙俊玲　〈《文選》評點、明清文學批評與「文選學」〉　《鄭州大學學報（哲學社會科學版）》2010年第3期　頁109-112

趙俊玲　〈《文選》體類研究述評〉　《宜賓學院學報》2010年2月第10卷第2期　頁20-23

陳懷利　〈從《文選》選詩看蕭統的詩學觀〉　《湖北第二師範學院學報》2010年9月第27卷第9期　頁17-20

徐明英、熊紅菊　〈論《文選》選篇的局限性〉　《淮北煤炭師範學院學報（哲學社會科學版）》2010年10月第31卷第5期　頁17-20

樊善標　〈劉師培文學史觀念的轉變：由「建安文學，革易前型」切入〉《中國文化研究所學報》2011年1月第52期　頁247-267

郭寶軍　〈宋代文選學述略〉　《古典文學知識》2011年第1期　頁55-60

〔日〕清水凱夫撰　金程宇、張淘譯　〈再論《文選》與《文心雕龍》之關係〉　《古典文獻研究（第十四輯）》2011年6月　頁281-304

楊　賽　〈南朝文筆之辨〉　《浙江師範大學學報（社會科學版）》2011年第4期　頁75-79

李　婧　〈黃侃對《文選》的文學批評〉　《黃岡師範學院學報》
　　　　2011年10月第31卷第5期　頁1-3

江渝、張瑞利　〈《文選》文體分類的美學研究〉　《台州學院學
　　　　報》2011年10月第33卷第5期　頁31-36

陳功文　〈顧農《文選》研究述略〉　《山東青年政治學院學報》
　　　　2011年11月第6期　頁120-125

穆克宏　〈文選學筆記〉　《福建師範大學學報（哲學社會科學版）》
　　　　2012年第1期　頁52-58

石樹芳　〈《文選》研究百年述評〉　《文學評論》2012年第2期　頁
　　　　166-175

鄔國平　〈文學訓詁與自由釋義──以李善注《文選》作為考察對
　　　　象〉　《中山大學學報（哲學社會科學版）》2012年第52卷
　　　　第3期　頁17-27

趙俊玲　〈《文心雕龍》與《文選》碑文觀辨析〉　《蘭臺世界》
　　　　2012年第15期　頁9-10

陳延嘉　〈繁瑣考據的標本──評《文選李注義疏》〉　《長春師範
　　　　學院學報（人文社會科學版）》2012年1月第31卷第1期　頁
　　　　12-15

李乃龍　〈論《文選》「銘」類〉　《河池學院學報》2012年2月第32
　　　　卷第1期　頁14-21

趙俊玲　〈《文選》耕藉賦立類原因及入選作品探析〉　《天中學
　　　　刊》2012年6月第27卷第3期　頁82-85

孫津華　〈《文選》「對問」和「設論」體論略──兼論後世對問體式
　　　　的發展演變〉　「《文選》與中國文學傳統：文選學第九屆
　　　　國際學術研討會」　南京大學文學院主辦　2012年　頁82-
　　　　90

王京州　〈從論難到問論──魏晉人著論的新形式〉　「《文選》與中國文學傳統：文選學第九屆國際學術研討會」　南京大學文學院主辦　2012年　頁153-159

傅　剛　〈二十世紀《文選》學研究〉　「《文選》與中國文學傳統：文選學第九屆國際學術研討會」　南京大學文學院主辦　2012年　頁211

葉國良　〈《文選》中的上書、書與啟、牋〉　「《文選》與中國文學傳統：文選學第九屆國際學術研討會」　南京大學文學院主辦　2012年　頁388-401

俞士玲　〈試論《文選》文類、次文類、編次的影響因素〉　「《文選》與中國文學傳統：文選學第九屆國際學術研討會」　南京大學文學院主辦　2012年　頁439-458

余祖坤　〈論古典文章學中的「潛氣內轉」〉　《中南民族大學學報（人文社會科學版）》2012年第1期　頁157-161

彭丹華　〈駱鴻凱楚辭研究述評〉　《職大學報》2013年第2期　頁4-8

鄧　盼　〈駱鴻凱楚辭學平議〉　《雲夢學刊》2013年11月第36卷第6期　頁39-42

溫光華　〈《六朝麗指》氣韻論及其與駢文創作關係之考察〉　《東吳中文學報》第26期　2013年11月　頁208

齊　凱　〈千古文士並風流──魏晉南北朝作家並稱現象論析〉　《綿陽師範學院學報》第33卷第3期　2014年3月　頁52-58

王慶元　〈周貞亮《文選學講義》與駱鴻凱《文選學》疑雲小識〉　《中國文選學會第十一屆年會論文集》（鄭州：鄭州大學古籍整理研究所　2014年8月）又見《華人文化研究》第5卷2期　2017年12月　頁265-267

鄧　　盼　〈駱鴻凱《楚辭》學中的音韻研究探賾〉　《雲夢學刊》
　　　　2016年3月第37卷第2期　頁28-32

鄧　　盼　〈駱鴻凱《聲韻學》講義及其音韻學研究〉　《湘學研究》
　　　　2016年第1輯（總第7輯）　北京：中國社會科學出版社
　　　　2018年8月　頁134-143

堯育飛　〈藏書家駱鴻凱〉　《檔案時空》2016年第11期　頁13-14

廖蘭欣　〈駱鴻凱作家論補論：以《中國大學講義》為中心〉　《華
　　　　人文化研究》第5卷第1期　2017年6月　頁259-263

王慶元　〈駱鴻凱《文選學》與周貞亮《文選學講義》疑雲再考辨〉
　　　　《中國文選學研究會第十二屆年會論文集》　廈門：廈門大
　　　　學中文系　2016年11月

廖蘭欣　〈駱鴻凱文體論再探〉　《文學論衡》第32期　2018年6月
　　　　頁45-65

翟新明　〈駱鴻凱挽詞兩首箋釋〉　《書屋雜誌》2018年11期　頁
　　　　77-79

王慶元、黃磊　〈駱鴻凱《文選學》與周貞亮《文選學講義》成輸過
　　　　程的再思考：疑雲辨析之三〉　《昭明文苑　增華學林──
　　　　《文選》與《文心雕龍》學國際學術研討會》　鎮江：江蘇
　　　　大學　2019年3月

（六）學位論文（依通過時間為序）

柯淑齡　《黃季剛先生之生平及其學術》　文化大學中國語文學系博
　　　　士論文　1982年

解　　夢　《《昭明文選》奎章閣本研究──《昭明文選》版本源流與
　　　　斠讀》　臺灣師範大學國文學系博士論文　2000年

魏素足　《《文選》黃氏學研究》　臺灣師範大學國文學系博士論文
　　　　2005年

張　豔　《文選李注義疏》研究　山東大學漢語言文字學碩士論文
2008年

羅智仲　《《文選》詩收錄尺度探微》　國立清華大學中國語言學系
博士論文　2008年

艾紅紅　《《文選》書信體作品研究》　陝西師範大學中國古代文學
碩士論文　2009年

韓劉學　《汪師韓與《文選》學》　蘇州大學中國古代文學碩士論文
2010年

張　樂　《《文選》「書」體作品研究》　西北師範大學中國古代文學
碩士論文　2011年

魏亞婧　《《文心雕龍》與《文選》哀祭類文體比較研究》　鄭州大
學中國古典文獻學碩士論文　2012年

鄧　盼　《駱鴻凱音韻學研究探賾》　廣西師範大學碩士論文　2016
年

孫夢菲　《駱鴻凱與《楚辭》研究》　浙江師範大學碩士論文　2016
年

附記
追尋文選學家的足跡

一

　　大學部時修讀「漢魏六朝詩選」，就對這個時代的文學產生了好感。後來到花蓮就讀東華大學中文所碩士班，師從溫光華教授。溫老師是六朝文學專家，見我對《昭明文選》很感興趣，於是送給我一本王立群教授的《現代文選學史》，書中將駱鴻凱（1892-1955）和周貞亮（1869-1933）的《文選學》奉為現代文選學的開山之作。周書流傳極罕，不易取得；而駱書自從一九三六年由上海中華書局初版後，翻印不斷，霑漑學林數十年。因此幾經考慮，決定以駱書為碩論之研究主題。

　　駱鴻凱是民國前期的著名學者，師從黃侃（1886-1935），精於小學、文選學、楚辭學。儘管他的《文選學》在臺灣一再重印，但生平卻不為人知，其他著作也很難獲睹。且《文選學》屬於總論性質，駱氏對實際篇章如何解讀，書中相關篇幅未廣。躊躇之際，我看到一九八九年北京中華書局版的《文選學》，情況才有所改觀。原來這個版本是駱鴻凱之婿、辭賦專家馬積高教授（1925-2001）的增補本。馬先生手上有一批駱氏早年的《文選》篇章講義，他在校訂錯訛、重新編排後納入《文選學》一書的附編，可謂珠聯璧合。掌握了這個本子，我也放心多了。這時，香港中文大學的陳煒舜老師（我大學部畢業論文的導師）協助浙江師範大學黃靈庚教授編纂八十巨冊的「楚辭

文獻叢刊」，負責若干著作的述考撰寫工作。陳老師見我研究駱鴻凱，於是邀我一起撰寫駱氏幾篇楚辭學論文的述考。二○一四年暑假，我前往鄭州大學，在該校主辦的第十一屆文選學研討會上宣讀其中一篇述考。

二

　　會議上，我有幸結識了武漢大學退休教授王慶元老師。慶元老師當時發表的論文，乃是探究駱鴻凱與周貞亮之《文選學》的關係。原來他正在著手點校周書，因此對於二書的相關問題非常究心。兩位學者在二、三十年代先後任教於武漢大學，負責文選學科目，故著作時有雷同之處。但兩書問世孰先孰後，仍是疑雲重重。據慶元老師所說，馬積高先生為駱書增補的內容，在周書中竟也找得到近似的段落。我對此非常好奇，故而幾度向慶元老師請益。慶元老師當時帶來一本駱鴻凱的《文選學講義》上冊，乃是駱氏任教武漢大學時的鉛印本，年代大約在一九二八年左右。此書是慶元老師的本師黃焯教授（1902-1984，黃侃先生親姪，武大老一輩著名學者）舊藏，殆為海內孤本。慶元老師無私地讓我拍攝了全書，這對我後來撰寫駱書版本考起了關鍵性的作用。回臺灣後，我又在舊書網上發現一本駱書油印本，根據網上資料，是由中研院史語所印行的。此書早已被人拍去，不知現在何處。然根據三張解析度較高的照片顯示，其內文為手寫，還有修訂的標記，並非定稿。且序言落款為「十七年（1928）十一月」，雖與黃焯舊藏武大本的年代相接，但顯然早於後者，恐怕是駱書最早的本子。

　　二○一五年夏天，我順利通過口考，隨後將修訂好的碩論奉贈了一份給慶元老師，對他的指教和幫助聊表敬意。二○一六年春，在上

海圖書館古籍部館員梁穎先生的協助下，發現駱先生一本不為人知的著作——《中國大學講義》。原來駱氏離開武大後，曾短期任教於北京的中國大學，這本著作大約是他負責「賦選」科的講義，裡面對江淹〈別賦〉、謝莊〈月賦〉的析論並不見於別的書籍。於是我寫成〈駱鴻凱文體論再探：以江淹〈別賦〉、謝莊〈月賦〉為例〉一文，當年秋天親赴廈門大學，參加第十二屆文選學研討會，宣讀這篇論文。會上，我很高興與慶元老師重逢。他在閉幕前的大會發言題為〈駱鴻凱《文選學》與周貞亮《文選學講義》疑雲再考辨〉，提到我在舊書網發現駱鴻凱《文選學》一九二八年十一月的油印本講義，時代最早，輔以其他資料推論，可證駱書在前、周書在後。臺下的我雖然汗顏，但想到能為二書的研究略盡棉力，心中還是非常歡喜的。會後，慶元老師說為了進一步解決馬積高增補講義的問題，計畫來年春天到湖南一行。據我所了解，駱先生於一九三〇年左右離開武大，不久回到湖南，四代人都在湖南師大任教。聽到這個計畫，我十分雀躍，希望一起去「探險」，慶元老師也欣然允諾。

三

　　二〇一七年端午連假，在蔡玄暉老師幫忙下，從深圳坐動車來到武漢。當晚拜會慶元老師和師母，在武漢大學的小觀園餐廳晚飯後，入住毗鄰校園的豐頤大酒店。翌日一早，隨慶元老師再坐動車前往長沙。剛抵達長沙南站，就和慶元老師的高足黃磊師兄會合了。祖籍武漢的黃師兄當年雖然是理科生，卻對文學非常有興趣，旁聽了慶元老師好幾門課。畢業後，他到西安負責航天工作，但對老師依然時時關心。得知老師要來長沙，他特地請假，從西安飛來陪同照料。令人感到貼心的是，在長沙的幾天，黃師兄不但將吃住問題妥當安排，還租

了一輛車接送我們。如果沒有師兄的細心週到，此行一半的時間恐怕都花在問路、叫車、等車的工夫上。

午飯後，我們到岳麓山下的飯店稍事安頓，便前往湖南師大。到了圖書館，才從負責接待的館員處得悉，他們只收藏印刷品，因此館中並沒有駱氏的手稿、講義。館員建議，不妨到中文系去一趟。他還說，現在已經快五點，他們一般五點二十下班，要我們儘快去。由於那裡正在興建新校舍，我們在學校裡面迷了路，多虧了該校一位歷史文化研究院的大一生，為我們帶路，才在五點一刻趕到中文系。

當負責的職員得知駱鴻凱早在一九五五年就已去世時，告訴我們：「時代太早了。他的講義我們是沒有的，你們可以去學校檔案館問問。但那裡有沒有，我們也不敢擔保。」我不禁感到有些失落。看到年邁的慶元老師站在我身邊，氣喘微微，只能鼓起勇氣追問道：「駱先生的女婿馬積高教授在這裡也任教了幾十年，他的後人聽說也在湖南師大。我們怎樣可以與他們取得聯繫？」職員恍然大悟說：「原來你們找的這位駱鴻凱是馬積高的岳丈啊！馬先生我知道，他的後人王博士是我們院裡的老師，現正在外面打乒乓球呢！」柳暗花明，我們終於見到了這位比我年齡稍長的王博士。

四

王博士對我們的到來表示歡迎，並說自己正在整理外公馬先生的著作，但目前對太外公駱先生的著作卻未有措意。她說，駱先生去世後，家中被查抄過好幾次，到底留下多少駱先生的藏書，並不清楚。原來馬先生生前，將家中藏書情況詳細告知了女婿（王博士之父，也是中文系老師）；誰知王博士之父於二〇一二年驟逝，年僅六十，許多家事都來不及交代。因此，滿屋藏書中到底還有多少駱鴻凱的遺

物，她完全不了解。翻閱我的碩論後，王博士對我列出的駱氏親屬表
有所訂正，並說今晚回家後會翻查一下舊書，邀我們明早九點再來。

次日，我們如約回到湖南師大中文系。王博士給我們看了兩部珍
貴的藏書。其一為駱鴻凱自著〈楚辭連語釋例〉，為《湖南大學期
刊》一九三三年第八期的抽印本。其二為光緒元年（1875）尊經書院
重刊的唐李善註、清葉樹藩參訂的《文選》第一冊。此書卷首有「紹
賓」、「駱公望」兩方藏印，紹賓是駱先生的表字，駱公望為其獨子，
後任教於武漢大學水利系，可見家學淵源。書中有不少朱墨二色的圈
點批記，當係駱先生親筆。可惜的是，這一冊僅到卷四為止，至於後
面諸冊，王博士說早已遺失。慶元老師詢問，馬積高先生當年為《文
選學》作增補時所依據的原始材料是否還在？王博士說並不知道。

不過關於駱鴻凱先生，王博士仍提供了三條線索：其一，駱公望
已去世，留下三子一女。三子如今都在美國，但女兒仍在武漢大學做
行政工作。她還將駱女士的手機號碼給了我。其二，文革結束後，駱
氏藏書並未發還給家屬，而是由湖南省檔案館保管。其三，有一位中
南大學古典文獻學專業的研究生堯育飛君在省檔案館發現駱鴻凱藏書
資料，剛撰寫了一篇〈作為藏書家的駱鴻凱〉，發表在《檔案時空》
二〇一六年十一月號。慶元老師此時感嘆道：「檔案館不同於圖書
館，由於藏品可能有礙時忌，一般人無法自由查閱，必須有單位的推
薦信。看來這次無法去檔案館了！」我安慰老師說：「沒關係，下次
到檔案館，我一定再陪您去！」慶元老師含笑點頭之餘，忽然想起有
一位失聯多年的故人——年過八旬的湖南師大中文系教授王大年先
生，遂問王博士是否認識。王博士回答說，大年先生就住在她宿舍附
近，還幫忙找到大年先生家的電話號碼。

五

辭別王博士後，我們回到大學圖書館，查核確認館中並無發現，然後去岳麓書社附近用餐。慶元老師提議，如果和大年先生取得聯繫，就登門拜訪，否則下午去湖南省圖繼續訪書。電話接通後，才知道大年先生不在長沙，而是在姪子開車陪同下回老家常德訪友去了。對方還提供了大年先生的手機號碼。慶元老師又撥打手機，很快接通了：原來大年先生返鄉與多年不見的老同學們聚會，原本準備次日早上回長沙；得知我們次日要離去，時間緊迫，大年先生決定當晚趕回來和老朋友見面。慶元老師收線時，我從他嗓音中聽出了一絲激動。

自從接了電話，慶元老師就一直盯著手機看，而電話彼端的大年先生每隔一段時間，就會打電話過來，詢問我們所在地並匯報自己的位置。感覺得到，兩位老先生相當重視對方，這份情誼相當難能可貴。趁等待大年老師回來的空檔，我們來到湖南省圖書館，在古籍部的目錄中又發現了好幾種駱先生的著作。可惜該館正在裝修，古籍無法調閱。這幾本著作，無奈緣慳一面了。當我們一回到飯店，慶元老師就急忙到飯店櫃檯叮嚀，等下會有一位老先生來拜訪，請飯店的人要通知他，讓他下來迎接。大年先生來到後，先在慶元老師房間小坐，再前往飯店餐廳用餐。早在五十年代，大年先生以大學教師身分從湖南來到武大進修，師承黃焯先生，當時慶元老師還在唸大學部。他們一起經歷文革，陪伴著對方度過了很長時間。後來大年先生回到湖南師大，我們去過的大學圖書館就是他負責籌建的。現在他已年過八旬，依然精神矍鑠，健步如飛，每年有一半時間在美國和孫輩一起。他每天保持運動的習慣，過午不食，但今天卻為慶元老師破例了。兩位老師不停聊著師長、往事和近況，我們在一旁聽得津津有味。大年先生對我們說，如果以後想進一步查閱湖南師大圖書館的書

籍，可以說一聲，他很樂意幫忙。送走大年先生叔姪，我們回到飯店房間，嘗試致電武大的駱女士，可惜電話一直無人接聽。「可能駱女士和我一樣，」慶元老師說，「來電顯示為陌生號碼時就乾脆不接。沒關係的，我回到武大後再打聽，應該不難和她取得聯繫的。」

六

回武漢的動車啟程了，慶元老師拿出《中華讀書報》給我看，一篇是蔣禮鴻夫人盛靜霞女士遺作〈中央大學師友軼事瑣記〉，一篇是廖太燕的〈從一封信談程千帆與汪辟疆、陳寅恪〉，想見前賢風儀，讀來頗有滋味。我問老師：「您時時提及當年武漢大學中文系的劉永濟、劉博平、黃焯諸位先生，難道就沒有想過把他們的故事也形諸文字、流傳後世嗎？」老師回答說年事漸高，心有餘而力不足。「那怎麼行？不如下次為您做個訪談，請您一方面講述一下師長輩的往事，一方面分享一下您本人的治學心得吧！」慶元老師謙稱自己述而不作，「乏善足陳」，當務之急應該先把師長輩的往事記錄下來。我向老師表示，兩方面都應該兼顧；幾經勸說，老師才把自己的經歷向我娓娓道來……

回到武漢大學後，慶元老師又帶我去小觀園午餐。老師問我下午有什麼安排，我說：「本想拜訪駱女士，只是電話一直不通。這樣的話，我想去湖北省圖書館一趟，看看駱鴻凱是否還有其他罕見的著作。」老師點點頭說：「也好，看我們要不要晚飯再見面。徐副館長是民初著名藏書家徐行可先生（1890-1959）的孫女，和我們非常熟稔。我寫封推薦信，你有需要時就請她幫忙吧！」隨即以鋼筆手書短信一封，字體挺拔而不失圓融，令我不忍交付他人。飯後，慶元老師執意先送我去豐頤大酒店入住。

抵達省圖後，在古籍部目錄中找到兩本前所未見的駱鴻凱著作：一為《離騷論文》，一為〈楚辭集註考〉。調閱後，發現所謂〈楚辭集註考〉實為〈楚辭舊註考〉之誤：此文與〈傳注箋疏語法〉（尚書）、〈楚辭文句集釋〉是合訂本，原藏者以牛皮紙包裝封面，並以毛筆在紙上書寫篇題，唯「舊註」誤作「集註」，入藏省圖編目時不察，遂成此訛。至於《離騷論文》，也是駱氏在中國大學的講義。此書流傳極少，當初黃靈庚教授編纂「楚辭文獻叢刊」時也未全部收納。趁五點閉館前，草草翻閱了全書，並抄寫了若干內容。希望日後黃教授出版補編時能採入此書，有需要時我一定繼續協助述考撰寫工作！

七

這趟兩湖訪書之旅行程緊湊，眾多風景名勝都無暇參觀，武漢有黃鶴樓、晴川閣、歸元寺等古蹟，但離開省圖時已是黃昏，這些景點大約都關閉了。忽然想起昔日漢口英租界的中心地帶江漢路，因此決定搭地鐵前往。從江漢路到江邊，再從洞庭街走到黎黃陂路，沿途的西式老建築如江漢關、中國銀行、天主堂、巴公房子、前美國領事館等在在透發出這個城市的繁華與滄桑。

翌日早上，慶元老師來到飯店將整齊包裹好的一個硬殼紙袋遞到我手上——裡面有武昌魚、綠豆糕、藕粉等等，老師說都是師母準備的，算是送給我的端午節禮物。那麼熱的天氣，那麼重的禮物，勞煩老師提了那麼遠，我心中真的百般過意不去。上了計程車後，回望老師遠去的身影，我不禁雙眼模糊了……

我深切期待著下一次收穫更為豐富的訪書之旅。

按：本文初刊於《國文天地》387期（2017年8月）。

後記

　　在學問面前，我只是一顆微不足道的小種子。這本拙著就是種子發芽、成長後結出的小果實。能夠有幸收穫果實，是因為得到很多幫助。

　　首先要感謝業師溫光華教授。溫老師隨王更生教授研究《文心雕龍》多年，學問紮實，得知我大學時代沒有研修過《文心》，就叮囑我：「研究《文選》，怎麼可以不讀《文心》？」要我去聽課。老師的《文心》課開在早上八點，那陣子我因身體狀態不佳，晚上吃了安眠藥，白天起不來，第一次開課（碩一）只聽一次就沒繼續，第二次開課（碩二）才把《文心》聽完。聽課之後，不僅獲益匪淺，還發現原來老師的板書寫得很好。（我碩三開始修中等教程，才深知板書要寫得好是件不容易的事情。）溫老師於嚴厲中透發著溫情，不僅在學問上對我多有提點，在待人處事上也教導了我許多該注意的細節。他曾板著臉教訓我，也曾為了我的事情四處奔忙，對我的恩情，無法在一張薄紙中道盡。

　　另外，我要深深謝謝武漢大學的王慶元老師，無私提供了黃焯先生舊藏、幾乎是海內孤本的武漢大學鉛印版《文選學》，讓我在撰寫駱鴻凱《文選學》成書過程的相關篇幅時，理路更加清晰。在鄭州大學開會期間，王老師語重心長、誨人不倦的音容，至今難忘。（後來，王老師的高足黃磊學長在《文選學》一書的版本蒐集方面，也給了我很大幫助。）

　　如果說這粒種子是在研究所時得到溫光華老師加以調控、修剪枝蔓而茁壯成長，那麼它的萌芽便是由於大學時期幸有陳煒舜老師耐心培育、細心照料。陳老師研究《楚辭》多年，得知我研究駱鴻凱，便拉著我一起參與浙江師範大學黃靈庚教授的《楚辭》學著作述要撰寫計畫，有關駱鴻凱《楚辭》學著作的幾篇述要，就是在陳老師監督下完成的。本書的撰寫，也聽取了陳老師的不少建議，感恩在心。

　　當我碩士畢業，開始在中學任教後，瑣事甚多，但仍勉力對碩士論文展開了修改工作。除了增補本書第五章〈從《中國大學講義》再探駱鴻凱之作家論與文學體裁論〉外，其他章節也每有修訂。修訂過程中，在二○一六年廈門大學文選學會議上與王老師、陳老師再度相逢，並共同定下湖南訪書之約。翌年在湖南，一點一點將駱鴻凱的經歷，拼湊成形，讓我對這本書的出版計畫，有了進一步的自信。由於教務繁重，不遑編列索引，也要感謝香港中文大學中文系的李小妮學姊慨然相允，完成這項繁瑣細緻的工作。

　　我永遠忘不了口考前，第一次見到駱鴻凱相片的喜悅，我珍惜抱著駱鴻凱《文選學》又哭又笑的每一天。這本書，承載了我很多悲傷與開心的記憶，但願不辱沒了師父之名，不求有功，但求無過。

　　　　　　　　　　　　　　　　　　　廖蘭欣謹識於南投
　　　　　　　　　　　　　　　　　　　己亥孟秋

索引

漢學研究叢書·文史新視界叢刊　0402008

駱鴻凱《文選學》初探

作　　　者	廖蘭欣
校　　　對	李小妮
責任編輯	廖宜家
特約校稿	林秋芬
發 行 人	陳滿銘
總 經 理	梁錦興
總 編 輯	陳滿銘
副總編輯	張晏瑞
編 輯 所	萬卷樓圖書股份有限公司
排　　　版	林曉敏
印　　　刷	維中科技有限公司
封面設計	斐類設計工作室

發　　　行　萬卷樓圖書股份有限公司
臺北市羅斯福路二段 41 號 6 樓之 3
電話　(02)23216565
傳真　(02)23218698
電郵　SERVICE@WANJUAN.COM.TW

香港經銷　香港聯合書刊物流有限公司
電話　(852)21502100
傳真　(852)23560735

ISBN 978-986-478-293-2

2019 年 8 月初版

定價：新臺幣 400 元

如何購買本書：

1. 劃撥購書，請透過以下郵政劃撥帳號：
帳號：15624015
戶名：萬卷樓圖書股份有限公司

2. 轉帳購書，請透過以下帳戶
合作金庫銀行　古亭分行
戶名：萬卷樓圖書股份有限公司
帳號：0877717092596

3. 網路購書，請透過萬卷樓網站
網址　WWW.WANJUAN.COM.TW

大量購書，請直接聯繫我們，將有專人為
您服務。客服：(02)23216565　分機 610

如有缺頁、破損或裝訂錯誤，請寄回更換

國家圖書館出版品預行編目資料

駱鴻凱<<文選學>>初探 / 廖蘭欣著.-- 初版.--
臺北市：萬卷樓, 2019.08
面；　公分.--(漢學研究叢書；0402008)
ISBN 978-986-478-293-2(平裝)
1.駱鴻凱 2.文選學 3.研究考訂
830.18　　　　　　　　　　108008795